JN290107

Populärmusik från Vittula

Mikael Niemi

世界の果てのビートルズ

ミカエル・ニエミ

岩本正恵 訳

CREST BOOKS

Shinchosha

世界の果てのビートルズ

POPULÄRMUSIK FRÅN VITTULA
by
Mikael Niemi

Copyright ©2000 by Mikael Niemi
First Japanese edition published in 2006 by Shinchosha Company
Japanese translation rights arranged with
Norstedts Förlag
through Japan UNI Agency, Inc., Tokyo.

Photographs by Getty Images
Design by Shinchosha Book Design Division

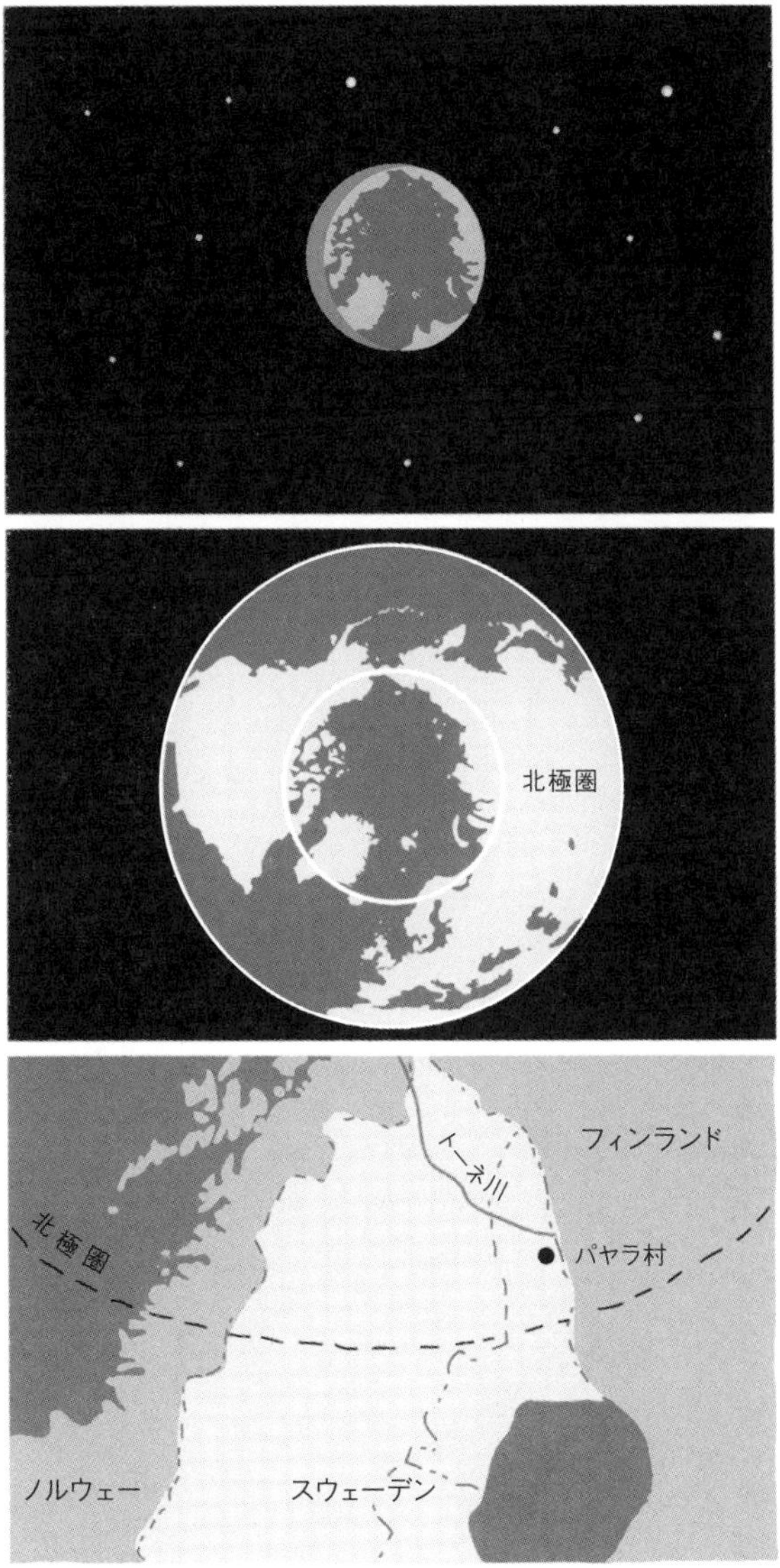
北極圏
フィンランド
トーネ川
北極圏
パヤラ村
ノルウェー
スウェーデン

プロローグ

語り手は目覚め、登山を開始し、トロン峠で身動きがとれなくなり、物語が始まる。


凍てつく夜。狭苦しい木の小屋。ぼくは旅行用の目覚まし時計の音にはっとして起き上がり、寝袋の口元のひもをほどき、まっ暗な寒さに手を伸ばした。指はざらつく木の床を探り、木くずや砂粒や床板のあいだから吹きこむむきだしのすきま風のなかを動きまわって、ようやく冷えきったプラスチックの時計を見つけ、アラームのスイッチを切った。

ぼくはしばらくのあいだじっと横たわり、朦朧《もうろう》とした意識のなかで一本の丸太にしがみつき、片腕を海に漂わせていた。静寂。寒さ。薄い空気にあえぐ短い呼吸。夜どおし筋肉を強ばらせていたかのように、体にはまだ痛みが残っていた。

そのとき、まさにその瞬間、ぼくは自分が死んだことを悟った。

この経験を言葉で説明するのは難しい。まるで体が空《から》になったような感じがした。ぼくは姿を変えられ、石に、信じられないほど大きくて冷え冷えとした隕石《いんせき》になっていた。くぼみの奥には、なにか奇妙なものが、細長くてやわらかくて有機的なものが埋まっていた。それは死体だった。だが、ぼくの死体ではなかった。ぼくは石だった。ぼくはただ、冷えゆく死体を抱きしめ、ぴたりと閉じた巨大な御影石《みかげいし》の石棺のように、それを包んでいた。

この感覚が続いたのは、二秒か、せいぜい三秒だった。

ぼくは懐中電灯をつけた。目覚まし時計の表示盤にはゼロがふたつ並んでいた。一瞬、ぼくは時が存在を止めて計測不能になったのかと思い、ぞっとした。だが、アラームを止めようといじっているうちに、時計をリセットしてしまったにちがいないと気づいた。腕時計は午前四時二十分を指していた。寝袋の呼吸孔は薄い霜に覆われていた。屋内なのに、気温は氷点下だった。ぼくは寒さに対する覚悟を決めて寝袋から這いだし、防寒服にすっかり身を包んで、冷えきった登山靴に足を押しこんだ。漠然とした不安を感じながら、まっ白なノートをザックに入れた。今日も書けなかった。草稿はおろか、メモさえ書けなかった。

ドアを閉めて留め金をかけ、夜のなかへ出た。星空は無限のかなたまで続いていた。地平線には三日月がボートのようにゆらめいて浮かび、ヒマラヤの高峰のとがった輪郭が、とげだらけの影のように四方にぼんやりそびえていた。まばゆい星明かりが地面を濡らしていた――巨大なシャワーから白い水滴が鋭く降りそそいでいるようだった。肩ひもに体を押しこむようにザックを背負うと、そんなささやかな行為でさえ息が切れた。酸素不足のせいで、目の前で小さな点がちらちら踊った。海抜四千四百メートル。のどをこするように乾いた咳が出て、耳障りな音が響いた。岩だらけの急斜面を登って暗闇へと消える小道がかすかに見えた。ぼくはゆっくりと、ごくゆっくりと、山道を登りはじめた。

＊

ネパール、アンナプルナ連山、トロン峠。海抜五千四百十六メートル。ぼくは征服した。ついにここに立った！　ぼくは大きな安堵を感じ、あお向けに倒れ、空気を求めてあえぐ。足の筋肉に乳酸がたまって痛み、頭は割れそうだ。高山病になりかけている。日の光はまだらに陰り、不安を誘う。吹きつける突風は、悪天候が近づいているしるしだ。ほほに寒さが突き刺さり、数人の登山者が急いでザックを背負い、ムクティナートへ下山しはじめる。

ぼくはひとり残される。だが、まだ下りられない。体を起こすが、荒い呼吸はおさまらない。チベット仏教の旗がはためくケルンにもたれる。峠は石だらけで、草木の生えない不毛な砂利が広がっている。四方をとり囲んで山々の頂がそびえ、荒削りな黒い姿を神々しい白い氷河が点々と飾っている。

突風にあおられて、雪片がアノラックに入りこむ。いやな感じがする。峠が雪に埋まったら危険だ。ぼくは肩越しにふり返る。ほかの登山者の姿はない。急いで下山したほうがよさそうだ。

だが、もう少しあとにしよう。ぼくは今、これまでの人生で一番高い場所に立っている。ここに別れを告げるのが先だ。だれかに感謝を捧げなければ。ぼくは突然の熱情に突き動かされて、ケルンのかたわらにひざまずく。ばかげているような気もするが、もう一度まわりを見てもだれもいない、大丈夫だ。ぼくはさっと身をかがめ、イスラム教徒のように尻を空中に突きだし、頭を垂れ、感謝をこめた祈りの言葉を口にする。そのとき、チベット語が刻まれた鉄の板があるのに気づく。なにが書いてあるのかぼくにはわからないが、その文字からは崇高さと気高さが感じられ、頭をさらに下げて鉄板にくちづけする。

その瞬間、ある記憶がよみがえる。ぼくの子ども時代に続く渦巻く穴。時を貫くその管を通して警告の声が響くが、間に合わない。

ぼくは身動きがとれなくなる。

湿ったくちびるが、チベット仏教の祈りが刻まれた板に凍りつく。くちびるを舌で濡らしてはがそうとすると、舌もぴたりと凍りつく。

スウェーデンの北の果てで育った子どもなら、みな同じような苦境を経験したことがあるはずだ。凍てつくような冬の日、手すりも街灯も鉄製のものはみな霜に覆われる。突如として記憶が鮮明によみがえる。ぼくは五歳で、パヤラ村の家の玄関の鍵穴にくちびるが凍りついている。最初はただただびっくりする。鍵穴は、ミトンや素手でならなんの問題もなくさわれる。それなのに、今は悪魔の罠と化している。叫ぼうとするが、舌が金属に固く凍りついてかなわない。腕に力をこめ、力ずくで体を引き離そうとするが、あまりの痛さにあきらめる。冷たさに舌が麻痺し、口のなかは血の味がする。ぼくはやけになってドアを蹴り、苦しみに満ちた声を上げる。

「ああぁぁぁ、ああぁぁぁ……」

そこに母さんが現われる。母さんはボウルに入れたお湯を鍵穴の上から注ぎ、くちびるは解け、ぼくは自由の身になる。鍵穴の金属にはくちびるの皮のかけらがまだくっついており、ぼくはこんなことは二度としないと心に誓う。

「ああぁぁぁ、ああぁぁぁ……」うめくぼくに降りだした雪が激しく吹きつける。ぼくの声はだれにも届かない。登ってきた登山者も、今はもうまちがいなく引き返しているだろう。空中に突きだした尻に風が殴るように吹きつけ、刻々と冷えてゆく。ぼくは手袋を脱ぎ、手でくちびるを暖め、暖かい息を吹きつけてはがそうとする。だが、無駄だ。熱は金属に吸収され、氷のような冷たさは変わらない。鉄の銘板を手で引きはがそうとしても、しっかり留めてあって、びくともしない。背中全体に冷たい汗をかく。アノラックの襟元から風が這いこみ、ぼくの体は震えだす。低い雲が集まりはじめ、峠は霧に包まれる。危険だ。きわめて危険だ。ぼくのなかで恐怖が募る。ぼくはここで死ぬだろう。チベット仏教の祈りが刻まれた板に凍りついたまま、夜明けまで生きのびられるはずがない。

残された可能性はただひとつ。力ずくでくちびるを引きはがすだけだ。

考えただけで気分が悪くなるが、ほかに方法はない。まず手はじめに軽く引っぱってみる。舌のつけ根まで傷みが走る。一……二……それっ……。

赤。血。あまりの痛さに、ぼくは鉄板に頭を打ちつけてこらえる。無理だ。ぼくの口は固く凍りついたままだ。これ以上強く引っぱったら、顔全体が壊れてしまうだろう。

ナイフだ。ナイフがあれば。ザックを足で探したが、二メートルほど離れていて届かない。胃のなかで恐怖が渦巻き、膀胱《ぼうこう》は爆発しそうだ。ぼくはズボンのジッパーを下げ、牛のように手足をついたまま放尿することにする。

ぼくはふと動きを止める。手探りでベルトに下げたマグを取る。マグに小便を溜め、口の上から注ぐ。尿がくちびるを伝って落ち、凍りついていたのが解けはじめ、数秒後には自由になる。

小便がぼくを救ってくれた。

ぼくは立ち上がる。ぼくの祈りは終わった。舌とくちびるは強ばってひりひりしているが、ふたたび動かせるようになった。これでようやく、物語を始められる。

1

パヤラ村は近代に突入し、音楽が現われ、ふたりの少年が身軽な旅に出る。

パヤラ村のぼくらが住む地区に舗装道路が来たのは、六〇年代初めのことだった。当時、五歳だったぼくは、舗装道路がやってくる音を耳にした。戦車のような車が隊列をなして、穴だらけの泥道を掘ったり引っかいたりしながらぼくの家の前を通りすぎていった。季節は初夏。主婦たちはカーテンの陰からそっとのぞき、つなぎ服の男たちがガニ股で歩きまわり、嚙み煙草のかすを吐き捨て、金てこを巧みに操り、フィンランド語でぶつぶつ言うのを見守った。幼い子どもには、信じられないくらい刺激的だった。ぼくは柵にしがみつき、横木のすきまからのぞいて、甲冑《かっちゅう》をまとった怪物が吐くディーゼルの排気を吸った。彼らは、曲がりくねった村の道を古い死体をいじくるようにつつきまわした。この道は、雨が降ると無数の穴に水が溜まり、毎年春の雪解けには、でこぼこの表面がやわらかなバターのようにぬかるみ、夏には、土ぼこりを防ぐ塩をまかれてミートローフみたいになった。泥道は時代遅れだった。泥道は過去の遺物であり、その時代に生まれた親たちは、それをきっぱり捨て去ろうとしていた。

ぼくらの住む地区は、地元ではフィンランド語でヴィットライイェンケと呼ばれていた。「おまんこの沼」というような意味だ。こう呼ばれるようになった理由ははっきりしないが、おそらく子だくさんの家が多いことに関係しているのだろう。子どもが五人いる家もあったし、もっといる家もあったから、この呼び名は女性の多産を讃える乱暴なほめ言葉のようになっていた。ヴィットライェンケ、あるいは縮めてヴィットラと呼ばれるこの地区の住人は、苦難の一九三〇年代に育った。勤勉な仕事ぶりと経済成長のおかげで、徐々に暮らしは向上し、やがて金を借りてなんとか自分の家を手に入れるまでになった。スウェーデンは繁栄し、経済は急成長し、その大波は北の果てトーネダーレン(フィンランドとの国境を流れるトーネ川流域地域)にも届いた。進歩の勢いが速すぎて、実際には豊かなのに、人々はいまだに貧乏暮らしをしているような気がしてならなかった。この豊かさが、またいつか奪われてしまいそうで不安だった。豊かになった暮らしを思うたびに、主婦たちは手製のカーテンの陰で震えた。夫婦と子どもだけで、一軒の家を丸々使えるなんて! 新しい服を買えるようになったから、もう子どもたちはお下がりやつぎの当たった服を着なくていい。車まで手に入れた。そして今、泥道は油ぎった黒いアスファルトの下に消えようとしている。アスファルトという黒い革の上着が貧しさを封じこめてくれるだろう。あのアスファルトは未来だ。ひげを剃ったほほのようになめらかな未来だ。子どもたちは新しい自転車でこの道を走り、その先には繁栄と工学の学位が待っていることだろう。

ブルドーザーは、叫び、吠えた。ダンプカーから砂利が吐きだされた。巨大なスチームローラーがとてつもない力で路盤を押し固め、五歳のぼくは、ローラーの下に足を置いたらどうなるか、試してみたかった。ぼくは大きな石をローラーの前に投げて走って逃げ、機械が重い音を響かせて通りすぎたあとに石を探したが、影も形もなかった。石は消えた。魔法だった。不思議でわくわくした。ぼくは平らになった路面に手で触れた。なぜか冷たかった。どうしてごつごつの砂利が、アイロンをかけたばかりのシーツのように平らになるのだろう。ぼくは台所の引きだしから持ってきたフォークを投げ、プラスチックのシャベルを投げたが、どちらも跡形もなく姿を消した。今もアスファルトのなかに埋まっているのだろうか、それともなにかの魔法で本当に消えてしまったのだろうか、ぼくにはわからない。

*

姉が初めてレコードプレイヤーを買ったのは、このころだった。姉が学校に行っているすきに、ぼくはこっそり部屋に忍びこんだ。プレイヤーは机の上にあった。黒いプラスチックでできた魔法のテクノロジー。輝く小箱の透明なふたのなかには、おもしろそうなつまみやボタンが隠されていた。まわりにはカーラーや口紅やスプレー缶が散らばっていた。なにもかもが現代的で、不必要なぜいたく品で、ぼくらの新たな豊かさのしるしであり、無駄と繁栄に満ちた未来の先触れだった。ニス塗りの箱には映画スターの写真と映画のチケットが入っていた。姉のコレクションで、分厚い束になったヴィルヘルムソン映画館のチケットには、それぞれに映画のタイトルと主演俳優のリストが印刷され、裏には十点満点の点数が書いてあった。

お皿を立てるラックに似たプラスチック製の器具に、姉の持っている唯一のシングル盤が置いてあった。ぼくはさわるどころか息すら吹きかけてはいけないと、心臓の上で十字を切って誓わされていた。でも、指がうずいた。ぼくはそのレコードを手に取って、ギターを弾くハンサムな若者が描かれているつやつやのレコードジャケットをなでた。若者はひたいにひとふさの黒い髪を垂らし、ぼくにまっすぐほほえみかけていた。ぼくは細心の注意を払って黒いレコードをジャケットから出した。そして慎重にレコードプレイヤーのふたを上げた。姉のやりかたを思い出しながら、レコードをターンテーブルに近づけた。EP盤の穴を中央の棒にはめた。そして、期待のあまりどっと汗をかいて、スイッチを入れた。

ターンテーブルは軽くひきつるように動き、回転しはじめた。ぼくは耐えきれないほど緊張した。逃げだしたくなったが、必死にその衝動を押さえた。ぼくは短くて不器用な子どもの指で、毒牙のあるヘビに似た固く黒いアームをつかんだ。毒牙は楊枝《ようじ》並みに太かった。そしてアームを下げ、回転するプラスチック盤に近づけた。

なにかが弾ける音がした。豚肉をフライパンで焼く音に似ていた。どこかが壊れたにちがいない。ぼくはレコードをだめにしてしまったのだ。きっと、もう二度と鳴らないだろう。

バ、バン……バ、バン……。

いや、違う。始まったぞ！　すごい和音だ！　続いてエルヴィスの狂おしい声が聞こえてきた。ぼくは石になった。つばを飲むのも忘れ、よだれを垂らしているのに気づかなかった。頭が回っているみたいにくらくらした。息をするのも忘れていた。

これが未来だ。未来っていうのは、こういう音がするんだ。道路工事の機械のうなりに似た音楽。騒がしい音は果てしなく続き、激しい揺れは遠い地平線の深紅の日の出に向かって高らかに響いた。

ぼくは窓から体を乗りだして外を見た。ダンプカーから煙が立ちのぼり、工事は仕上げの舗装に入っていた。だが、トラックから吐きだされているのは、黒く光る革のようなアスファルトではなかった。油で固めた砂利だった。灰色で、ごつごつして、醜くて、いやらしい、油で固めた砂利だった。

その上を通って、ぼくらパヤラ村の住人は、未来へと自転車を走らせることになった。

＊

やがて工事の機械がすべていなくなると、ぼくは用心しながら近所を散歩してみた。一歩進むたびに、世界が広がった。新しく舗装された道は、別の新しく舗装された道に続いていた。道の両側には、家々の庭がうっそうとした公園のように広がり、番犬を務める巨大な犬が鎖を鳴らしてぼくに吠えた。歩けば歩くほど、見るべきものが増えた。世界には終わりがないような気がして、どこまでもどこまでも続いているような気がして、頭がくらくらした。もしかしたら、永遠に歩いていけるのかもしれないと思い、吐きそうになった。ついにぼくは勇気をふり絞り、父さんにききにいった。父さんはわが家の新しいボルボを忙しそうに洗っていた。

「世界ってどれぐらい大きいの？」

「すごく大きいさ」

「でも、どこかに終わりがあるんでしょ？」

「中国だな」

父のきっぱりした答えのおかげで、ぼくは気分が少しよくなった。ずっと遠くまで歩いていけば、いつかかならず終わりに着く。その終わりっていうのは、地球の裏側に住んでいる目の細いシナ人の国にあるのだ。

季節は夏で、焼けつくように暑かった。ぼくのシャツの前は、舐《な》めていたアイスキャンディのしずくで汚れていた。ぼくはうちの庭を出て、安全な小世界をあとにした。迷子になりそうで心配で、ときどき肩越しにふり返った。

ぼくは子どもの遊び場に行った。子どもの遊び場といっても、実は村のまんなかに残された古い干草畑に、役場がブランコなどを置いただけのものだった。ぼくはブランコの幅の狭い椅子に腰かけた。そして体全体を使って懸命に漕ぎ、スピードを上げた。

次の瞬間、だれかが見ているのに気づいた。すべり台に男の子がひとり座っていた。これからすべるぞというように、すべり台の一番上にいた。だが、その子はじっと待っていた。タカのように、身じろぎもせず、大きな目でぼくを見つめていた。

ぼくは警戒した。その子には、なんとなく人を不安にさせるところがあった。ぼくがここに来たときは、あそこに座っていなかったはずだ。まるでどこからともなく現われたようだった。ぼくは彼を無視しようと、めまいがするほどブランコを高く漕ぎ、握っている鎖がたるんで感じられた。ぼくはなにも言わずに目を閉じ、胃のなかが激しく渦巻くのを感じながら、ますますスピードを上げて地面に向かって弧を描き、反対側の空へ舞い上がった。

ふたたび目を開けると、彼は砂場に座っていた。まるで翼を広げて舞いおりたように、なんの物音もしなかった。彼はぼくに半分背を向けた位置にいたが、あいかわらずぼくのことを熱心に見つめていた。

ぼくは徐々にブランコのスピードを落とし、草の上に飛び降り、でんぐり返しをして、地面にあお向けに寝転がった。空を見上げた。いくつもの白い雲のかたまりが川の上を横切っていった。風に吹かれて眠っている毛むくじゃらの大きなヒツジの群れのようだった。目を閉じると、まぶたの裏で小さな生きものが走りまわっているのが見えた。赤い膜の上を小さな黒い点が這っていた。もっときつく目を閉じると、胃のなかにいる小さな紫色の人間たちが、たがいの上によじのぼって、なにかの模様を作っているのが見えた。ぼくのなかにもたくさんの動物がいた。ぼくのなかにも探検すべき新しい世界があった。ぼくは頭がくらくらした。世界はたくさんのポケットでできていて、それぞれのポケットにはもうひとつポケットが入っている。ポケットを突き破っても突き破っても、その先には次々にポケットが待っている。

ぼくは目を開き、ぎょっとした。驚いたことに、男の子はぼくの隣に寝転がっていた。体のぬくもりが感じられるほど、ぼくのすぐそばであお向けになっていた。彼の顔は奇妙に小さかった。頭は普通の大きさだったが、目鼻がごく狭いスペースに詰めこまれていた。茶色い革でできた大きなサッカーボールに人形の顔を貼りつけたように見えた。家で切った髪は不揃いで、ひたいには、はがれかけたかさぶたがあった。彼はぼくのほうに顔を向けた。陽が当たっている上の目はすぼめていた。もう片方の、草に転がっている目は大きく見開かれ、巨大な瞳孔にぼくの顔が映っていた。

「なんて名前?」ぼくは声に出してきいた。

彼は答えなかった。動きもしなかった。

「ミケス・シヌ・ニミ・オン?」ぼくは同じことをフィンランド語できいた。

彼は今度は口を開いた。笑ったわけではなかったが、歯が見えた。黄色い歯で、古い食べかすがべったりついていた。彼は小指を鼻の穴に突っこんだ——ほかのは太すぎて入らなかった。ぼくも同じことをした。ぼくも彼も鼻くそをほじくりだした。彼は自分のを口に入れて飲みこんだ。ぼくはためらった。あっという間に、彼はぼくの鼻くそを指からかすめとり、自分の口に入れて飲みこんだ。

ぼくは気づいた。この子はぼくと友だちになろうとしている。

ぼくらは草の上に起き上がった。ぼくはお返しに彼にいいところを見せたくなった。

「知ってる？　行きたいところにはどこにだって行けるんだよ！」

彼はじっと聞いていたが、わかったのかどうかぼくにはわからなかった。

「中国にだって行けるんだから」

本気で言っていることを示そうと、ぼくは道に向かって歩きだした。不安を隠すために、わざと自信満々なふりをして、堂々と歩いた。彼はついてきた。ぼくらは黄色く塗られた牧師館まで歩いた。そのそばの道にはバスが停まっていた。きっとレスターディウスの家の見学にきた観光客を乗せてきたのだろう。ぼくらは頭を垂れ、かつてこの家に住んでいた熱弁をふるう福音主義者にあいさつした。暑かったので、バスのドアは開いていたが、運転手の姿はなかった。ぼくはその子を乗降口のステップに引っぱってゆき、バスに乗りこんだ。座席にはスーツケースや上着が散らばっていて、湿っぽいにおいがした。ぼくらは一番奥に座り、体をかがめて前の座席の背もたれに隠れた。まもなくおばあさんたちが乗ってきて、息を切らし、汗だくになって座席に座った。おばあさんたちは滝のような音がたくさん混じる言葉を話し、びんに口をつけてレモネードを勢いよく飲んだ。やがてお年寄りがさらに何人か乗りこみ、続いて運転手が現われ、バスの外で立ち止まって嚙み煙草を口に入れた。そしてぼくらは出発した。

ぼくらは目を大きく開き、口をつぐんだまま、飛ぶように移り変わる田園風景を眺めた。まもなくバスはパヤラ村を出て、荒野を滑るように進んだ。見えるのは森ばかりだった。どこまでも森が続いていた。旧式の電柱には白い陶製の絶縁体がついており、暑さで電線がたるんでいた。

だれにも気づかれずに十キロほど走った。そのうちぼくがはずみで前の座席に体をぶつけ、ほっぺたが針山のようにふくよかなおばあさんがふり向いた。ぼくは期待をこめてほほえんだ。彼女もほほえみ、ハンドバッグをかきまわして、珍しい布のような不思議な袋のなかからお菓子を取りだした。彼女はなにか言ったが、ぼくにはわからなかった。すると彼女は運転手を指さして、こうきいた。

「パパ？」

ぼくは笑顔を強ばらせてうなずいた。

「お腹、空いてるの？」彼女はドイツ語できいた。

ぼくらが返事をするよりも速く、彼女はぼくらの手にチーズロールをひとつずつ握らせた。

ぼくらはバスに延々と揺られつづけ、やがて大きな駐車場に停まった。全員がバスを降り、ぼくと友だちも降りた。ぼくらの前には巨大なコンクリートの建物があり、平らな屋根にはとがった金属製の高いアンテナが何本も立っていた。その先の金網の向こうには、プロペラ機がいた。バスの運転手はトランクルームの扉を開け、かばんやスーツケースを取りだした。親切なおばあさんは大量の荷物があって、かなり苦労しているようだった。帽子のつばの下には汗が浮かんでおり、歯のすきまから息を吸いこむようないやな音が口元から漏れていた。ぼくと友だちはチーズロールのお礼のかわりに彼女に手を貸して、一緒に重い荷物を建物に運びこんだ。お年寄りの群れは机のまわりに集まり、大声でしゃべりながら、きりがないほどつぎつぎに書類を提出した。制服姿の女性が辛抱強く応対し、それを整理した。続いてぼくらは団体でゲートを通り、飛行機に向かった。

ぼくにとって生まれて初めての飛行機旅行の始まりだった。ぼくも友だちもなんだか陸《おか》に上がった魚のような気分だったが、金色のハート形のイヤリングをつけた茶色い瞳の親切な女の人がシートベルトを締めるのを手伝ってくれた。友だちが窓側の席に座った。光るプロペラが回転しはじめ、しだいに速度を増し、やがて形が消えて見えない丸い渦になるのを見ているうちに、ぼくらの興奮は高まった。

飛行機が動きだした。ぼくは座席に押しつけられ、タイヤの揺れを感じ、やがてぐいっと引かれる感じがして、離陸した。友だちは窓の外を指さし、すっかり心奪われていた。ぼくらは空を飛んでいた！　世界はぼくらのはるか下にあった。人や建物や車がおもちゃほどに縮んで見え、あんまり小さいのでポケットにしまえそうだった。やがてぼくらは雲に飲みこまれた。雲の外側は白かったが、なかはオートミールのおかゆのように灰色だった。ぼくらは雲を出て上昇を続け、空のてっぺんに達すると、飛行機の滑空はゆるやかになり、動いているのがほとんど感じられないほどだった。

親切なスチュワーデスがジュースを持ってきてくれた。のどがからからだったのでうれしかった。おしっこに行きたいと言うと、スチュワーデスがとても小さな部屋に案内してくれて、ぼくらは交替でちんちんを出した。ぼくらは穴に向かっておしっこをした。ぼくの想像のなかで、おしっこは黄色いしずくになって地面に落ちていった。

次にぼくらはそれぞれノートとクレヨンをもらった。ぼくは二機の飛行機が衝突する絵を描いた。友だちは不揃いな髪の頭をうしろにもたせかけ、どんどん深くもたれて、そのうち口を大きく開けたまま寝てしまった。彼が息を吐くたびに窓ガラスが曇った。

ついにぼくらは着陸した。乗客は全員押しあって降り、混雑のなかでぼくらはさっきのおばあさんを見失った。ぼくはとがった帽子をかぶった男にここは中国かときいた。男は首を横に振り、どこまでも廊下が続いているほうを指さした。大勢の人がかばんを持って忙しそうに行き来していた。ぼくらはその廊下を歩いていった。何度か礼儀正しく人にたずね、ようやく細い目の人たちがいるところに出た。きっと中国に向かうのだろうとぼくは考えて、隣に座ってじっと待った。

しばらくして紺色の制服の男がぼくらのところにやってきて、質問を始めた。男の目からは、ぼくらがまずいことになりそうな雰囲気がうかがわれた。そこでぼくは恥ずかしそうな笑みを浮かべ、なにを言われてもわからないふりをした。

「父さんが」とぼくはつぶやき、遠くのほうをあいまいに指さした。

「ここで待っていなさい」と男は言って、なにか考えがあるように大またで歩み去った。

男がいなくなると、すぐにぼくらは別のベンチに移った。すると、ハイソックスをはいた黒い髪の中国人の女の子が、プラスチック製のパズルのようなもので遊んでいるのを見つけた。おもしろそうだった。女の子はパズルのピースを床に並べ、木やヘリコプターや、好きなものをなんでも作れるのを見せてくれた。細い腕をふりまわしてよくしゃべる子で、たしか「リ」という名前だと言っていた。ときどき彼女は、新聞を読んでいるきつい目をした年配の人と、その隣にいるまっ黒な髪の年上の女の子のほうを指さした。たぶんその子の姉だろう。彼女は手を汚しながら赤い実の果物を食べており、レースの縁どりのあるナプキンでしょっちゅう口をぬぐっていた。ぼくが彼女のそばに行くと、その果物をフルーツナイフできれいに切って勧めてくれた。その果物はとても甘く、ぼくの胃のなかで蝶が舞っているような感じがした。こんなにおいしいものは生まれて初めてだった。ぼくは友だちにも食べてみるようにすすめた。彼はうっとりとして目を半分閉じた。お礼のかわりに、彼はいきなりマッチ箱を取りだして開け、中国人の女の子に見せた。

箱のなかには緑色に輝く大きな甲虫がいた。姉のほうが果物のかけらを食べさせようとすると、虫は飛びたった。やわらかな羽音をたてて、ベンチに座った細い目の人々の上を飛び、髪を長いかんざしで留めたふたりの女が驚いて見上げる上を飛び、雑に包んだトナカイの角がてっぺんに乗っているスーツケースの山の上を飛び、蛍光灯すれすれに飛んで、ぼくらが来た廊下を反対に去っていった。友だちは悲しそうだった。あの虫はきっとパヤラ村に帰れるさと言って、ぼくはなぐさめた。

そのとき、スピーカーから案内が流れ、全員が動きだした。ぼくらはパズルを女の子のおもちゃ袋にしまい、押しあう人々にまぎれてゲートを通過した。飛行機はさっきのよりもずっと大きかった。プロペラのかわりに両翼に大きな円筒がついていて、動きだすと風を切る音がした。音はしだいに大きくなって耳をつんざく叫びとなり、やがて離陸すると、低く響くうなりに変わった。

ぼくらはフランクフルトに着いた。もし、一緒に旅してきたもの言わぬ友だちが、急に便意を催してテーブルの下でうんちをしたりしなければ、きっと、絶対に、まちがいなく、ぼくらは中国までたどりついていたことだろう。

2

生きた信仰と死んだ信仰について。ボルトとナットから暴力が生じる過程について。パヤラ村の教会で起きた驚くべきできごとについて。

ぼくはその無口な友だちとよく遊ぶようになり、それからまもなく、彼の家に初めて遊びにいった。彼の両親はレスターディウス派の信者だった。レスターディウス派というのは、ラーシュ・レヴィ・レスターディウスというルーテル派の宣教師が、その昔、カレスアンドで興した信仰復興運動だ。レスターディウスは小男だったけれど、説教では激しやすく、罪人顔負けの悪い言葉を使って強い酒や肉欲を批判した。あまりに強烈な話しぶりだったので、その残響が今もなお残っているほどだ。

レスターディウス派の場合、普通の信仰では十分ではなかった。洗礼を受けたり、懺悔《ざんげ》したり、献金皿にお金を入れたりするだけでは信仰とはいえなかった。求められているのは、生きた信仰だった。あるとき、レスターディウス派の老説教師が、生きた信仰とはどのようなものかと問われて熟慮の末に答えたように、それは一生ずっと上り坂を登りつづけるのに似ていた。

一生ずっと上り坂を登りつづける。想像するのも難しい。たとえばパヤラ村からムオドスロンポ

口に向かう道のような、トーネダーレン地方の曲がりくねった細い田舎道をぶらぶら歩いていると
する。季節は初夏で、あたりは新緑に包まれている。道は風雪にさらされた松林を抜け、湿地から
は泥と太陽のにおいがたちのぼる。道端の溝で砂利をついばむキバシオオライチョウは騒がしく翼
をはためかせて飛びたち、下生えのなかに姿を消す。

まもなくきみは最初の丘に行きあたる。道が上りはじめた感じがして、ふくらはぎの筋肉に力が
入る。だが、きみはためらわずに歩きつづける。なだらかな坂にすぎないからだ。すぐにてっぺん
に着くだろうし、そうしたら道はまた平らになり、両側には乾いた平らな木立が広がるだろう。高
くそびえる木の幹のあいだには、白くてふんわりしたトナカイゴケが生えているだろう。

だが、上りは続く。上り坂は思っていたよりも長い。足はしだいに疲れ、歩みは遅くなり、頂上
が待ち遠しくてたまらない。もうすぐてっぺんに着くはずだ。

だが、どこまで行っても頂上に着かない。道はひたすら上りつづける。木立に変化はなく、湿地
と下生えが広がり、ところどころに木を切り倒した醜い空き地がある。まだ上り坂だ。まるでだれ
かが風景を丸ごと切りとって、斜めに立てかけたかのようだ。きみを困らせるためだけに、反対端
を高く持ち上げ、つっかい棒をしたのだ。今日はこのまま上り坂が続くのではないかときみは疑い
はじめる。そして翌日も。

きみは頑固に上りつづける。来る日も来る日も。来る週も来る週も。足は鉛と化し、風景を立て
かけるなんて小賢《こざか》しいことをしたやつはだれだときみは思う。くやしいけれど、かなり上手なのは
認めざるをえない。でも、パルカヨッキを過ぎたらきっと平らになるはずだ。なにごとにも限度と
いうものがある。やがてパルカヨッキに着いても上り坂はまだ続き、平らになるのはキットキエヨ

ッキの先だろうかときみは思う。

来る週も来る週も、来る月も来る月も。きみは一歩一歩進みつづける。雪が降りだす。雪は解け、また降る。キットキエヨッキからキットキエイェルヴィに向かう途中で、きみは挫折しそうになる。足に力が入らず、股関節は痛み、力の貯えも底をつきそうだ。

それでも、きみはしばし立ち止まって息を整え、戦いつづける。ここまで来ればムオドスロンポロは近いはずだ。ときどき逆方向から来る人とすれちがう。避けがたいことだ。パヤラに向かって楽しそうにスキップしてゆく人がいる。なかには自転車に乗っている人もいる。シートに座り、ペダルを漕ぐことなく、どこまでもなめらかに下ってゆく。それを見て、きみの心に疑いが生じる。きみは内なる戦いを強いられる。

歩幅はしだいに狭くなる。何年も何年も過ぎる。あと少しで、あとほんの少しで着くはずだ。また雪が降る。そういうものだ。降る雪に目を凝らすと、なにか見えたような気がする。すぐ先がいくらか明るいように思う。木立がまばらになり、開けている。木々のあいだに家が見える。村だ！ムオドスロンポロだ！　あと一歩、震える足であと一歩踏みだせば……。

葬式で、牧師は生きた信仰に命を捧げたきみを讃える。たしかにそのとおりだ。きみは生きた信仰に死んだ――シエ・クオリット・エレヴェッセ・ウスコッサ。われわれの目の前できみはムオドスロンポロにたどり着き、そして今、長い長い旅の果てに、きみはようやく父なる神の黄金の荷車に乗り、天使のファンファーレが高らかに響くなかを、永遠の坂道をどこまでもなめらかに下りつづける。

もの言わぬ友だちには、ちゃんと名前があった。母親からはニイラと呼ばれていた。彼の両親は厳格なキリスト教徒だった。家には子どもがひしめいていたけれど、いつ行っても、もの悲しい、教会のような静けさに包まれていた。ニイラには兄がふたりと妹がふたりいて、もうひとり、母さんのおなかのなかで足をばたばたさせている赤ん坊がいた。子どもというのはすべて神からの贈りものだから、時がたてばさらに増えることだろう。

＊

こんなに大勢の子どもが静かにしているのは不自然だった。おもちゃの数は少なく、持っているものも、兄たちが作った荒削りの木のおもちゃがほとんどで、色は塗られていなかった。子どもたちはそのへんに座り、そのおもちゃで魚のように静かに遊んでいた。信心深く育てられたからというだけではなかった。トーネダーレンのほかの家庭でもよくあるように、口をきくのをやめてしまったのだ。もしかしたら恥ずかしいのかもしれないし、もしかしたら怒っているのかもしれない。もしかしたら口をきく必要はないと思ったのかもしれない。親たちは食べるときしか口を開かなかった。それ以外のときは、必要なものを目で示すか指でさせば、子どもたちがそれに従った。

ぼくもニイラの家に行ったときには静かにした。子どもはそういうことに勘が働く。ぼくは靴を脱いで玄関マットの上に置き、頭を垂れ、肩をわずかに丸めて、足音を忍ばせて台所に行った。揺り椅子から、テーブルの下から、鍋の棚の横から、もの言わぬたくさんの目がぼくを迎えた。視線はぼくに注がれ、よそにそらされ、台所の壁をこっそり眺めまわし、木の床を眺め、けれどもかならずぼくに戻ってきた。ぼくもできるかぎり力をこめてにらみかえした。一番下の女の子の顔は恐怖におののき、ぽかんと開いた口のなかで乳歯が光り、涙がほほを伝った。泣いているのに、それでも静かだった。女の子はほほの筋肉を震わせ、ぽっちゃりした小さな手で、スカートをはいた母さんの足にしがみついた。母さんは室内にいるのに頭にスカーフをかぶり、両手をひじまでボウルに突っこんでいた。彼女はぼくに気づかないふりをしており、舞い上がった小麦粉は、陽の光を浴びて黄金色の粉になった。彼女はぼくを長椅子に連れていった。ニイラは、それを認めてくれたしるしだと理解した。ニイラはぼくを長椅子に連れていった。そこではふたりの兄がナットとボルトをやりとりしていた。あるいは、箱のしきりのなかで、ナットとボルトを複雑なパターンで入れ替える、ある種のゲームだったのかもしれない。彼らはしだいに相手に対するいらだちを募らせ、無言のまま力ずくで相手の手からボルトを奪おうとした。一個のナットが床に落ち、ニイラがさっと拾い上げた。たちまち一番上の兄がニイラの手をつかみ、痛くて息ができないほど絞めつけて、透明なプラスチックの箱のなかにナットを無理やり落とさせた。そのとたん、もうひとりの兄が箱をひっくり返した。鉄がぶつかる騒がしい音とともに、中身が木の床一面に散らばった。

一瞬、静けさのなかですべてが止まった。虫眼鏡で集めた日光のように、台所のすべての目がふたりの兄に向けられた。映写機のなかでフィルムがひっかかり、暗転し、縮れて、スクリーンが白くなったときに似ていた。理解はできなかったけれど、憎しみはぼくにも感じとれた。ふたりの兄は勢いよく飛びだし、たがいのシャツの胸ぐらをつかんだ。腕の二頭筋がふくれあがり、工業用磁石並みの力を発揮して、ふたりの距離は容赦なく縮まった。そのあいだずっと、ふたりは石炭のように黒い瞳で相手をにらみつけ、向かいあったふたつの鏡のように、距離は無限に広がっていった。

そのとき、母さんがふきんを投げつけた。ふきんは、かすかな小麦粉の尾を引いて台所から飛んできた。ふきんの流れ星は、上の兄のひたいに濡れた音とともに当たり、そのまま貼りついた。母さんは威嚇《いかく》するようにふたりをにらみ、手についた生地をゆっくりぬぐった。夜なべでシャツのボタンを直すなんてまっぴらだ。兄たちはしぶしぶ手を放した。彼らは立ち上がり、台所のドアから出ていった。

母さんは床に落ちたふきんを拾い、手を洗って、また生地をこねはじめた。ニイラはナットとボルトを全部拾ってプラスチックの箱に入れ、満足げな表情で箱をポケットにしまった。そして台所の窓の外にこっそり目をやった。

ふたりの兄は小道のまんなかに立っていた。彼らは猛烈な速さでパンチを応酬した。重たいパンチが丸刈り頭を小突きまわし、頭は巨大なじょうごのなかのカブのようにぐらぐら回転した。それでも、怒鳴る声も、なじる声も聞こえなかった。強烈なパンチが、狭いひたいに、ジャガイモのような鼻に、赤キャベツのような耳に浴びせられた。上の兄のほうが腕が長く、下の兄はその腕をかいくぐるようにパンチを繰りださなければならなかった。どちらの鼻からも血が噴きだした。鼻血はしたたり、飛び散り、げんこつはまっ赤だった。それでもふたりは殴りつづけた。バシッ、ドスッ、バシッ、ドスッ。

ぼくらはジュースとオーヴンから出したばかりのシナモンパンをもらった。パンは、食いちぎったかけらを歯でくわえて冷ましてからでないと嚙めないほど熱かった。そのあと、ニイラはナットとボルトで遊びはじめた。彼は震える指でナットとボルトをソファの上に全部出し、ぼくはそれを見て、彼が長いあいだずっと、これで遊んでみたくてしかたがなかったことに気づいた。ニイラはナットとボルトをプラスチック箱のさまざまなしきりに分け、箱を傾けて全部出し、混ぜあわせ、また最初から入れなおした。ぼくは手伝おうとしたが、彼がいやがっているのがわかったので、しばらくして家に帰った。彼は目を上げようともしなかった。

兄たちはまだ外で殴りあっていた。彼らに蹴られた砂利が、壁のようにふたりを丸く囲んでいた。あいかわらずパンチは激しく、もの言わぬ憎しみに満ちていたが、動きは鈍くなり、疲れがにじんでいた。シャツは汗でたっぷり濡れていた。顔は土ぼこりに薄く覆われ、血糊の下の肌は灰色だった。

彼らの姿が変化していることにぼくは気づいた。ふたりとも、もう少年ではなかった。あごは腫れ上がり、ふくれたくちびるのあいだから犬歯が突きだしていた。足はクマの太もものように短く太くなり、ズボンの縫い目が裂けそうだった。爪は黒くなり、かぎ爪になっていた。そのときぼくは、顔についているのがほこりではなく、毛だということに気づいた。彼らの皮膚にはけものの毛が生えていた。黒い毛がみずみずしい少年の顔を覆い、首を覆い、シャツのなかにまで生えていた。

ぼくは、彼らのほうにあわてて一歩踏みだし、大声で注意しようとした。

そのとたん、彼らは動きを止めた。こちらを向き、わずかに背をかがめて、鼻を鳴らしてぼくのにおいをかいだ。彼らは飢えていた。腹が空っぽだった。食えるものならなんでも食おうとしていた。肉を求めていた。

ぼくはあとずさりした。氷のような寒気が背筋を伝った。彼らはうなった。肩を寄せあってこちらに向かってきた。用心深い二頭の肉食獣。彼らは足を速め、丸く囲んだ砂利の外に出た。そして爪で地面を引っかき、飛びかかってきた。

ぼくの頭上に暗雲がたちこめた。

悲鳴をあげたくても声が出なかった。恐怖におののいてべそをかき、身動きがとれなくなった子ブタのように甲高くわめくのが精いっぱいだった。

ディーン、ディーンドーン。

教会の鐘だ。

聖なる教会の鐘だった。ディーンドーン。ディーンドーン。白い衣をまとった人物が自転車で中庭に入ってきた。ちらちら光るその人物は、粉っぽい光の雲に包まれてベルを鳴らした。野獣を巨大な拳でつかまえ、襟首をつかんで持ち上げて、火花が散るほど強く、ふたりのカブ頭を打ちつけた。

「父さん」ふたりは苦しそうに声を漏らした。「父さん、父さん……」

まばゆい光は消え、父親は息子たちを地面に放り投げ、両方の手にそれぞれの足首をつかんで前後に動かし、前歯で砂利をならして地面を元どおりの状態に戻した。兄たちは目も潰《つぶ》れるほど激しく泣いて、父親が作業を終えるころにはまた少年に戻っていた。ぼくは全速力で家に帰った。ポケットにはボルトが一個入っていた。

*

ニイラの父はイーサックという名で、レスターディウス派の大家族の生まれだった。イーサックは幼い頃から煙の充満する小屋で開かれる祈禱会《きとうかい》に連れていかれた。小屋のなかでは、背広を着た小自作農や、頭にスカーフをかぶった農夫の妻が木のベンチに尻をくっつけあって座っていた。小屋は混みあっており、信徒たちに精霊がのり移って、節をつけて祈禱を唱えながら体を前後に揺すりだすと、前の人の背中にひたいがぶつかるほどだった。ぎゅう詰めの小屋のなかで、幼く感じやすいイーサックは、まわりの男女がひとり残らず変身するのを目の当たりにした。ふたりの説教師の詠唱の声が高まるにつれ、人々の息は深くなり、空気は湿って異臭に満ち、顔は紅潮し、めがねは曇り、鼻からは鼻水がしたたった。彼らの言葉は、生きたその言葉は、糸を一本ずつ重ねて真実を織りあげ、そこには悪魔が、裏切りが、罪が、模様となって現われた。地下に隠れようとしていた悪しきことがらは、醜悪な根を引きちぎられて、信徒たちの前で虫食いだらけのカブのように縮みあがった。最前列には、三つ編みの金髪を暗がりに輝かせている少女がおり、恐怖におののくおとなたちの体に押しつぶされていた。頭上で嵐が荒れ狂うなか、少女は人形を胸に押しあて、じっと動かなかった。母さんや父さんが泣いているのを見るのは怖ろしかった。親戚のおとなたちが、すっかり人が変わって、心乱されているようすを見るのは怖ろしかった。彼女は背を丸め、放射性物質が頭上から降りそそぐのを感じながら思った。みんなわたしのせいなんだ。わたしが悪いんだ。もっとお行儀よくしていればよかった。イーサックは幼い手をきつく握りあわせた。手のなかで虫の群れが這いまわっているような感じがした。彼は思った。この手を開いたら、ぼくらはみんな死んでしまうだろう。虫を外に逃がしたら、みんなやられてしまうだろう。

　そして、数年後のある日曜日、彼は夜の薄氷の上を這うように、危険な領域に踏みだした。すべてが砕け、彼の守りは崩れ去った。十三歳になったイーサックは、自分の奥深くで悪魔がのさばりだしているのを感じていた。殴られる恐怖よりも、自分を守ろうとする衝動よりも大きい恐怖にとらわれて、彼は祈禱会のさなかに立ち上がり、人の背中につかまって、前後に体を揺らし、キリストのひざに鼻から倒れこんだ。胼胝《たこ》のある手が、彼のひたいと胸に置かれた。こうして彼は二度目の洗礼を受けた。彼は心のボタンをはずし、あふれ出る罪でずぶ濡れになった。

　集まった人々の目はみな涙で濡れていた。すばらしいできごとを目撃した。この子は全能の神に呼び寄せられたのだ。主はみずからの御手でこの少年を連れ去り、また返してくださった。

やがて、彼はあらためて歩く練習を始め、震える足で立つ彼を、人々は支えた。太った母親はイエスの名と血において彼を抱きしめ、その涙が彼の顔を伝った。

彼が伝道師になる定めであることは、あきらかだった。

＊

たいていのレスターディウス派の信者と同様に、イーサックも勤勉に働いた。冬には木を切り倒して凍結した川に積み上げ、春になって氷が解けると、丸太がスムーズに流れるように気を配りながら河口の製材所に運び、夏には親の小さな自作農地で乳牛やジャガイモ畑の世話をした。熱心に働き、多くを求めず、強い酒とギャンブルと共産主義には絶対に手を出さなかった。そのせいで、仲間の木こりとのあいだでもめごとが起きることもあったが、イーサックは、からかわれてもそれは克服すべき課題だと考えて、平日はひとことも口をきかず、ひたすら説教書を読んだ。

けれども、日曜にはサウナと祈りで身を清め、白いシャツと背広を着た。祈禱会が始まると、ようやく自分を解き放ち、堕落と悪魔を攻撃し、主の両刃《もろは》の剣を振りまわし、神の掟と絶対的真理を武器に、世界中の罪人や、嘘つきや、偽善者や、淫らな言葉を使う人々や、酒飲みや、妻を殴る男や、トーネ川の呪われた谷で毛布のシラミのように繁殖する共産主義者を攻撃した。

彼の顔は若々しく、精力的で、ひげはきれいに剃ってあった。目は深くくぼんでいた。磨き上げた技で会衆の注目を捉え、ほどなく信徒仲間と婚約した。フィンランドのペッロ地域出身の、内気でしとやかな娘で、石鹸のにおいがした。

だが、子どもがつぎつぎに生まれだすと、彼は神に見放された。ある日、沈黙だけが広がった。彼の訴えに答える声はなかった。

彼は混乱のなかに残され、深い淵の際をおぼつかない足どりでさまよった。心は悲しみでいっぱいだった。ふつふつと恨みも湧いた。どんな感じか知りたいと、罪を犯すようになった。もっとも身近にいる最愛の人に対して、ささやかな悪事を働いた。その行為は大いに楽しく、その後も繰り返した。心配した教会の信徒たちは、彼と真剣に話し合おうとしたが、彼は悪魔の呪いを投げつけるばかりだった。信徒たちは彼に背を向け、二度と戻ってこなかった。

けれども、見放され、虚ろな心になっても、彼はあいかわらず自分は信仰心が篤いと思っていた。しきたりを守り、聖書に従って子どもたちを育てた。ただし、主なる神にかわって、彼がその役割を果たした。レスターディウス派の信仰の最悪の形だった。神のいないレスターディウス主義ほど、悪意に満ち、手に負えないものはなかった。

*

そんな寒々とした風景のなかでニイラは育った。敵意に満ちた環境にいる子どもの多くがそうであるように、彼はだれにも気づかれないようにして生きのびる術を身につけた。ぼくは子どもの遊び場で初めて彼に会ったときから、そのことに気づいていた。彼には音をたてずに動く能力があった。カメレオンのように背景の色に同調し、姿を消したように見せかける。控えめなトーネダーレンの住人の典型だった。寒さから身を守るために背を丸める。体は固くなり、肩の筋肉は硬直して、中年になると痛みだす。歩幅は狭く、呼吸は浅くなり、酸素不足で肌は灰色を帯びる。おとなしいトーネダーレンの人々は、攻撃されてもけっして逃げない。そんなことをしても無駄だからだ。ただ肩を寄せあって、攻撃が過ぎ去るのを待つ。人が集まる公の場では、うしろのほうに座る。トーネダーレンの文化的な催しでよく見られる光景だ。舞台のスポットライトと観客とのあいだには空席が十列以上広がり、最後列だけ人がびっしり座っている。

ニイラの両腕には小さな傷がたくさんあって、いつまでも治らなかった。やがて、ぼくは彼がしょっちゅう自分でひっかいていることに気づいた。ニイラは無意識のうちに腕を探り、汚い爪で皮膚をひっかいていた。傷がかさぶたになったとたんに、ひっかき、こじあけ、はがし、指で弾いて捨てた。かさぶたはぼくのところに飛んでくることもあったし、遠い目をした彼が食べてしまうこともあった。ぼくにとって、どっちが不快だったかよくわからない。ぼくの家にいるとき、注意してやめさせようとしたことがあったが、彼はなんのことかわからないというように驚いた顔でぼくを見つめるだけだった。そして、じきにまたひっかきはじめた。

しかし、なによりもニイラの一番不思議なところは、ひとこともしゃべらないことだった。もう五歳なのに妙だった。口を開けてなにか言いそうなそぶりを見せ、のどで痰のかたまりが動く音が聞こえることもあった。咳をするような、かたまりが出てくるような音がすることもあった。けれども、そこで彼は気が変わり、おびえたような表情になった。ぼくの言うことはちゃんと理解できた。それはたしかだった。頭はどこもおかしくなかった。けれども、なにかが引っかかっていた。

彼の母親がフィンランド出身であることが、大いに関係しているのはまちがいなかった。彼女はもともとおしゃべりではなかったし、彼女の祖国は内戦とソ連との冬戦争と継続戦争とでずたずただったが、西の隣国スウェーデンは、そのあいだに栄養をたっぷりとり、ドイツ相手にせっせと鉄鉱石を売って豊かになっていた。彼女は劣等感を抱いた。子どもたちには自分が手に入れられなかったものを与えてやりたかった。子どもたちを本物のスウェーデン人にするために、自分の母国語のフィンランド語ではなく、スウェーデン語を教えたいと思った。けれども彼女はスウェーデン語がほとんどわからなかったので、ひたすら黙っていた。

ニイラがうちに来ると、よく一緒に台所で過ごした。彼はラジオが好きだったからだ。彼の家ではありえないことだけれど、ぼくの母さんは一日じゅうラジオをつけっぱなしにしていた。なんの番組でもかまわなかったので、ポップ・ミュージックや、「婦人の時間」や、「汝の道を進め」や、ストックホルムからのリスナーの電話や、語学番組や、キリスト教の礼拝など、ありとあらゆるものが流れていた。ぼくはちゃんと聞いたことはなくて、耳から耳へすぐ抜けていった。でも、ニイラは音があるというだけで、静かな瞬間が少しもないというだけで、すっかりわくわくしているようだった。

ある日の午後、ぼくは決心した。ニイラに言葉を教えよう。ぼくは彼と目を合わせ、自分を指さして言った。

「マッティ」

ぼくは彼を指さして待った。彼も待った。ぼくは手を伸ばし、彼のくちびるのあいだに指を突っこんだ。彼は口を開けたが、なにも言わなかった。ぼくは彼ののどをなでた。くすぐったかったらしく、彼はぼくの手を払いのけた。

「ニイラ！」とぼくは言って、彼にも繰り返させようとした。「ニイラ、ほら、ニイラって言ってみな」

彼はぼくの頭の中身を疑うような目で見た。ぼくは股間を指さして「ちんちん」と言った。ぼくが下品なまねをしていると思ったらしく、彼はにやりと笑った。ぼくは尻を指さした。「けつ！　ちんちんとけつ！」

彼はうなずき、またじっとラジオに耳を傾けた。ぼくは彼の尻を指さして、なにかが出てくるところを身ぶりで示した。そして、彼の顔を見て答えを待った。彼は咳払いをした。待っているうちに、ぼくはいらいらしてきた。でも、なにも起きなかった。ぼくは腹が立って、彼を床に組み伏せた。

「うんこだろ。うんこって言ってみな」

彼はぼくの腕をゆっくりふりほどいた。咳をして、準備運動をするように舌を口のなかで動かした。

「ソイーファ（のどが渇いた）」と彼は言った。

ぼくは息を飲んだ。初めて彼の声を聞いた。歳の割には低く、しゃがれていた。あまり魅力的な声ではなかった。

「なんだって？」

「ドーヌ・アル・ミ・アクヴォン（水をくれ）」

またただ。ぼくはびっくりした。ニイラがしゃべった！　ニイラがしゃべったけれど、なにを言っているのか全然わからなかった。

彼は誇らしげに立ち上がり、流しに行って水を一杯飲んだ。そして家に帰った。

信じがたいできごとだった。ニイラはじっと口をつぐみ、ひとりで怖れおののいているあいだに、自分だけの言葉を作りだしていたのだ。だれとも言葉を交わすことなく、単語を作り、つなぎあわせて文にしていた。もしかしたら彼ひとりの仕事ではないのかもしれない。もしかしたら、もっと深いなにかが、彼の心の泥炭層の一番底に埋まっているなにかが、関わっているのかもしれない。大昔の言語だろうか。固く凍っていた大昔の記憶が、ゆっくり解けだしているのかもしれない。

いつのまにかぼくらの立場は入れ替わった。言葉を教えるのは、ぼくではなく彼の役目になった。ぼくらは台所に座り、母さんは庭でなにかしていて、バックでラジオが鳴っていた。

「チ・ティオ・エスタス・セージョ（これは椅子です）」彼は椅子を指さして言った。

「チ・ティオ・エスタス・セージョ」ぼくは彼のあとについて繰り返した。

「ヴィ・ノミジャス・マッティ（きみの名前はマッティ）」彼はぼくを指さして言った。

「ヴィ・ノミジャス・マッティ」ぼくは言われるままに繰り返した。

彼は首を横に振った。

「ミ・ノミジャス！（ぼくの名前は！）」

ぼくは言いなおした。

「ミ・ノミジャス・マッティ。ヴィ・ノミジャス・ニイラ」

彼は激しく舌打ちした。彼の言語にはきちんとした規則があった。好き勝手にしゃべるわけにはいかなかった。

ぼくらはこの言葉を秘密の言葉として使うようになり、使っているあいだはふたりだけの空間に閉じこもることができた。近所の子たちはぼくらに焼きもちを焼き、怪しむような目で見たが、かえってそれがうれしかった。父さんと母さんは、ぼくが言葉を話せなくなったのかと心配し、医者に電話で相談したが、子どもはよく空想の言葉を勝手に作るものだし、じきにおさまるだろうというのが医者の答えだった。

けれどもニイラのほうは、のどのつかえがすっかりとれたようだった。彼はぼくらのまやかしの言葉のおかげで恐怖心を克服し、まもなくスウェーデン語とフィンランド語も話すようになった。言うまでもなく、彼はどちらの言葉もよく理解していたから、聞いてわかる単語の数はとても多かった。それを音に出して言えばいいだけなのだが、それには口の動かしかたの練習が必要だった。これは想像よりもずっと大変だった。彼の口蓋《こうがい》は、スウェーデン語のすべての母音と、フィンランド語の二重母音をうまく発することができなくて、いつまでたっても妙な発音は直らず、おまけに始終よだれが垂れた。ようやくどちらの言葉でも言っていることがだいたいわかる程度にはなったものの、それでも彼はぼくらの秘密の言語のほうを使いたがった。そのほうが安心できるようだった。秘密の言語で話していると、彼の緊張がほぐれ、動きからぎこちなさが消えた。

＊

ある日曜日の朝、パヤラ村で珍しいできごとがあった。教会が満員になったのだ。いつもと同じ礼拝で、牧師はいつもと同じヴィルヘルム・ターヴェで、ふつうなら十分空席があるはずだった。けれど、この日は満員で、外まで人があふれていた。

なぜかといえば、パヤラ村の住人たちは、生まれて初めて、生きている、本物のアフリカ人を見られることになっていたからだ。

あまりの盛り上がりように、クリスマスイヴ以外はほとんど教会に行かない母さんと父さんまで出かけていった。ぼくらの前の信徒席には、ニイラと、ニイラの父さんと母さんときょうだい全員が座っていた。一度だけニイラがふり返り、椅子の背もたれごしにぼくのほうを向いたが、そのとたんにイーサックに強くつつかれた。教会には事務員や木こりも来ていたし、共産党員さえ何人か混じっていた。人々がなにを話しているのか、聞くまでもなかった。みんな、その男がどれぐらい黒いのか、レコードジャケットで見たジャズ・ミュージシャンみたいにまっ黒なのか、コーヒー程度の褐色なのかうわさしあっていた。

鐘が鳴り、聖具室のドアが開いた。出てきたターヴェ牧師は、黒ぶちめがねをかけ、やや緊張しているように見えた。そしてそのうしろに、同じように祭服を着ているのは、きらきら光るアフリカのマントを着ているのは、ほら……。

まっ黒だ！　日曜学校の女教師のあいだにささやきがすばやく広がった。褐色などではない、青みがかった黒だった。アフリカ人の横を早足で歩いているのは、長年、宣教師を務めていた教会執事の女性で、がりがりにやせ、肌は革のようにつっぱっていた。男ふたりは祭壇に向かって頭を下げ、女の教会執事はひざをかがめて会釈した。ターヴェは、みなさんようこそお集まりくださいました、戦火に苦しむコンゴからはるばるおいでくださったお客さまを心をこめてお迎えしたいと思いますと述べて、礼拝を始めた。コンゴの信者は物的支援を緊急に必要としており、今日の献金はすべて、アフリカの兄弟姉妹の援助のために送られるということだった。

礼拝が始まった。けれども、人々は目を見開いて見つめるばかりだった。どうしても彼から目をそらすことができなかった。賛美歌が始まり、人々は生まれて初めて黒人の声を耳にした。アフリカでも同じ賛美歌を歌っているらしく、彼はどの歌も知っていた。彼は母国語かなにかで歌っており、低い声には情熱の響きがあり、その声をよく聞こうと、信徒たちの声はしだいに小さくなっていった。やがて説教の時間になり、ターヴェが合図した。そして前代未聞の事態が起きた。アフリカ人と教会執事が一緒に説教壇に上ったのだ。

驚きが広がった。当時はまだ六〇年代で、女は教会ではうしろの席に座り、黙っているものだとされていた。ターヴェは、このご婦人にはお客さまの言葉を通訳してもらいますと説明した。説教壇に立った彼女は、堂々たる体格の客の横で、窮屈そうに居場所を確保しようとしていた。教会執事の帽子をかぶった彼女は大汗を垂らし、マイクを握って、不安そうに信者たちを見まわした。アフリカ人はおだやかに落ち着いて目の前の信徒を見つめた。彼は先のとがった青色と黄色の帽子をかぶっており、そのせいで一段と大きく見えた。顔はまっ黒で、瞳の輝きのほかは、鼻も口も見分けられなかった。

アフリカ人は説教を始めた。バントゥー語だった。マイクは使わず、大きく魅力的な声には、ジャングルでだれかに呼びかけているような響きがあった。

「主に感謝を捧げます。主なる神に感謝いたします」教会執事は通訳した。

そこまで言うと、彼女はマイクを落とし、大きなうめき声をあげて前に倒れた。アフリカ人が抱きとめなければ、説教壇から転げ落ちていただろう。

まっ先に動いたのは聖具保管係だった。急いで走りより、階段を駆け上がって、教会執事の骨ばった腕を雄牛のような自分の首に巻きつけて、通路に下ろした。

「マラリアだわ」彼女はあえぎながら言った。肌は黄ばみ、今にも気を失いそうだった。教会の評議員数人が急いで駆けより、彼女を教会から運びだして車に乗せ、車は猛スピードで診療所に向かった。

残りの信徒とアフリカ人はそのままだった。みななんとなく困惑していた。ターヴェは一歩進みでて威厳をとり戻そうとしたが、説教壇にはまだ堂々たるアフリカ人の姿があった。地球の裏側からはるばるやってきたのだから、彼ならこの事態に対処できるはずだ。神の御名において。

しばし考えたのち、彼はバントゥー語からスワヒリ語に切り替えた。スワヒリ語を話す人は数百万人いる。アフリカ大陸でも、北から南まで大勢が話していた。しかし、残念ながら、パヤラ村には通じる人がいなかった。彼の目の前の会衆は、ぽかんと見つめるばかりだった。別の言語を試そうと、今度はクレオール訛《なま》りのフランス語でしゃべった。けれども、あまりに独特な訛りだったので、村のフランス語教師でさえ、なにを言っているのか理解できなかった。しだいに熱くなってきた彼は、アラビア語でひとことふたこと話した。次に、これでもかと言うように、世界教会運動の仕事でベルギーに赴任していたときに覚えたフラマン語で話した。

だが、なんの反応もなかった。彼の言っていることを理解できた人間は、ひとりもいなかった。こんな片田舎では、スウェーデン語かフィンランド語でなければ通じなかった。

やけになった彼は、最後にもう一度だけ、違う言語を試した。ふり絞った大声は、オルガンのある最上階にこだまし、居眠りしていた老婆は目覚め、幼い子は恐怖のあまり泣きだし、聖書台の聖書はページが震えた。

そのとき、ぼくの前の列にいたニイラが立ち上がり、その声に答えた。

教会全体が死んだような静寂に包まれた。信徒たちはひとり残らず彼のほうを向き、生意気な小僧をにらみつけた。アフリカ人は目の前の信徒たちのまんなかにいる少年をじっと見つめ、イーサックはニイラをひっぱたいた。アフリカ人は片手を挙げてイーサックを制した。彼の手のひらは驚くほど白かった。イーサックは目玉が頭にめりこみそうな気がして、息子から手を放した。

「チュ・ヴィ・コムプレナス・キオン・ミ・ディラス？（わたしの言うことがわかりますか）」アフリカ人が大声でたずねた。

「ミ・コンプレナス・チーオン（全部わかります）」ニイラは答えた。

「ヴェヌ・チ・ティーエン、ミア・クナーボ。ヴェヌ・チ・ティーエン・アル・ミ（きみ、こちらに来なさい。わたしのところに来なさい）」

ニイラは人をよけながら信徒席のあいだをおずおずと進み、通路に出た。一瞬、彼は逃げだしそうに見えた。アフリカ人は白い手のひらで彼を手招きした。震える足で数歩踏みだしたニイラに、全員の目が集まった。肩を丸め、説教壇に足音を忍ばせて近づいていく、ひどい髪形の内気な少年。黒い人はやせっぽちの少年に手を貸して階段を上らせた。ニイラは説教壇に目が隠れてしまうほど背が低かったが、アフリカ人が、子羊を抱くように、たくましい腕で彼を抱き上げた。彼は震える声で説教を再開した。

「ディーオ・ニーア、キウ・アウスクルタス・ニーアイン・プレージョイン……」

「主なる神よ、われらの祈りを聞いてくださる神よ」ニイラは少しもためらうことなく言った。

「今日、主はわれらにひとりの少年を遣わせてくださった。ありがとうございます、神よ。われらの感謝を捧げます」

ニイラはアフリカ人の話をすべて理解できた。あの子はアフリカ人の説教をその場で全部通訳したぞ、とパヤラ村の人々は仰天した。ニイラの両親ときょうだいの顔には困惑が刻まれ、石の彫刻と化して信徒席に座っていた。一家はショックを受けていた。彼らの目の前で、驚くべき神の御業が行なわれたのだ。信徒たちはみな深く心を動かされ、感極まって涙を流している人も多かった。歓喜のささやきが広がり、礼拝堂全体がざわめきに包まれた。神の御手だ！　奇跡だ！

ぼくはといえば、目の前のできごとが信じられずにいた。どうしてあのアフリカ人は、ぼくらの秘密の言葉を知っているのだろう？　彼とニイラが話していたのは、ぼくらの秘密の言語だったからだ。

このできごとのうわさはあっというまに広がり、教会関係者の外にも広がった。その後しばらく、新聞やテレビから、例の少年のインタビューをしたいという電話がかかってきたが、イーサックが許さなかった。

そのあとぼくがニイラに会ったのは、数日後のことだった。ある日の午後、ニイラはあいかわらずおどおどしたようすでうちの台所に入ってきた。母さんがくれたサンドウィッチを食べながら、ぼくらは台所に座っていた。ニイラはときどき、独特のぎこちないしぐさで耳をほじった。

いつものようにラジオが鳴っていた。ぼくはふと気になって、音量を上げた。

「ジス・レアゥド——また一緒に勉強しましょう！」

ぼくはびっくりした。ぼくらの秘密の言葉じゃないか！　短いテーマ音楽に続いて、アナウンサーの声がした。

「これで今日のエスペラント語講座を終わります」

エスペラント語講座。ニイラはうちのラジオで覚えたのだ。

ぼくはゆっくりふり返ってニイラを見た。彼は心ここにあらずというようすで、窓から外を見ていた。

3

真珠女学院の物置で劇的な事件が起こり、予期せぬ出会いがぼくらを来たるべきできごとの先へと運ぶ。

子どもの遊び場の隣には、大きな木造の建物があった。屋敷といってもいいほどで、正面の壁にはたくさんの窓があった。かつては寄宿舎として使われ、家が遠くてパヤラ村まで毎日通学しきれない生徒たちが暮らしていた。その後、専門学校になり、十代の女の子たちが料理や編物を学ぶようになった。彼女たちは、ただ職にあぶれるかわりに、学校で免状をもらった主婦になれるというわけだ。そこでは「ひと目編めば、真珠がひと粒増える」と教えているのだろうと思って、ぼくらはこの学校を「真珠女学院」と呼んでいた。学校の脇には赤く塗られた古い物置があり、なかは屑鉄や学校で使わなくなったものでいっぱいで、ぼくらはわくわくしてお宝を探した。屋根に近いところに壁板の端がゆるんでいる箇所があり、ぼくらはそこをこじ開けてなかに入った。

夏の盛りの焼けつくように暑い日だった。熱の天蓋《てんがい》が村にのしかかり、遊び場の草むらから漂うにおいはお茶のように強烈だった。ぼくはひとりで、目を大きく見開き、用務員を警戒しながら物置の壁に近づいた。子どもたちは死ぬほど用務員を怖れていた。用務員は屈強な体つきで、ペンキのしみだらけのつなぎ服を着て、子どもにうろつきまわられるのが大嫌いだった。レーダーのような目を鋭く光らせ、どこからともなく現われた。履いている木のサンダルを脱ぎ捨てたかと思うと、トラのように獲物に飛びかかった。どの子も絶対に逃げられなかった。やつは手で首をしめつけ、ペンチで釘を抜くときのように力をこめてねじり、空中に放り投げた。首が体からちぎれそうだった。あるときなど、うちの通りに住む鋼鉄のようにタフな十代の若者が、禁じられた場所にわざとスクーターで乗りこんだばっかりに、赤ん坊のように泣き叫ぶはめになったのをぼくはこの目で見たことがある。

それでもぼくは危険を冒した。物置に入るのは初めてだったけれど、忍びこんだことのある大胆な子たちから話はさんざん聞いていた。ぼくは神経を研ぎすませ、用心深くあたりをうかがった。なんの気配もなかった。ぼくは両手両足をつき、板をこじ開け、暗いすきまに頭を突っこんで、少しずつなかに入っていった。

それまで太陽を浴びていたせいで、なにもかもがまっ黒に見えた。暗いうえに目が見えなくて、目玉がふくれあがった。ものすごく長いあいだ、ぼくはただ突っ立っていた。やがて徐々にものの形が見分けられるようになった。古い本棚、壊れた机。材木の山、積んであるれんが。ふたのない割れた便器。半端な電気部品の入った箱。ぼくはものにぶつからないように注意しながら歩いた。乾いたゴミと、おがくずと、モルタルと、太陽にさらされた頭上の屋根から漂う暖まったアスファルトのにおいがした。濃密な暗闇のなかを、ぼくは泳ぐように音もなく動きまわった。トウヒの森のなかと同じ、灰緑色の闇だった。真夜中に寄宿舎を歩くときのようにぼくは動いた。鼻から静かに息をすると、ほこりが鼻の穴にくすぐったかった。運動靴だったので、コンクリートの床に当たっても音はしなかった。ネコのやわらかな足のようだった。

止まれ！ 行く手に巨大な影が立ちはだかった。暗闇に浮かぶぼんやりした影に、ぼくは縮みあがった。体は強ばった。

だが、それは用務員ではなかった。古いボイラーだった。背が高くて重たそうで、メッキが施されていた。主婦のようにどっしりして、大きな鋳物の扉がついていた。ぼくは一番大きい扉を開けた。ひんやり暗い穴をのぞきこみ、そっと呼びかけた。なかで声が反響した。空っぽだった。すべてを焼きつくす内なる炎の記憶しか残っていない、鉄の処女だった。

ぼくは用心しながら穴に頭を突っこんだ。手で探ると、錆のかたまりが壁からはがれた。あるいはすすかもしれない。なかは金属と酸化物と古い火のにおいがした。ぼくは一瞬ためらったが、勇気を奮いおこした。そして身をくねらせて狭い焚き口をくぐり抜けた。

ぼくはボイラーのなかに入った。その丸い腹のなかでしゃがみ、胎児のように体を丸めた。立ち上がろうとしたら、てっぺんに頭がぶつかった。ぼくは背後の扉を閉め、最後のかすかな光の筋が消えるまでしっかり引っぱった。

ぼくは完全に閉じこもった。ボイラーは女体のようにぼくを孕《はら》み、弾丸をはね返す鋼鉄の子宮でぼくを守った。そこにぼくはいた。ぼくは彼女の子だ。わくわくする一方で、不安でもあった。安心感と、奇妙な恥ずかしさが混じりあっていた。これはいけないことだ。これはだれかを、たぶん母さんを裏切る行為だ。ぼくは目を閉じ、体をさらに小さく丸め、ひざにあごをのせた。母胎は冷たかったが、ぼくは温かくて若く、おき火のように小さく赤く光っていた。耳を澄ませると、母なるボイラーのささやきが聞こえた。通風調節装置か、切断されたパイプの残骸を通して、かすかなため息が聞こえた――やさしくなだめるような、愛の言葉だった。

そのとき、騒がしい音がした。用務員が足音も荒く物置に入ってきたのだ。怒りに燃え、ここに入りこんだいたずら坊主を見つけたら叩きのめしてやると息巻いていた。荒っぽく歩き、探し、家具をどけ、ゴミの山を蹴とばし、まるでネズミを追っているようだった。物置のなかを何度もまわり、うなるように脅しの言葉を吐いた。真珠女学院のだれかがぼくを見て、用務員に言いつけたにちがいない。この野郎とか畜生とか殺してやるという言葉ばかりが、スウェーデン語とフィンランド語の両方で何度も繰り返された。

用務員はボイラーの横で立ち止まり、空気のにおいを嗅いでいるようだった。なにか嗅ぎつけたような感じだった。メッキがこすれる音がした。ボイラーに寄りかかっているのだろうとぼくは思った。やっとぼくを隔てるものは、厚さ四センチの鉄の皮膚だけだった。

一秒、また一秒と時が過ぎた。ふたたびこすれる音がして、足音が遠ざかっていった。大きな音とともに、物置のドアが勢いよく閉じた。ぼくはそのままなかにいた。筋肉をぴくりとも動かさず、一分、また一分とやり過ごした。突然、また木のサンダルの音が響いた。おとなならではのずる賢さで、用務員は若い獲物をおびき出すために出ていったふりをしただけだったのだ。だが、あきらめたようだ。今度は本当に出ていった。足音が外の砂利の上を遠ざかっていくのが聞こえた。

これでようやく動ける。体の節々が痛かった。ぼくは扉を押した。だが、びくともしなかった。さらに力をこめて押した。まったく動かなかった。冷たい汗がどっと吹きだした。恐怖がパニックに変わった。用務員の体が扉の取っ手に当たって、はずみで閉じてしまったにちがいない。ぼくはボイラーに閉じこめられた。

その瞬間、ぼくは動けなくなった。やがて徐々に体が動くようになると、ぼくは大声で叫んだ。声は反響していっそう大きく響いた。ぼくは耳の穴に指を突っこみ、何度も何度も叫んだ。だが、だれも来なかった。

声がかれ、疲れきったぼくは、崩れるように倒れた。このまま死ぬ運命なのだろうか。のどが渇いて息絶え、鋼鉄の棺桶のなかで干からびてゆくのだろうか。

初日は悲惨だった。筋肉は痛み、足は痙攣《けいれん》した。体を丸めて座っているしかなく、背中が強ばって痛かった。のどが渇いておかしくなりそうだった。体熱がすすけた壁で凝集し、しずくとなって垂れてくるような気がして、舌で舐めてみた。金属の味がして、よけいにのどが渇くばかりだった。

二日目は、完全に消耗し、なにもできなかった。何時間もまどろみつづけた。虚ろさがぼくを解き放ってくれるように感じられた。時間の感覚がなくなった。満ちたりた忘却の世界になめらかに出入りし、自分が死にかけているのがわかった。

次に気づいたときは、あきらかにかなりの時間がたっていた。通気孔から漏れる昼間の緑色がかった光は、おぼろになっていた。日はしだいに短くなった。夜は冷えこむようになり、まもなく霜が降りた。ぼくは筋肉をひとつひとつひきつらせて暖をとった。

冬のあいだのことはあまり覚えていない。体を丸めてほとんど眠って過ごした。昏睡状態のまま何週間も過ぎた。ようやく春のぬくもりが戻ったころには、体が大きくなっていた。服がきつくて苦しかった。ぼくは体をもぞもぞ動かしてなんとか服を脱ぎ、裸のままふたたび待つことにした。

しだいにぼくの体は狭い空間をふさぐようになった。おそらく何年もたったにちがいない。ぼくの体が発する湿り気のせいで鉄が錆び、ぼさぼさの髪に錆の屑がついた。もはや体を上下に動かすことはできず、カモのように体を左右に揺するのがせいぜいだった。仮に今、扉が開いたとしても、穴は小さすぎて外に這いだせないだろう。

ついに我慢できなくなった。もはや体を左右に揺することさえできなかった。頭はひざのあいだにきつく押しこむしかなかった。これ以上、肩幅が広がる余裕はなかった。

もはやこれまでと思い、数週間が過ぎた。

いよいよ最後のときが来た。ぼくの体は空間をあますところなくふさいでいた。もはやまともに呼吸できる空間は残っておらず、浅くあえぐのが精いっぱいだった。それでもぼくの体は成長を続けた。

ある夜のこと。なにかがひび割れるかすかな音がした。小さな鏡が割れるような音だった。一瞬の間があって、ゆっくり砕ける音が背後から響いた。筋肉に力をこめて背中で押すと、壁が崩れた。壁は外側にふくらみ、割れて雲のような破片が散り、ぼくは世界に飛びだした。

素っ裸で生まれたばかりのぼくは、破片のなかを這いまわった。おぼつかない足で立ち上がり、本棚にもたれて体を支えた。驚いたことに、世界全体が縮んでいた。いや、違う。ぼくのほうが二倍の大きさになったのだ。陰毛が生えていた。ぼくはおとなになっていた。

外は凍てつく冬の夜だった。人影はまったくなかった。ぼくは雪をかきわけて進み、裸足で村を駆けまわった。あいかわらず裸のままだった。薬局と雑貨屋のあいだの十字路で、四人の若者が道のまんなかに横たわっていた。眠っているように見えた。ぼくは足を止め、驚いて見おろした。街灯のあかりで彼らをもっとよく見ようと、体をかがめた。

若者のひとりはぼくだった。

ひどく奇妙な感覚にとらわれて、ぼくは凍った道で寝ている自分自身の隣に体を横たえた。道は肌に冷たく、氷は解けて水になった。

ぼくは待った。彼らはもうじき目を覚ますだろう。

4

村の子どもたちは古い学校に入学し、スウェーデンの南の地方について学ぶ。宿題はひどいお仕置きで終わる。

どんより曇った八月のある朝、ベルが鳴り、ぼくは学校に入学した。一年生のクラスだ。母さんとぼくは低学年の教室がある黄色いペンキで塗られた木造校舎におごそかに入った――古い学校で、人々からは「古い学校」という、なんとも想像力あふれる名で呼ばれていた。ぼくらは案内の人のあとについてきしむ階段を上り、二階の教室に入って、分厚いニスで光る黄色い床板を歩き、古めかしい学校机の前にひとりずつ座らされた。机は上部が木製のふたになっていて、ペンを入れる箱とインク壺用の穴があった。ふたの部分は、何世代もの生徒がナイフで刻みつけてきた彫刻でびっしり覆われていた。母親はいっせいに出てゆき、ぼくらだけが教室に残された。ぐらぐらの乳歯と、いぼだらけのげんこつの子が二十人。言語障害がある子もいたし、めがねをかけている子もいた。多くの子が家ではフィンランド語で、言いつけに従わなければたっぷり殴られるのがあたりまえの子も数人いた。ほとんどが内気で、労働者の家の子で、最初からここは自分の場所ではないと知っていた。

担任の先生は、丸い鉄ぶちめがねをかけた六十代の女の人で、髪を丸くまとめてネットとピンで留め、細長い鉤鼻《かぎばな》がフクロウを思わせた。いつもウールのスカートにブラウスで、カーディガンを着ることも多く、ボタンをなかほどまで留めていた。靴は黒で、室内履きのようにやわらかだった。やさしく、けれども断固とした姿勢で仕事に臨み、目の前にある乱暴に切りだされた材木を、なんとかしてきちんとした恥ずかしくないものに仕立て、スウェーデン社会でやっていけるように形づくろうと情熱を注いでいた。

まず最初に、ぼくらは全員黒板の前に出て自分の名前を書くように言われた。書ける子もいれば、書けない子もいた。この科学的な試験結果に基づいて、先生はぼくらを第一グループと第二グループに分けた。第一グループはテストに合格した子たち——ほとんどが女子で、男子は公務員の子が少しだけ混じっていた。残りは第二グループで、ニイラもぼくもこっちだった。ぼくらはわずか七歳にして、最初からしかるべく分別されたのだった。

教室の正面の壁にはアルファベットの表が掛けてあった。怖ろしげな棒と半月形の群れが、表の端から端まで広がっていた。それらとひとつひとつ格闘することが、ぼくらの課題だった。文字を力ずくでノートに組み伏せ、おとなしく言うことをきかせるのだ。ぼくらには鉛筆が与えられた。そのほかに、ボール紙の箱に入ったチョークと、「リ」と「ロ」という名の登場人物が出てくる教科書と、硬いボール紙に四角く固めた水彩絵の具が並んでいるものをもらった。絵の具は色鮮やかなお菓子みたいだった。続いて仕事が待っていた。机の内側に紙を敷き、本にカバーをかけた。家から持ってきたパラフィン紙が曲がったりこすれたりする音と、学童用の切れないはさみで懸命に切る音で、耳がつぶれそうなくらい騒がしかった。最後に机のふたの裏側に時間割をテープで留めた。その謎めいた四角の羅列がなにを意味するのか、かすかにでもわかっている子はひとりもいなかったが、時間割はものごとの欠かせない一部であり、きちんとしていることの一部であり、ぼくらの子ども時代が終わったことを意味していた。ぼくらは今、月曜から土曜まで、週に六日、学校に通わなければならなかったし、それでも足りない子には、七日目に教会の日曜学校が用意されていた。

きちんとすること。始業ベルが鳴ったら昇降口の前に一列に並ぶこと。食堂に行くときは先生のあとについて一列で歩くこと。言いたいことがあるときは手を挙げること。おしっこのために教室を出たいときは手を挙げること。紙はとじ穴が開いているほうを窓のある左側に向けること。休み時間のベルが鳴ったらすぐに校庭に出ること。授業開始のベルが鳴ったらすぐに戻ること。スウェーデンならではのおだやかさですべては進み、第二グループのばかな子が生意気なことをして、先生がペンチのようないかめしい爪で髪を引っぱってお仕置きしなければならないようなことは、めったになかった。ぼくらは先生が好きだった。先生はぼくらをおとなにする方法を心得ていた。

教室の前にある教卓の横には、足踏みオルガンがあった。毎朝、出席をとったあと、賛美歌を歌うときに使った。先生は腰かけに座ってペダルを踏んだ。太ったふくらはぎが、ひざ下丈の肌色ストッキングのなかでふくらみ、めがねが曇った。先生は節くれだった指を広げて鍵盤に置き、和音を鳴らした。そして、みんな歌っているか左右に厳しく目を配りながら、年配の婦人ならではのソプラノを響かせた。窓ガラス越しに射しこんだ陽の光が窓際の机に黄色く暖かく注いだ。チョークのにおい。スウェーデンの地図。鼻血を出したミカエルは座ったまま頭をそらせ、ペーパータオルのロールを握りしめていた。じっと座っていられないケネット。いつもささやくように話し、男子全員のあこがれだったアニカ。サッカーがすごくうまかったのに、三年後にウッレストントリのスラローム斜面で木に激突して死んだステーファン。そしてトゥーレ、アンデシュ、エーヴァ、オーサ、アンナ＝カーリン、ベンクト、その他大勢のぼくら。

パヤラ村に住んでいるというだけで、きみは劣っていた——それは初めからあきらかだった。はるか南のスコーネ地方は、地図帳の一番初めに出てきて、特大の縮尺で印刷され、主要道路を示す赤い線と町と村を示す黒い点で埋めつくされていた。最後に出てくるのがノールランド北部だった。ページに収まるように極小の縮尺で印刷されているにもかかわらず、黒い点はほとんどなかった。地図の一番てっぺんに近いあたりに、ツンドラを示す茶色に囲まれたパヤラ村があり、そこにぼくらは暮らしていた。地図帳の最初のほうに戻ってみると、スコーネはノールランド北部とほぼ同じサイズで描かれており、とてつもなく肥沃な農地なので、緑色に塗られていた。スウェーデンの一番南に位置するスコーネ地方全体が、実際には北部のハパランダとボーデンのあいだにすっぽりおさまることに気づいたのは、何年もたってからのことだった。

ぼくらはシンネクッレ山は海抜三百六メートルだと覚えなければならなかった。だが、ケイメヴァーラ山が三百四十九メートルであることはひとことも触れられなかった。ヴィスカン、エートラン、あとはゲロとかヘドとかいう名のスウェーデン南部の山地を水源とする四つの大河について説明できなければならなかった。何年ものちに、ぼくはそれらの川をこの目で見る機会があった。義務感のようなものを感じて車を停め、外に出て、目をこすってよく見た。ただのどぶだった。せいぜい水をはね上げて歩くぐらいの深さしかない、ちっぽけな小川だった。ふるさとのカウニスヨッキヤリヴィエヨッキと大差なかった。

文化の勉強のときも、同じような疎外感を味わった。

「ミスター・カンタレルを見たことがありますか？」と国語の教科書には書いてあった。考えるまでもなく、答えは「いいえ」だった。ミセス・カンタレルを見たこともなければ、カンタレル家のほかの家族も見たことはなかった。カンタレル（アンズタケ）なんて、ぼくらの世界には生えていなかった。

ときどき『たいせつなたからもの』という、貯蓄銀行が出している雑誌をもらった。カシの木をかたどった銀行のロゴマークが描かれていた。貯金をすれば、お金はどんどん増えて、その堂々たるカシの古木のようになると広告はうたっていた。でも、パヤラ村のあたりにはカシなんて生えてなかったから、その広告はぼくらにはうさんくさく感じられた。『たいせつなたからもの』のクロスワード・パズルにも、同じことが言えた。しょっちゅう出てくるヒントのひとつに「イトスギに似た高木、五文字」というのがあった。答えは「ビャクシン」だった。でも、ぼくらの住んでいるあたりでは、ビャクシンはひざの高さ程度の、ぼさぼさのちっぽけな灌木《かんぼく》だった。

音楽の授業になると、毎回、心奪われる儀式が行なわれた。先生は大きくて不格好なテープレコーダーを取りだし、教卓に置いた――巨大な箱で、大きな釘やつまみがところどころについていた。先生はテープをゆっくり通してセットし、歌集を配った。フクロウの目で生徒を見つめ、機械のスイッチを入れた。リールが回りだし、明るく軽快な信号音がスピーカーから大音量で響いた。歯切れのよい女性の声が、ストックホルム方言でなにやらしゃべった。その声は、非の打ちどころのない音楽の授業を受けさせようとしゃべりつづけ、ときおりため息や歓喜の叫びが混じった。テープで歌っているのはストックホルムのナッカ音楽学校の生徒だった。今も不思議なのだが、どうしてぼくらは南部の連中が天使のような声でホタルブクロやクリンザクラのような暖かい地方の花について歌うのを聞かなければならなかったのだろう。ときどき音楽学校の生徒がソロで歌うことがあって、その子がぼくと同じ名前だったりすると最悪だった。

「では、この歌をもう一度歌ってください、マティーアス」と女の声がさえずり、女の子みたいなボーイソプラノの少年が鐘のように澄んだ声を響かせた。するとクラスの子がみんなぼくのほうを見て、にやついてくすくす笑った。ぼくは煙になって消えてしまいたかった。

こんなふうにお手本が何度か偉そうに繰り返されたあと、ぼくらがテープに合わせて歌うことになっていた——ウィーン少年合唱団にカエルのカーミットの合唱隊が加わるというわけだ。先生の目は鋼《はがね》のような輝きを帯び、女子は西風が草むらを揺するような静かな声で歌いだした。けれども、ぼくら男子は魚のように押し黙ったままで、先生ににらまれたときだけくちびるを動かしたけれど、それでおしまいだった。歌うなんて男のすることではなかった。「クナプス」だった。だからぼくらは声を出さなかった。

やがてぼくらは少しずつ理解した。ぼくらが住んでいるあたりは、本当はスウェーデンではないのだ。たまたまくっついているだけだった。北のほうにおまけでくっついている部分に、不毛な沼地が少しあって、たまたま人が少し住んでいるけれど、ちゃんとしたスウェーデン人であるはずがなかった。ぼくらは違っていた。やや劣っていて、やや教育が低く、やや頭が鈍かった。このあたりにはシカもハリネズミもウグイスもいなかった。有名人もいなかった。遊園地もなかった。信号もなかったし、大邸宅もなかったし、大地主もいなかった。あるものといえば、大量の、本当に大量の蚊と、トーネダーレン地方のフィンランド語の悪態と、共産主義者だけだった。

ぼくらの子ども時代は奪われていた。物質的に奪われていたのではない——生きていくのに十分なだけはあった——奪われていたのは、アイデンティティだ。ぼくらはだれでもなかった。両親もだれでもなかった。祖先もスウェーデンの歴史になんの足跡も残さなかった。本物のスウェーデンからこんな北まではるばるやってきた代用教員は、ぼくらの名字をつづれないどころか、発音することさえできなかった。スウェーデンのラジオ局にフィンランド人だと思われるだろうからと、ぼくらは「子どもの時間」にリクエストの手紙を出そうとも思わなかった。ふるさとの村は、あまりに小さくて地図に載っていなかった。独力で食べていくのは難しく、国からの補助に頼らざるをえなかった。自作農家が破産し、畑が下生えの植物に覆いつくされるのを見た。氷の解けたトーネ川を、河川による運搬が禁止される前の最後の木材が流れていくのを見た。四十人の屈強な木こりが、ディーゼルの排気を吐く一台のスノーモービルにとって替わられるのを見た。父親たちが頑丈な手袋を片づけて、平日は遠く離れたキルナの鉱山に出稼ぎに行くのを見た。ぼくらの学校は、学力テストの成績が全国最低だった。テーブルマナーなどなかった。室内でウールの帽子をかぶった。キノコ摘みをしたことはないし、野菜は食べないし、夏の風物詩とかいうザリガニ・パーティを開いたこともなかった。会話や、詩の暗唱や、贈りものを美しく包んだりすることや、人前でのスピーチでは役立たずだった。歩くときは外股だった。フィンランド人ではないのにフィンランド訛りで話し、スウェーデン人ではないのにスウェーデン訛りで話した。

ぼくらはなんの価値もなかった。

抜けだす方法はただひとつ。ささやかでも価値ある人間になりたければ、可能性はひとつしかなかった。どこか別の土地で生きるしかない。ぼくらはここから出ていくことを望むようになった。

それが人生の唯一のチャンスだと信じて、村を出た。ヴェステロースに行って、ようやく一人前の人間になれた。ルンドで。セーデルテリエで。アルヴィーカで。ブロースで。人々は大挙して出ていった。洪水のように難民がなだれ出て、村は空っぽになったが、奇妙なことに、みなみずからの意志で移住したと思っていた。戦いに挑んだつもりになっていた。
南から戻ったのは、死んだ連中だけだった。自動車事故。自殺。のちにはエイズの犠牲者も加わった。重たい棺は、パヤラ村の墓地のシラカバのあいだの凍土深く埋められた。コティマーサ――ようやく故郷に帰ったのだ。

*

ニイラの家は川を見下ろす場所にあり、パヤラ村でも一番古い地区のひとつだった。十九世紀の終わりに建てられた広々とした頑丈な家で、小さなガラスを組みあわせた大きな窓が長い壁に並んでいた。よく観察すると、壁にはつぎたした跡があった。暖炉はふたつあり、煙突もふたつあった。広すぎて、暖炉ひとつでは暖まらなかったのだ。レスターディウス派の信仰が最高潮に達していたころは、家は自然な灰色だった。けれども一九四〇年代のある時期に、スウェーデンの伝統である赤色に塗られ、窓は白で縁どられた。でこぼこだった角は、流行にならってのこぎりとかんなで整えられた。巨大な納屋とまちがわれないようにという理由からだったが、国の歴史記録係や味わいを重んじる人々は残念がった。川辺には、数万年にわたって雪解けのたびに川の沈泥が堆積した肥沃な草地が広がり、質のよい牧草が豊富に採れたので、乳牛の飼育にはうってつけだった。数百年前、ここに最初の開拓者がやってきて、シラカバの皮で作った袋を背から下ろし、小さな自作農地を拓いた。しかし、草地に生える牧草は、長いあいだ刈りとられたことがなかった。這うように茂るやぶや下生えが、サウナに使うような枝をいたるところに突きだしていた。この場所は闇と滅びのにおいがした。やってきた人を歓迎する土地ではなかった。この土地には、なにかぞっとさせるものがあった。子どものころ、たえず怖い目に遭わされてきたせいで、残忍さを内に秘めるようになった人に似ていた。

牛小屋は今も建っており、歳月を経て物置とガレージとして使われていた。学校が終わり、ぼくはニイラと一緒に帰った。その日、ぼくらは自転車を交換した。彼がぼくのレーサー用サドルとドロップハンドルのちょっと派手な自転車に乗った。ぼくは彼のヘラクレスに乗った――彼がそれに乗って走っていると、クラスの悪ガキは「ひざ小僧野郎にはお似合いだな」とはやしたてた。彼の家に着くと、すぐにニイラはぼくを引っぱって牛小屋に連れていった。

ぼくらはこっそり牛小屋の二階に向かい、斧《おの》で削って作った急な階段を上った。階段は、一世紀もの時間によって磨かれていた。二階はほの暗く、小さな窓のガラス越しに射しこむひとすじの午後の陽ざしが、唯一のあかりだった。いたるところにがらくたの山があった――だめになった家具、錆びた鎌、ほうろうのバケツ、巻いてあるかびくさいじゅうたん。ぼくらは壁の前で止まった。そこには巨大な本棚が鎮座していて、すり切れた茶色い革の背表紙の本がぎっしり並んでいた。キリスト教の小冊子、説教集、スウェーデン語とフィンランド語で書かれた聖職者の歴史が何列も何列も並んでいた。古い学校の最上階にある図書室以外で、一度にこんなにたくさんの本を見たのは初めてだった。なにか不自然な感じがした。なにか露骨に不愉快だった。本があまりにも多すぎる。これを全部読める人が、はたしているのだろうか。なぜこんな牛小屋に、まるで恥ずべきものであるように隠してあるのだろう。

ニイラは自分の肩掛けかばんを開けて、リとロの出てくる教科書を取りだした。宿題が書いてあるプリントを見ながら、彼は不器用な子どもの指でページをめくり、その箇所を探した。集中力をふりしぼって、文字をひとつひとつ声に出して読み、それをつなげて言葉にしようと懸命にがんばった。やがてくたびれて、叩きつけるように本を閉じた。ぼくはわけがわからなかった。彼は教科書を力いっぱい階段の下に放り投げた。教科書はぶざまに落ち、でこぼこの床に当たって背表紙が壊れた。

ぼくはなにごとだろうと思ってニイラを見た。彼は笑っていた。両方のほほがぽっと赤く、犬歯の長いキツネを思わせた。続いて彼は巨大な本棚からパンフレットを一冊取りだした。ソフトカバーの小ぶりな本だった。彼は反抗的な態度でその本も階段の下に放り投げた。薄いつややかなページが木の葉のように鳴り、やがて床にぶつかった。続いて全集ものが何冊も連続して落とされ、茶色く重たい大部の本は、床にぶつかり、割れてばらばらになった。

ニイラは誘うようにぼくを見た。ぼくは本に手を伸ばし、興奮して心臓が高鳴るのを感じた。本を階段の下に投げ捨て、数枚のページが飛びだして舞い、本体が錆びた手押し車の上にどさりと落ちるのを見守った。めちゃくちゃおもしろかった。ぼくらはしだいに夢中になって、つぎつぎに本を投げ捨て、たがいに相手をそそのかし、本を宙に放り上げ、サッカーボールのように蹴り、息が詰まるほど笑いながら本棚をどんどん空にしていった。

突然、イーサックが目の前に現われた。レスラーのように肩幅が広く、まっ黒で、無言だった。彼はひとことも口をきかずに、ただ、肉のついた太い指を震わせながら、ベルトのバックルをはずした。短い身ぶりひとつで、ぼくに出ていけと命じた。ぼくはネズミのようにそっと階段を下り、あわてて出口に向かった。だが、ニイラは残った。ぼくの背後で牛小屋の扉が閉まると、イーサックがニイラを叩く音が聞こえてきた。

＊

ぼくはふと、ネパールで書きはじめたノートから目を上げる。通勤電車は、ストックホルム郊外の町、スンドビーベリーに近づいている。朝のラッシュ、湿った服のにおい。ぼくのかばんのなかには、添削済みの生徒の作文が二十五人分入っている。二月のぬかるみ。パヤラ村の祭りまでまだ四カ月以上ある。ぼくは電車の窓からそっと外を見る。ヒューヴドスタのはるか上空で、コクマルガラスの群れが興奮して円を描いている。

ぼくは気持ちを切り替え、トーネダーレンに戻る。第五章だ。

5

ふたりの内気な冬の戦士と、殴りあいの連鎖と、足で踏み固めてスキーのスロープを作るコツについて。

毎日、真珠女学院の授業が終わると、十六歳と十七歳の娘たちの群れがぼくの家の前を大挙して通った。かわいい女の子ばかりだった。なにしろ六〇年代だから、マスカラをたっぷり塗って、つけまつげをつけ、スカートは短くて、足にはぴったりしたビニールのブーツをはいていた。ぼくとニイラは、うちの前に吹き寄せられた雪の上にちょこんと座って、女学生たちを観察した。彼女たちはおしゃべりしながらかたまって通りすぎ、どんなに寒くても、ヘアスタイルを乱さないために、頭にはなにもかぶっていなかった。煙突のように煙草をふかし、あとには灰皿と香水の混じった胸の悪くなる甘い香りが残り、今もぼくはその香りを思うと欲情がうずく。たまに「こんにちは」と声をかけられることもあった。ぼくらは信じられないくらいどぎまぎして、雪で砦を作っているふりをした。ぼくらはまだ七歳だったけれど、なんとなく彼女たちに興味があったのはまちがいない。性的な関心というよりも、漠然としたあこがれのようなものだった。彼女たちにキスして、そばに行ってみたかった。子猫のように体をすり寄せてみたかった。

ぼくらは女学生に雪玉を投げつけるようになった。一番の理由は、そうすればぼくらが男らしく見えるだろうと思ったからだ。まさかと思うだろうけれど、作戦はうまくいった。勇者の霊に仕えるという神話のワルキューレを思わせるひょろりとした十六歳の娘たちは、トナカイのようにあわてて走り去った。甲高い悲鳴をあげ、化粧道具の入っているバッグを盾にして身を守った。なんとも大げさな反応だった。ぼくらが投げたのはゆるく握った雪の玉だったし、命中することはめったになかった——ラップランドの毛糸の手袋のような、ふわふわの雪のかたまりがゆるやかに漂ってくるだけだった。それでも存在感を示すには十分で、ぼくらは一目置かれる存在になった。

これが数日続いた。ぼくらは学校から帰るとすぐ、雪玉を作って貯えた。そのころには、自分たちが冬戦争で戦ったヴィットライェンケの兵士で、外国の戦地を経験した歴戦の勇士のような気分になっていた。ぼくらの心は荒ぶった。戦うと、夢のようなよろこびに近づいた。戦いを重ねるにつれ、ぼくらのとさかは立派になった。

女学生の群れがやってきた。不規則な間隔をおいて、いくつかの集団に分かれていた。彼女たちが近づくと、ぼくらは道端の除雪機のかたわらに築いた雪の城壁に身を隠した。計画は細部まで練りあげてあった。いつものように、最初の集団は無傷のままやりすごし、通りすぎてから背中に雪玉を投げつけ、残りの集団をぼくらの前で立ち止まらせる。混乱とパニックを引き起こすのだ。もちろん、ぼくらの男らしい行為に対する感嘆も聞かれるだろう。

ぼくらは身をかがめて待った。女学生たちの声と、煙草につきものの咳と、くすくす笑いが聞こえた。ぼくらはここぞというタイミングで立ち上がった。それぞれ右手に雪玉を持っていた。ぼくらはふたりの怖ろしいバイキングのように、娘たちが悲鳴をあげて逃げまどうのを眺めた。そのまんなかにミサイルを投げこもうとしたそのとき、仁王立ちになっているひとりの娘に気づいた。ぼくらからほんの二メートルのところにいた。長い金髪に、念入りにメイクした目。その目はまっすぐぼくらをにらんでいた。

「今度、雪玉を投げたら、殺すからね」彼女はうなるように言った。「力いっぱいぶん殴って、二度と歩けないようにしてやる。顔だって容赦しないよ。あんたたちのお母ちゃんがひと目見たとたんに泣くくらい、めちゃくちゃにしてやる……」

ニイラとぼくは、ゆっくり雪玉を下ろした。娘は最後にもう一度、怖ろしい目でぼくらをにらみ、くるりと向きを変えて友だちのあとを悠然と歩いていった。

ニイラとぼくは動かなかった。相手を見ようともしなかった。ぼくらはただ、ひどすぎる誤解だと思っていた。

＊

パヤラの少年の人生は、殴りあいの連鎖に支配されていた。それは、村の男たちの力の均衡を調整する手段だった。男の子だったら、五、六歳で引きずりこまれ、十四、五歳になるまで抜けられなかった。

殴りあいの連鎖はこんな形で起きた。数人の幼い子が言い争いを始める。アンデシュがニッセを殴り、ニッセが泣いた。けんかの原因については深入りしないことにしたい。過去にさかのぼる憎しみがあったのかもしれないし、家同士のなんらかの確執が背景に漂っていたのかもしれない。いずれにせよ、ある男の子が、別の男の子を殴り、ふたりは家に帰った。

そして連鎖反応が始まる。

殴られたほうのニッセは、ただちに二歳上の兄に言いつける。兄は村に出かけていって目を光らせる。アンデシュに出くわすと、こっぴどく殴って復讐を果たす。アンデシュは大泣きして家に帰り、四歳上の兄に言いつける。兄は村に出かけていって目を光らせる。ニッセかニッセの兄に出くわすと、こっぴどく殴り、さらに一連の脅しを投げつける（話がややこしすぎるだろうか？）。ニッセの五歳上の屈強ないとこが、ことのなりゆきをかいつまんだ話を聞いて、アンデシュの兄とアンデシュを徹底的に殴り、一緒にいたボディガード役の数人の友だちも同じ目に遭わせる。アンデシュのふたりの友人にはどちらも六歳上の兄がいて、彼らが村に出かけていって目を光らせる。ニッセのそのほかの兄といとこと親戚一同が、ことのなりゆきをかいつまんだ話を聞いて、だれがだれを殴り、どういう順番だったかを知る。同じことがアンデシュの側でも行なわれる。自分の側の利益のために話が誇張されることはざらだ。しゃしゃり出てきた十八歳のまたいとこは二度追放され、父親たちまですぐに加勢してほしいと呼びだされるが、彼らはチビどものつまらんけんかに興味はないと相手にしない。

これでどのように事態が進むかなんとなくわかるだろう。もっともこみいった殴りあいの連鎖の場合は、同級生や、近所の人や、ありとあらゆる友だちが巻きこまれた。最初に対決したふたりが村の異なる地区の出身である場合はなおさらだった。その場合はヴィットライェンケ対パスカイェンケや、ストランドヴェーゲン対テキサスということになり、戦争状態になった。

殴りあいの連鎖は、数日で終わることもあれば、数カ月にわたることもあった。標準的には二、三週間で、先に述べたような経過をたどった。第一段階はとっ組みあいと殴りあいで、幼い子が泣いた。次の段階は威嚇だ。幼い子が家で隠れているあいだに、一番強いのが村を歩きまわって目を光らせた。関係する悪ガキが捕まったりしたら、本当に笑いごとではすまなかった。子どものころのぼくにとって、これが最悪の段階だった。学校から比較的安全な家に帰るまで、息をつけないほどの恐怖を味わった。そしてようやく武装解除の段階が訪れた。きわめて複雑で、きわめて微妙なヴァリエーションのある、ありとあらゆる懲罰を、だれもう思い出せないか、思い出すまでもないと思った時点で、なにもかもが勢いを失って終わりになった。

けれどもそれまでは、たえず揺れ動く恐怖のバランスが人生を支配した。冬のある日、きみはひとり、固く締まった雪の上を足蹴り式のそりで走り、角の店まで袋入りのミックスキャンディを買いにいく。まだ昼下がりなのにあたりは薄暗く、果てしない鉛色の空から雪がちらちら舞い、街灯の下で星のように輝く。きみは片足をそりに乗せ、ハンドルにしがみつき、もう片方の足で雪を蹴って、除雪機で道の両側に積み上げられた雪の山をかすめるように走る。積もりたての雪に軽くそりを取られ、キルナへ続く近くの大きな道からは荒々しく冬を切りひらく除雪車の低い音が聞こえる。そのとき、すぐ先の十字路に、ひとりの年長の子が現われる。高校生の黒いシルエットだ。彼はきみに向かってくる。きみはスピードを落とし、だれなのか見きわめようとする。引き返そうかと思うが、うしろからも別の年長の子が迫ってくる。暗いので、だれかよくわからないが、大きいことはたしかだ。足蹴りそりに乗った幼いきみは、はさみ撃ちにされた。きみにできるのは祈ることだけだ。きみは胸を張り、ひとり目の年長の子に向かっていく。相手はきみを上から下までじろじろ見る。街灯は降る雪に包まれ、相手の顔は影になっているが、彼はそこから歩みでる。きみの心臓は止まる。来たるべきことに身構える。襟首に雪を突っこまれ、ズボンにも突っこまれ、頭蓋骨がばらばらになりそうなほど耳を殴られ、ウールの帽子をシラカバの木に放り上げられ、涙と鼻水を垂らして屈辱に耐えることになるかもしれない。近づく殺し屋に、きみは子牛のように体を強ばらせる。ついに相手はきみの正面に来る。きみは止まらなければならない。相手はおとな並みに大きいが、だれなのかわからない。おまえはどこのチビだと男はきく。きみは現在進行中の殴りあいの連鎖が少なくとも三件あるのを思い出し、脳みそをふり絞ってある名前を答え、それが正しい答えであることを祈る。男はまゆをしかめ、きみの帽子を払いのけて雪に落とす。そして言う。

「運のいいやつだ」

きみは帽子の雪を払い、ふたたびそりを走らせ、おとなになりたいと神に祈る。

＊

冬の終わりが見えはじめ、最悪の寒さは終わった。昼はあいかわらず短かったが、ときどき、昼休みの時間に、霜で覆われた屋根の上に顔を出した太陽がちらりと見えることがあった。果肉の赤いオレンジのようだった。ぼくらはむさぼるようにその光を飲んで体に取りこみ、濃いオレンジ色の炎のジュースは、生命を求める心を新たに燃えたたせた。穴から這いでたような、冬眠から目覚めたような気分だった。

ある日、ニイラとぼくはレスターディウスの丘に挑戦することにした。学校が終わるとすぐ、木製のスキーをケーブルのビンディングでブーツにくくりつけ、子どもの遊び場を突っ切って近道した。暗くなりかけていた。表面にはゆるい雪が深く積もり、スキーは三十センチほど沈んだ。ニイラが先に立ち、ぼくは彼の跡をたどって滑った。どんよりした暗がりにふたつの人影がぼんやり浮かんだ。レスターディウスの家の横には、天まで届くほどの巨大なトウヒが二列、教会の尖塔のようにそびえていた。静まりかえった聖なる古木は、ぼくらとは較べようもない大きな考えにふけっていた。

氷に覆われたレスターディウス通りを横断すると、スキーが路面に当たってかたかた鳴った。もう街灯がついていた。ぼくらは道路の端に積み上げられた雪の山を登り、そっと暗闇に滑りだした。暗闇は川に向かって急斜面になっていた。ぼくらは無言でスキーを走らせ、レスターディウスの銅像の前を通りすぎた。レスターディウスはシラカバの木立をまっすぐ見つめ、頭に白い雪帽子をかぶっていた。まもなく街灯の光は背後に消えたが、それでも完全にまっ暗ではなかった。何百万もの氷の結晶が光を反射し、それがしだいに増えて、光が地面の上に浮かんでいるようだった。目は徐々にその光に慣れた。ぼくらの目の前に斜面が広がり、川へとなめらかに続いていた。だが、やわらかい雪がひざまで積もっていたので、これ以上はスキーでは進めなかった。ぼくらはスキーを斜面に直角に向け、雪を踏みしめて進んだ。スキーの幅ずつ一歩一歩進み、雪を踏み固めながら斜面を下りた。雪を踏み、幼いぼくらの全体重で押し、両側の雪塊のあいだに溝を刻みながら、凍結した川に続く長い斜面を下った。ぼくらは肩を並べてがんばり、服の下で汗が噴きだした。ようやく川まで達すると、まわれ右をして戻った。雄牛のようにかたくなに、今来た跡を踏みしめて戻った。雪をさらに踏み、可能なかぎり固くなめらかに整えた。

やっと着いた。苦しい努力の末に、ようやく出発地点に戻った。ぼくらの足は震え、息は荒かった。だが、ぼくらの前には、固く締まった斜面が伸びていた。何万回もスキーで踏みしめてできあがった、幅広くなめらかな道。ニイラとぼくは肩を並べて立った。暗闇をじっと見た。斜面の先はぼやけた暗い夢の世界で、氷の穴に垂らした釣り糸のように先は消えていた。深い底には、ぼんやりした影と静かな動きが見えた。ぼくらの夢のなかに落ちていく細い糸。ぼくらは目を見交わした。そして前かがみになり、竹のストックを突きたてた。まったく同時に、ぼくらは飛びだした。

さあ、出発だ。滑るように走り、すばやく加速しつつ夜を貫く。風を切る。寒さにほほが燃える。湯気を上げるふたりの少年。冷凍庫に放りこまれた作りたての黒ソーセージ。速度はさらに増し、ワイルドになる。肩を並べ、口を大きく開け、暖かい穴が冬を吸いこむ。最高だ！　雪は完璧に踏み固められている！　柔軟なひざ。きつくひもを締めたブーツ。揺るぎない足。うなる音がぼくらの肉を貫き、ありえない速度まで加速し、雪が光を放ち、風が叫び、なにもかもが渦巻く。

そのとき。トーネダーレンからペライェヴァーラまで続く氷が雷のように爆発し、空気は鏡のように割れる。ぼくらは音速の壁を破る。空は砂利のように硬く鋭く、ぼくらはそのなかを突き進む。肩を並べ、渦巻く雪の雲に包まれ、弾んで粉をまき散らしながら回転し、腕をまっすぐ伸ばして、ストックを振り上げ、その先端は、空を、外宇宙を、ぼくらの輝く星を指す。

6

老婆が神の御許へ行く。世俗的な品物の分配に伴う危険について。

寒々とした春のある日、ニイラのばあさんがこの世の命を終えて旅立った。ばあさんはまだ意識のあるうちに死の床に横たえられ、ほとんど聞きとれない声で罪の赦《ゆる》しを神に求め、続いてレバーのような茶色い舌でパンを舐め、しわだらけのくちびるをワインで湿してもらった。そして光が見えると言い、天使がチーズになりかけた牛乳をひしゃくで飲んでいると言い、最期の息を吸って、体は十四グラム軽くなった。それがばあさんの永遠の魂の重さだった。

ばあさんが死んだ日、近い親戚が通夜に呼ばれた。棺は息子たちに担がれて家じゅうの部屋を巡り、ばあさんが家に別れを告げられるように、ふたを開けたまま足から先に運ばれた。みなで賛美歌を歌い、コーヒーを飲んだあと、遺体は車に乗せられて葬儀場の冷凍庫に運ばれた。

続いて葬儀の段どりを決めた。パヤラ村の電話交換機は熱を帯びて光り、郵便局はノルボッテン地方、フィンランド、スウェーデン南部、ヨーロッパ、そして世界各地に案内を配達した。なにしろ、ばあさんは力と時間のかぎり世界を満たしてきた。子どもの数はキリストの使徒と同じ十二人で、使徒たちと同じように、ありとあらゆる場所に散らばっていた。キルナやルーレオに住んでいるのもいたし、ストックホルムの郊外に住んでいるのもいたし、ベクシェやクリスティアンスタードやフランクフルトやミズーリやニュージーランドに住んでいるのもいた。全員が葬儀に集まった。今もパヤラ村に住んでいるのはひとりだけで、それがニイラの父だった。亡くなったふたりの息子も来た――あの世と交信できる教会の婦人たちがその姿を見たという。始まりの賛美歌のときに、棺のかたわらで頭を垂れて立っているふたりの少年がいて、だれだろうと思ったら、輪郭がなんとなく明るくて、足がわずかに地面から浮いていたらしい。

孫とひ孫も世界中から集まった。奇妙な人たちで、上品な服を着て、およそ考えられるかぎりさまざまに訛ったスウェーデン語を話した。フランクフルトから来た孫はドイツ訛りだし、アメリカとニュージーランドから来たのは英語とスウェーデン語がごちゃまぜになった言葉で会話した。若い世代で今もトーネダーレン地方のフィンランド語を話せるのはニイラときょうだいだけだったが、いずれにしても彼らは無口だった。ありとあらゆる言語と文化がパヤラ村の教会に集まった。たったひとつの子宮からこれほどのものを産んだトーネダーレンの実り多き女性に捧げる感謝が、まさに形になって表われていた。

ひとりひとりが棺のかたわらで告げる別れの言葉は、数が多いうえに長ったらしかった。信仰篤い祈りと自己犠牲の精神にのっとって労苦を厭《いと》わず誠実に働いた故人の人生が讃えられた。荷物を引っぱっては積み、積んでは引っぱり、家畜と子どもたちを食べさせ、刈りとった牧草の量は馬三頭立ての刈取機をしのぎ、ぼろ布を織って作ったじゅうたんは延べ五百メートル、摘んだ木の実はバケツ三千杯、割った薪《まき》はケイメイイェルヴィの森の大規模伐採に匹敵し、洗った洗濯物の量はユプッカ山の高さに迫り、文句ひとつ言わず屋外便所から汲みとった糞尿は数平方キロメートル分に達し、掘ったジャガイモをブリキのバケツに入れるとフィンランド製マシンガンの一斉射撃かと思うほどの音がした。これらはばあさんがなしとげたことの、ほんの一部にすぎなかった。

最晩年は寝たきりだったばあさんは、聖書を隅から隅まで十八回読んだ――もちろん読んだのは古いフィンランド語版で、聖書委員会の手下である現代化推進者や無神論者によって汚される前のものだった。もちろん、書かれた言葉は、生きている言葉とは――祈禱会で激しく振りまわされる両刃の剣とは――較べものにならない。けれども、ばあさんはほかにすることがなかったから、それでも読まないよりはましだった。

いつものトーネダーレン流の雄々しい葬式の例にならって、説教師は主に地獄の話をした。永遠に燃えつづける石炭の山をこと細かに描写し、そこでは悪魔がまっ赤に熱したフライパンにタールを入れて罪人や異端者を豚肉のように焼き、三つ叉の槍でつついて肉汁を絞りだすのだと言った。会葬者は信徒席で身をすくませ、特に、ばあさんの娘たちは、見せかけの涙を大量に流してパーマをかけた髪と流行の服を濡らし、婚姻によって一族の一員となった男たちは、冷めた心で気まずく体を動かした。しかし、地球のほぼ全域に悔い改めと憐れみの種を蒔《ま》くべきこの機会に、泣かずにいるのは許されなかった。おまけに、ばあさんがノートにまるまる一冊書き残した葬式の式次第にのっとって、礼拝には聖書からの引用がたっぷり盛りこまれ、さらに福音書からの引用もいくつかあった。とてもではないが、赦しの心をあちこちに気前よくふりまける状況ではなかった。

けれども、葬式の最後に天国の門がついに開き、天使の息がかぐわしい神の恩寵《おんちょう》をパヤラ村の教会に吹きこむと、大地が揺れ、ばあさんは天にまします神の御許《みもと》に届けられた。女たちはハンカチを鼻に押しあてすすり泣き、イエス・キリストの名と血のもとに体を震わせて抱きあい、信徒席と通路には刈りたての牧草のにおいがあふれ、教会の建物全体が土台から一センチほど浮いて、ふたたび元の場所に落ち、耳がつぶれそうな重たい音が響いた。信心深い人々は光を、楽園の光を見た。それは、静かな夏の夜にぐっすり眠っているときに、ふと窓に向けてまぶたをちらりと開けた瞬間に目に入る、夜空で輝く真夜中の太陽の光に似ていた。夢に一瞬、幕間《まくあい》のエピソードが挿入され、ふたたびまぶたを閉じる。翌朝、目覚めたときには、なにか壮大で謎めいたものの記憶だけがかすかに残っている。それは愛、かもしれない。

＊

葬式が終わると、全員がふたたび家に招かれ、コーヒーとケーキがふるまわれた。とたんに雰囲気はなごみ、晴れやかといってもいいほどだった。ばあさんはイエスの御許に行った。これでひと安心だ。

ただひとり、イーサックだけは心を閉ざしたままだった。古い説教師の服で歩きまわっていた彼は、正道を踏みはずしてから長い時間がたっていたものの、棺の前では神を讃えるだろうと思われていた。放蕩息子の帰還の証《あかし》というわけだ。なかには、イーサックがふたたび光を見る可能性があると思う者さえいた——親の葬儀というのは、みずからのはかなさと死すべき定めが一世代分近づく機会であり、光以上のものが目撃された例もあったからだ。神の人差し指が、かたくなな心を鉄《てっ》杖《じょう》のように貫いて氷を破り、満杯のおまるを空にするときのように、悔い改めた魂から精霊のメッセージと罪の告白がどっと吐きだされ、赦しによって魂は磨き上げられた聖杯に変わり、そこに神の恩寵が夏の夕立のように降りそそぐこともあるだろう。だが、棺台の前に立ったイーサックは、小さな声でひとりごとのようにつぶやいただけだった。最前列にいた人でさえ聞きとれなかった。

子どものテーブルにはジュースと菓子パンが用意された。子どもは大勢いたので、ぼくらは順番に交替して食べた。ニイラはボタンのきついよそゆきのシャツを着せられて、窮屈そうだった。黒ずくめのおとなたちは、席に着いてカラスのように大笑いしており、ぼくら子どもは家の外に出た。ミズーリから来た男の子たちも、ぼくらについてきた。彼らはふたごで、八歳ぐらいで、都会っぽいスーツを着てネクタイを結んでいた。ふたりは英語で話し、ぼくとニイラはトーネダーレン地方のフィンランド語で話した。ふたりとも時差ぼけのせいでひっきりなしにあくびをし、派手に震えていた。どちらも髪は角刈りで、まるでミニチュアの海兵隊だった。髪はアイルランド系の父親と同じ赤毛だった。ふたりとも、いきなり母方の故郷である旧世界のこの土地に連れてこられてとまどっているのがありありとわかった。季節は五月で、長い冬が終わって雪は解けはじめていたが、川はまだ凍結していた。シラカバは裸で、牧草地の雪解けは進まず、去年の草が黄色く潰れていた。ふたりは合成皮革の靴で慎重に歩き、北極の猛獣がいやしないかと、不安げにあたりを見まわしていた。

興味をそそられて、ぼくはふたりに話しかけた。彼らはスウェーデン語混じりのアメリカ英語で歌うように話し、スウェーデンに来る途中に寄ったロンドンで、ビートルズを見たと言った。いいかげんなことを言うなとぼくは言った。でもふたりは、ビートルズがキャディラックのオープンカーに乗ってホテルの前を通りすぎ、道の両側を埋めつくした女の子が金切り声をあげていた、絶対に本当だと言った。キャディラックのすぐうしろを走っていたトラックが、一部始終を撮影していたという。

彼らはロンドンで買ったものを持っていた。紙袋を出し、なかからイギリスの値札がついたレコードを取りだした。

「ビートルズ」ぼくは書かれている文字をゆっくり読んだ。「ロスクンロ、ー、ル、・、ミ、ュ、ー、ジ、ッ、ス、」

「ロックンロール・ミュージックだよ」ふたりは声をそろえ、にやりと笑ってぼくの発音を直した。

彼らはそのシングル盤をニイラに渡した。

「いとこのきみに、プレゼントするよ」

ニイラは両手でレコードを受けとった。すっかり心奪われた彼は、プラスチックの円盤をそっと取りだし、髪の毛のように細い溝を見つめた。彼は慎重にレコードを持ち、バケツに張ったウエハースのように薄い氷を持つときのように、割ってしまわないかと怖れているようだった。

「キートス」彼はぼそりと言った。「サ、サ、サンキュー」

ニイラはプラスチックのにおいを嗅ぎ、春の太陽にかざして溝が光るようすを眺めた。ふたごは目を見交わしてほほえんだ。彼らの頭のなかでは、すでに未開人との出会いの物語ができあがっていた。ミズーリに帰ったら、ハンバーガーをほおばり、コーラをすすりながら仲間に話すのだろう。

ニイラはシャツのボタンをいくつかはずし、レコードを服の下に入れ、肌にぴったりくっつけて隠した。彼は一瞬ためらった。そしてふたごに手招きして、一緒に道のほうへ行こうと誘った。なにを考えているのだろうと思い、ぼくも一緒に雪の吹きだまりの汚れた残骸が残る牧草地を横切った。

溝のところでぼくらは止まった。道の下には太いコンクリート管でできた暗渠《あんきょ》があった。かがんでのぞきこむと、反対端の白い光の輪が見えた。灰色の汚い雪解け水が暗渠を流れ、水はぼくらの足元ではねて楕円形の水たまりになった。すぐ横には除雪車が積み上げた雪の山があって、雪は解けかけており、汚れた古いシーツの山みたいに見えた。ニイラは濁った水の奥を指さした。

「プレゼント」彼は英語で言い、ふたごにほほえんだ。

彼らは身を乗りだした。水面のすぐ下に、ぬらりとした大きなかたまりがあった。目を近づけて見ると、なかで小さいなにかが動いているのが見えた。小さな黒い胚がもぞもぞ動いていた。すでに外に出て、泥水を泳いでいるのもいた。

「墓地から来た」ニイラは英語で言った。

ふたごは怪しむようにぼくを見た。ぼくはニイラが言おうとしたことを説明しようと努力した。

「雪が解けると、雪解け水が棺のなかを通って」僕は低い声で説明した。「死んだ人の魂が押し流されてここに来るんだ」

ニイラは錆びた古いコーヒーの缶を見つけた。ふたごは目を丸くして水たまりのおたまじゃくしを見つめていた。

「天使」とニイラは言った。

「それを助けたら天使になって、空に舞い上がるんだよ」僕は説明した。

ふたごの片方がコーヒー缶を手に取り、合成皮革の靴を脱ぎはじめた。もう片方はためらったが、すぐにあとに続いた。ふたりとも急いで靴下を脱ぎ、完璧な折り目のついたズボンも脱いで、ぶかぶかのアメリカ風トランクス一枚になって、裸足のまま水たまりの縁に立った。ふたりはおそるおそる泥のなかに入った。けれども、たちまち本気になって魂の救出にとり組みはじめた。雪解け水はふとももまであった。ふたりは寒さに震えていたが、すっかり魂を追いかけるのに夢中だった。しばらくすると彼らは歓声をあげ、なかで数匹のおたまじゃくしが泳いでいるコーヒー缶を高く持ち上げた。くちびるは紫色になっていた。

そのとき、ぬらりとした黒いかたまりが暗渠から滑りでて、水たまりに落ちて水しぶきが上がった。

「ばあちゃんだ！」ニイラが叫んだ。

ふたごの片方が泥に手を突っこみ、ばあさんを探した。そして足を滑らせて転んだ。濁った水面の下に頭が消えた。もう片方が彼をつかんだが、自分もバランスを失って、両手をめちゃくちゃにふりまわしながら水たまりに倒れこんだ。ふたりとも、水を吐き、鼻を鳴らしながら、手で水をかいて乾いた地面に戻ってきたが、体が冷えきって、立ち上がれないほどだった。それでもコーヒー缶はちゃんと草の上にあり、なかのおたまじゃくしも無事だった。

怖れを知らないふたりに驚いて、ニイラとぼくは口がきけなかった。ふたごは服を着ようとしたが、ひどく震えていたので、シャツのボタンはぼくらが手伝った。彼らはトランクスを脱いで水を絞り、美しい鼈甲《べっこう》のくしで髪をとかし、ひどい汚れをとった。コーヒー缶をのぞきこむ彼らの目は輝いていた。ひとすくいほどのおたまじゃくしが、しっぽを左右にくねらせて泳ぎまわっていた。最後にふたごの片方がぼくらと握手した。がちがちに凍りついていたけれど、心のこもった握手だった。

「ありがとう！　キートス！」

ふたりは一緒にコーヒー缶を持ち、アメリカ英語でなにやら熱心に話しながら家に戻っていった。

＊

その日の午後、ばあさんの遺産をめぐって言い争いが始まった。一族は、埋葬の儀式が終わり、近所の人や説教師が家に帰るのを待って、家のドアを全部閉じてよそ者を閉めだした。一族のさまざまに分岐した枝と、芽吹いた枝と、接ぎ木された枝が広い台所に集まった。テーブルに書類が広げられた。老眼鏡がハンドバッグから引っぱりだされ、汗で光る鼻に乗せられた。咳払いが響いた。強ばった鋭い舌がくちびるを湿らせた。

そして大混乱の大騒ぎになった。

ばあさんは遺言を遺していた。ノートに書き記されており、よく言えば、すべてが網羅されていた。どのページにも、細々したことが震える文字で延々とつづられていた。この人とあの人には、このような条件つきで、あれを与える。けれども、ばあさんは十五年以上も死出の旅立ちの準備をしていたうえに、ひどく気まぐれだったので、どのページも、変更や、取り消しや、余白に書かれた補足だらけで、おまけに注がびっしり書いてある紙が別に一枚あった。親族の何人かは、遺産を相続させないと何度も書かれ、同じ回数だけまた相続を認められていた。そのほかの親族は、一定の条件を満たした場合のみ相続を認められていた。その条件というのは、生きた信仰に忠誠を尽くすと宣言し、一族全員の前で悪魔の酒を断つと誓うとか、その場にいる全員とイエス・キリストに、長年にわたって犯してきた罪を細部に至るまで説明して赦しを乞うとかいうものだった。遺言の本文には、本人も証人も何度も署名していたが、困ったことに、問題の別紙には署名がなかった。しかも、すべてトーネダーレン地方のフィンランド語で書かれていた。

台所は息詰まる雰囲気に包まれ、遺言をひととおり読み上げるだけで何時間もかかった。すべての単語を、スウェーデン語、標準フィンランド語、英語、ドイツ語、ペルシャ語に訳さなければならなかった。ベクシェに住む娘が、スンニ派イスラム教徒の移民と結婚していたからだ。とりわけ宗教がらみの部分が難しかった。「生きた信仰」に身を捧げることが遺産相続の基本条件であり、トーネダーレンに住むたいていの人にとって、それはレスターディウス派の信仰を意味していた。けれども、通訳された話を聞いたあと、スンニ派イスラム教徒と、ニュージーランドから来たユダヤ人の義理の息子と、バプティスト派に改宗したフランクフルトの娘から抗議の声が出た。三人は口々に、自分たちの信仰も、ほかの人と同じように「生きた信仰」だと主張した。オラッティから来たばあさんの弟は、西レスターディウス派である自分は、ここにいるだれよりも敬虔《けいけん》なキリスト教徒だと声高に主張し、東レスターディウス派のいとこと、「真実の集会」に属するいとこと、数人のキリスト教原理主義者が、強く異を唱えた。フィンランドの宗派に属するあるばあさんは、たちまち極度の興奮状態に陥り、うなりながら法悦の境地で跳ねまわり、全身から大量の汗を流した。残りの人々は安全策に出て、腕を振りまわし、涙を流し、隣にいる人を抱きしめ、ぼろ布を編んだじゅうたんにつまずきながら、大量の罪を告白した。

とうとうイーサックが勢いよく立ち上がり、大声を張り上げて、黙れというようなことをスウェーデン語とフィンランド語の両方で叫んだ。カイヌラシェルヴィから来たまたいとこは、酔っぱらって自分の取り分を遺言に書き加えていた現場をとり押さえられ、放りだされた。話し合いの中断が宣言され、一連の抗議と反論ののちに、張りつめた静けさが確保された。いましがた行なった罪の告白と、生きた信仰への忠誠を示すその他の証拠を議事録に残してほしいという要求が数名から出され、多数決の結果、認められた。

遺言の音読が終わると、これ以上ないほどの混乱が広がった。ウプサラから来た、最新のコンピュータ技術を専門にしている男が、遺言を全部パンチカードに入力して、何度かプログラムを走らせて、論理回路の力を借りれば、利益を公平に分配できるかもしれないとのんきなことを言った。とたんにほかの人々から反論されて、南の人間であり、この地方の言葉を話さない「ウムミッコ」で、しょせん結婚によって一族に加わったにすぎないくせに、一族の重要な問題の話し合いに口を突っこむなときつく忠告された。兄弟姉妹、いとこ、またいとこの子たちは、それぞれに小さく固まって作戦を練った。ささやく声とぼそぼそ話す声で、空気は重苦しかった。探りを入れ、案が出されては拒絶され、同盟が生まれては消え、ひとつの集団から別の集団へ伝令が出され、いくらか表現を抑えた脅しが伝えられた。数人の男が連れだって庭に小便に行き、怪しいほど意気揚々として戻ってきた。袖がまくられた。書記を務めるはげかけた役人は、鉛筆でコーヒーカップを軽くたたき、静粛な話し合いの再開を呼びかけた。全員がどっと台所のテーブルに向かい、興奮して早口でしゃべりながら、ほかの人には、さも敬虔そうに、静かにしろと注意した。

「えへん。おほん、えへん……」

書記係の男が、中立的なオブザーバーとして意見を述べた。遺産――すなわち、ささやかな自作農地と小さな家、納屋、土地、家財、現金、銀行預金、森の小区画を合計したもの――は隣の奥さんに遺贈するよう特別に指定されたつむぎ車を除いて、百三十四等分されるべきだと彼は言った。

怒りの声が嵐のように湧き上がった。

公式立会人を務める元税関職員は、留保事項を議事録に残すよう求めた。彼が言うには、きわめて重要というわけではないが、私利私欲の偏見とは無縁な意見のひとつとして述べておくと、先の発言者は、別紙に書かれた注のうち、第三段落を見落としているという。そこには、スウェーデン南部の悪に満ちた罪深い特質が書かれており、それゆえ、ささやかな自作農地と小さな家、納屋、土地、家財道具は故人の息子であるイーサックが受けとり、残りの遺産を、パヤラ村に正式に住民登録している一族のあいだで等分に分配すべきである。

騒ぎはますます大きくなった。

隣の奥さんが、つむぎ車はどこにあるのかとたずね、露骨な言いかたで黙らされた。

キルナの鉄鉱石鉱山で働く甥は、自分の住む町は絶対にスウェーデン南部ではないし、それに、この近くのサッタイェルヴィに夏の別荘を持っているから、自分もパヤラの住民に含められてしかるべきだと主張した。

キエクシエイスヴァーラから来た別の甥は、先の発言者は十四ページに書かれている段落を見落としていると指摘した。そこにはキルナのLKAB鉱山は、北のバビロンである悪の大都市だと明言されており、そこで働く人は地獄の永遠の炎に焼かれる運命にあると書かれている。サッタイェルヴィに不正に手に入れた別荘があったとしても、その事実はなんら変わるものではない。

酔っぱらったいとこが、なかに入れろと太い薪でドアを叩きはじめた。

ユダヤ人がスンニ派イスラム教徒の襟をつかんだが、突き飛ばされて揺り椅子に戻った。ふたりは大声でののしりあい、横でそれぞれの妻が通訳した。その場にいた人が口々に話しだし、書記係が鉛筆でコーヒーカップを叩く音は騒ぎに飲みこまれた。

そのとき、拳が突き上げられた。教会に行くためにきれいに洗った労働者の手が、黒ずくめの大騒動のただなかから、きのこのように頭を出した。頑丈な軸に支えられた拳は前後に揺れ、フクロウの頭のように上下左右を向いた。もう我慢できないという気持ちがはっきりと示されていた。

たちまち同じような拳のきのこが飛びだした。そしてもうひとつ。あっというまにきのこだらけになった。みんな大声を張り上げて相手を言い負かそうとした。ののしりの言葉がありとあらゆる言語と方言で響き、脅しの言葉がむちのように振りまわされ、家はバビロンの壁のように揺れだした。

そして大混乱の大騒ぎになった。

その場にいた人たちのために、この話はここまでにしておきたい。げんこつや、流血したくちびるや、ひっかき傷や、鼻血や、回転して宙を舞う入れ歯や、潰れためがねや、陰険な蹴りや、のど輪攻めについては語らないことにしたい。フライパンや、台所の椅子や、長靴や、シャベルや、犬の餌皿や、フィンランド語版の家庭用聖書といった凶器についても、例を挙げるのは控えたい。非キリスト教的な表現、ののしりの言葉、とりわけトーネダーレン地方のフィンランド語によって際限なく繰りだされたその種の表現、激した声で浴びせられた容赦ない非難、知能の低さや、醜さや、肥満や、近親結婚や、耄碌《もうろく》や、精神病や、性的倒錯に関する非難についても、ここでは省きたい。

ただひとこと、地獄の沙汰だったとだけ言っておこう。

7

ロックンロールと、それが女性に与える影響と、ノックせずに部屋に入る危険性について。

日が暮れるころ、ニイラがシャツの前を手で押さえてぼくの家に来た。彼はまだ一番のよそゆきのスーツを着ており、昼間に大勢の親戚と会ったせいでいささか動揺していた。警察を呼ぶぞという脅しが何度も出て、それに対抗する脅しが長々と続き、ようやく彼らは法的決着を選んだ場合に必要となる費用を考えて、一族内で問題を解決することに決めた。ウプサラの技術者は、パンチカードを利用したコンピュータ処理の方法を細かく説明する機会を与えられた。自作農地内では今後一切の飲酒を禁止することが厳しく言いわたされた。転んで怪我する人が続出し、パヤラ村の診療所は驚くほど大勢の傷の手当てに追われた。めがねや入れ歯は、絶縁テープや強力接着剤で応急修理を施された。

姉さんは外出していたので、ぼくらはこっそり姉さんの部屋に入った。ニイラはシャツのボタンをはずして、なま暖かいシングル盤を取りだした。ぼくはそのレコードをおごそかにターンテーブルに乗せ、アームを下ろした。ボリュームを上げた。ぱちぱちという音がかすかに聞こえた。

そして、ジャーン！　雷鳴がとどろいた。火薬の樽が爆発し、部屋がふっ飛んだ。酸素が部屋から吸いだされ、ぼくらは壁に叩きつけられ、潰れて壁紙に貼りつき、家全体が猛スピードで回転した。ぼくらはまるで封筒に貼られた切手だった――全身の血が勢いよく心臓に流れこみ、内臓のように赤いかたまりになった――そして突然すべてが反転して、流れは猛烈な勢いで指やつま先に向かい、ほとばしる血流が体の末端に達し、ぼくらはぽかんと口を開け、魚のタラのように目を見開いた。

永遠の時が過ぎ、回転が止まった。鍵穴からふたたび酸素が流れこみ、ぼくらは小さな湿ったかたまりとなって床に落ち、水が飛び散った。

ロックンロール・ミュージック。

ビートルズ。

信じられない。

ぼくらはいつまでも口がきけなかった。ただそこに横たわり、血を流し、力つき、こだまする静寂に包まれて、しあわせだった。ぼくは立ち上がり、もう一度レコードをかけた。

また同じことが起きた。信じられなかった。とても人間が作ったものとは思えなかった。

もう一度。

そこに姉さんが足音も荒く入ってきた。かんかんに怒って、爪をぼくの腕に突きたてて大声で怒鳴ったので、姉さんの口からガムが飛びだして、ぼくの目に貼りついた。あんたたち、この部屋でなにやってるの！　このクソガキ！　姉さんは、か弱き乙女の腕で、ぼくらに必殺の空手チョップを食らわせようとした。

そのとき、姉さんが凍りついた。音楽に先手を取られたのだ。音楽は無理やり姉さんに入りこみ、とげのようにふくらんで、そこらじゅうに赤いものをまき散らした。まさに魔法だった。石のように固まった三匹の動物と、大音量を発するポータブル・プレイヤー。

レコードが終わると、もう一度かけたのは姉さんだった。そういう種類の音楽だった。一度聞いたら、やめられなかった。

＊

その夜、ニイラとぼくは自転車でトーネ川に行った。両岸をつなぐコンクリートの橋は川面のはるか上にあり、ぼくらはバランスをとりながら、糸のように細く張りつめたその橋の上に立った。

川はまだ全体に凍っていたが、無限に広がる森では、昼間の熱によって雪解けが進んでいた。風景は棺に閉じこめられ、そのふたは氷で閉ざされていたが、水の流れがふたの下の動脈を伝って勢いよく走り、底のほうでは新たな生気が脈打っていた。筋肉はふくらみ、凍りついた心臓は解けて、ふたたび鼓動しはじめた。

今、まさにこの瞬間、川は息を吸いこみ、胸郭が広がって厚さ一メートルの覆いを押し上げ、決行直前の牢破りの名人のように、肺には空気が満ち、血管には血があふれ、心を決め、体をふくらませて、数万トンの氷を一センチずつゆっくり押し上げる。目には見えないが、地下では休みなく進行している。夢のように緊迫し、表面が波打つ。閉じこめられた若い男は成長しつづけ、やがてボイラーの内部は肉と筋肉で満たされる。

さらに一センチ。

目には見えないが、ぼくらは感じる。空気に漂っているのかもしれない。気圧、ユプッカへ広がる光の海の震え、急に向きを変えたカラスのシルエット。あるいは、水の震える叫びが、橋脚のコンクリート越しに伝わるのかもしれない。

息を吸いこむ。解けた雪。カラスがなぜか、また向きを変える。

そして始まる。砕ける音が二度短く響く。続いてまっ白な表面が割れて砕け、破片が飛び散る。黒い水がほとばしる。低いとどろき、新たな割れ目。氷一面に斧を振りおろしたようだ。氷がふくらんで割れる。あらゆるところで、あらゆるものが動く。途方もない大理石の床が、一面に動く。

一分後には、川の水位は六十センチ以上上昇している。土手に水があふれ、水の黒い指が行く手を探りつつ前進する。強引な力で渦巻く周囲の圧力に押され、百トンもある巨大な氷盤が大きく割れる。割れた氷は上を向いて直立し、体を輝かせて跳ね上がり、ふたたび泡のきらめく深みに潜るクジラを思わせる。氷盤はすさまじい力でつぎつぎに重なり、大昔の大陸移動のようだ。氷盤はふたたび離れ、低い音がとどろく。氷は橋の手すりにひたいをぶつけて砕け、氷柱がにぎやかに飛び散る。ほかでは耳にできない音だ——砕け、ぶつかり、きしみ、当たり、こすれ、激しく鳴り、甲高くとどろく音。たえまなく続く音楽。ぼくらはそのまっただなかにいる。

やがて地元の人たちが来る。橋のたもとに車を停め、ぼくらのそばまで走ってきて、鉄の手すりに沿って並ぶ。男も女も、年寄りも若者も子どもも、手すりにしがみつく。いとこ、近所の人、昔の友だち、さらには隠者のようにひとり離れて暮らす人までやってくる。まるでここに来るようにと川が村じゅうに触れてまわったかのようだ。みんないっせいに、やむにやまれぬ気持ちにとりつかれたかのようだ。

ぼくらはただ立っている。それだけで十分だ。ぼくらはただ眺め、音を聞き、もろいコンクリートが足元で震えるのを感じる。氷盤は勢いよく流れ去り、いつまでも続く。衝突は果てしなく繰り返され、氷は割れ、かけらが飛ぶ。そのとき、橋が引っぱられて基礎からはずれて溶け、巨大な砕氷器のように流れに逆らって揺れるのを感じる。ぼくらはその最前部に立ち、橋は氷盤を猛烈な力で叩き壊しつつ進み、長い冒険の旅が始まる。

「ロックンロール・ミュージック！」ぼくはニイラに向かって叫ぶ。

彼ならわかる。

＊

一度音楽の力を知ったら、もうあとには戻れない。初めてのマスターベーションに似ている。やめられないのだ。びんのふたを開けたらものすごい力で泡が噴きだし、ドアをちょうつがいから引きちぎって、あとにぽっかり大きな穴が残るようなものだ。こんな映画があっただろう？――潜水艦に対潜爆弾が命中し、油まみれの乗組員は急いで圧力隔壁の耐水鉄扉を閉めようとするが、押しよせる水の力で、樹皮のかけらのようにふっ飛ぶ。

一方、ナッカ音楽学校は、地面の上で水泳の練習をしているようなものだった。

なんというか、小学校の年老いたひょろひょろの女教師が、チョークの粉まみれの手で、掛け図を使って子どもたちにマスターベーションのやりかたを教えているような感じだった。授業のしめくくりに、教師は足踏みオルガンを弾きながらマスターベーション教育の歌を歌う。

ニイラは頻繁にうちに来るようになり、かならずあのレコードを持ってきた。すると姉さんは突然変身して人間になり、一緒に聞かせてくれるなら、プレイヤーを使っていいと言った。どういうわけか、音楽のおかげでぼくと姉さんの距離が縮まり、姉さんも、ぼくが一生、鼻水を垂らしたガキでいるわけではないと気づいたようだった。ときどき、姉さんの友だちが来ていた。彼女たちは、ベッドや床のクッションに座っていた。かわいい女子高生で、ヘアスプレーのすてきなにおいがして、音をたててガムを嚙んだ。ぴったりしたセーターを着て、胸のふくらみがあらわだった。目にはマスカラ。彼女たちはニイラとぼくを品定めし——ほんのガキだ——ぼくらをからかい、赤面させた。ガールフレンドはいるかとか、キスの経験はあるかとかきき、舌の使いかたを解説した——その話にはうんざりしたけれど、エッチな気分になった。ただ、ぼくらはまだ潜伏期にあったから、異性の意図するところをちゃんと理解できたわけではなかった。

父さんと母さんが地元のサッカー場で開かれるビンゴ大会に出かけていたある週末の夜、ぼくらはノックをせずに勢いよく姉さんの部屋に入った。女の子の悲鳴が響いた。床のまんなかにビールの箱があった。ぼくらはあとずさりして部屋を出たが、姉さんに引きずりこまれ、ドアに鍵をかけられた。姉さんはぼくらを脅し、言いつけたりしたらひどい目に遭わせてやると言った。ちっぽけな脳みそに乳歯がめりこむまで殴ってやるし、髪の毛をひっこ抜いて、まともにたてがみが生えそろう前にはげ頭にしてやるし、まっ赤なマニキュアの爪でひっかいてはらわたをえぐりだし、父さんがスキーのワックス塗りに使っている溶接用のブローランプでじわじわ火あぶりにしてやるというようなことを、延々とまくしたてた。

ぼくは命を守るためにばかのふりをした——トーネダーレンでは有効な作戦だ——そして、好きなだけサイダーを飲んでくださいとかいうようなことをぼそりとつぶやいた。女の子たちはいっせいに笑いだし、ひとりがぼくらにも一滴飲ませて同罪にしてやろう、それしか口を封じる方法はないと言った。彼女はびんの栓を抜き、ぼくのそばに来た。ぼくは彼女のパーマのウェーブをほほに感じ、ヘアスプレーを鼻孔に感じ、暖かな息を顔じゅうに感じた。彼女はぼくのほほをしっかり押さえ、別の子が口にびんを当て、ぼくは口を大きく開いた。あんまりそばまで来たので、乳房のやわらかな感触が伝わってきた。ぼくは哺乳びんを待つ赤ん坊のように背をのけぞらせ、びんの中身を吸い、飲みこみ、また吸った。おっぱいを飲んでいるみたいだった。

ビールはわらの味がした。のどに刺さり、泡が広がった。ぼくは背をそらせ、きれいにメイクした彼女の目を見上げた。川のように青かった。彼女は十四歳にはなっていたはずで、暖かくやさしくぼくを見下ろした。ぼくはそのまま一生、彼女に抱かれて眠っていたかった。ぼくの目に涙があふれた。彼女はそれに気づき、びんを口から離した。ぼくはびんの半分以上飲んでいた。口紅で彩られた彼女のくちびるが近づき、ぼくにキスした。

女の子たちは歓声をあげた。姉さんはほほえんだ。姉さんが慈愛を示すなんて、いまだかつてないことだった。ぼくは頭がくらくらして、壁にもたれかかった。ニイラはびんの残りを飲まされた。彼は懸命にがんばり、拍手喝采を浴びた。彼は苦しそうにあえぎながら、もつれる指で長い時間をかけてシャツのボタンをはずし、レコードを取りだした。そして彼はぼくの隣に座り、姉さんがレコードをかけた。

女の子たちはぶっ飛んだ。

たぶん二十回はかけたと思う。

ぼくはニイラにもたれかかり、とてもしあわせだった。爆発しそうな気がした。

＊

気づくとぼくらは震えながら庭に立っていた。晴れた空から転がるように寒気が下り、その晩は冷えこみそうだった。ニイラはなかなか帰ろうとせず、ききたいことを言いだせずにいた。やがて彼はぼくを引っぱってガレージに行った。音をたてないようにドアを閉め、そっとぼくの耳に顔を寄せた。

「彼女、なにしたの？」彼はささやいた。

ぼくは彼の両肩に手を置いた。

「舌を出して」とぼくは言った。「それじゃ、ちょっと出しすぎ」

彼は舌を引っこめ、舌先だけを出した。丸くて濡れてピンク色だった。ぼくも同じように舌を出した。ぼくらはしばらくそのまま立っていた。やがてぼくは身を乗りだし、ニイラのしょっぱい少年の口にキスをした。

8

板で工作し、口を開け、初めてのステージを体験する。

六〇年代は終わりに近づき、世界のあちこちでポップ・ミュージックが注目を集めていた。ビートルズはインドに行ってシタールを習い、カリフォルニアはヒッピーとサイケデリック・ロックに埋めつくされ、イギリスではキンクスやプロコル・ハルムやフーやスモール・フェイセズやホリーズといったバンドが続々と現われた。

でも、遠く離れたパヤラ村には、ほとんど伝わってこなかった。姉さんは最新の情報を得ようとできるかぎりのことをした。ロックをたくさん流していたラジオ・ルクセンブルクをわが家の古いラジオで聞くために、庭の二本の松の木のあいだに銅線を張ってアンテナにした。ときどき、姉さんとぼくは一緒にキルナに行って、一九六六年にビートルズの前座を務めたトーロヴァーラ出身のシェーンズや、たまたまツアーの途中に立ち寄ったヘップスターズを見たりした――ただし、そのためには、裏で母さんと時間をかけて慎重に交渉する必要があった。

パヤラは世界から遠く隔たっていた。スウェーデン放送が珍しくポップ・コンサートをテレビで放送したときも、何年も前のエルヴィス・プレスリーが出演したイヴェントの録画だった。それでも、ぼくらはあるもので我慢するしかなかった。

ぼくは期待に胸をふくらませてテレビの前に座った。姉さんが画面を隠していたベニヤ製の扉を開け、急いでスイッチを入れた。テレビのウォームアップには時間がかかるからだ。オーヴンに入れたパン生地のように、テレビはじっくり支度を整え、ようやく映像が現われた。電気信号はストックホルムのカクネス塔経由で送信され、長く曲がりくねった道をたどってスウェーデン全土に送られた。中継局が信号を受信し、次の局に送り、また次の局に送り、鉄鉱石を積んだ貨車を無数に連ねて走る巨大な列車のように、最後にようやくユプッカ山の山頂にあるパヤラ放送のアンテナにたどり着き、しかるべき変換を経て、さやをむいた豆のようにわが家の白黒テレビに転がりこんだ。

画面には彼がいた。エルヴィスだ。兵隊としてドイツに送られる前の、絶頂期の彼。スリムでセクシーで、クールな笑みを浮かべ、髪はグリースで固め、足は排水管用ブラシのようにしなやかだ。父さんは不愉快そうになり、わざと足音を荒げてガレージに行った。母さんは編みものをしているふりをしていたが、目は黒い革ジャン姿の汗だくの青年に釘づけだった。姉さんは爪をぎりぎりまで嚙み、ひと晩じゅう枕に顔を埋めて泣いた。ぼくはギターが欲しかった。

翌日、授業が終わると、ぼくは地下の木工室に行って、堅い板でギターのようなものを作った。木の切れ端を釘で打ちつけてブリッジにした。弦のかわりにゴムひもを何本か張った。そしてひもをくっつけて、肩からかけられるようにした。

だれにも邪魔されずに過ごせる場所はガレージしかなかった。ぼくはだれも見ていないすきにこっそりガレージに行き、コンクリートの床に立って足を大きく開き、満員の観客を見わたした。ぼくの耳には悲鳴が聞こえ、何千人ものティーンの少女がステージにどっと押しよせるさまが目に浮かんだ。ぼくは勢いよく「監獄ロック」を弾きはじめた。姉さんのレコードのおかげで、すっかり覚えていた。まねして腰をくねらせた。ぼくの体で音楽が脈打ち、それは力強く、刺激的だった。ぼくはトイレットペーパーのマイクを握り、口を開いた。そして歌った。ただ、歌詞は出てこなかった――学校の音楽の授業のときと同じように、口をパクパクさせただけだった。ぼくは魂の奥深くから響いてくる音楽に合わせ、腰をくねらせ、くちびるを動かし、跳ねまわり、板の切れ端が震えるまでコードをかき鳴らした。

突然、物音がして、ぼくは怖くなって凍りついた。もしかしたら、歓声がはるか遠くの教会までとどろいたのかもしれないという考えが、一瞬、頭をよぎった。でも、たったひとりでガレージにいることに変わりはなく、またすぐに想像の世界に戻った。ぼくは喝采の嵐を浴び、ライトと悲鳴に包まれた。腰は震え、ステージは揺れ、反らせた体は弧を描いた。

そのとき急に、ニイラが現れた。彼はオオヤマネコのようにそっと入ってきて、黙ってぼくを見つめていた。いったいどれぐらい前からいたのだろう。ぼくは恥ずかしくて体が強ばった。冷ややかに笑われるのを覚悟し、ハエ叩きで壁に叩きつけられて潰れる自分を想像した。

これほど無防備に裸をさらしている感じを味わったのは、その後、一度しかなかった。その一度というのは、ボーデンからエルヴスビーンに向かう列車のトイレでのことだった。大のほうを出して、立ち上がり、ズボンを足首まで下ろして尻を拭いていたとき、トイレのドアが開いて、女性の車掌が切符を拝見と言ったのだ。ノックしてから開けたと彼女は言ったが、とんでもない話だ。

ニイラは伏せてあったホーローのバケツに座り、なにか思うことがあるように、かさぶたをむしっていた。ようやく彼は口を開き、なにをしていたの、と低い声できいた。

「ギターを弾いてたんだ」ぼくは恥ずかしくてたまらなかった。

ニイラは押し黙ったまま、ぼくが作ったへたくそな板のかたまりを見つめた。

「ぼくにもやらせて」ようやく彼は言った。

初めは、ぼくをからかっているのだろうと思った。でも、驚いたことに、ニイラは本気だった。ほっとした気持ちが広がるのを感じながら、ぼくは板を彼の肩にかけ、持ちかたを説明した。彼はぼくのまねを、つまりエルヴィスのまねを始めた。ニイラはためらいがちに体を左右に揺らした。

「足も使わなきゃ」ぼくは言った。

「なんで？」

「そりゃ、女の子のためさ」

彼は急に照れた。

「それができないんなら、歌うんだな」

ぼくはトイレットペーパーをなにげなく口の前に構え、歌うまねをして、頭を左右に揺すった。

ニイラは非難の目でぼくを見た。

「ちゃんと歌ってないじゃないか」

「うるさい」

「歌わなきゃだめだよ」

「できないよ」

「女の子のためだろ」ニイラはフィンランド語で言った。ぼくは吹きだし、ぼくと彼のあいだに暖かな波が広がった。

これが始まりだった。スキーと雪かきシャベルと雪道用タイヤに囲まれた、うちのガレージで始まったのだ。ニイラはギターを弾き、ぼくは口を開け、声にまかせて歌った。しゃがれてかすれた声を張り上げた。はしゃいでわめき、哀れっぽく鼻を鳴らし、犬の鳴き声よりもひどかったけれど、ぼくが生まれてはじめて、勇気を出して歌った歌だった。

＊

数週間たって、ぼくは休み時間にふと口を滑らせ、ニイラとバンドを始めたんだと言ってしまった。たしかに、事実はともかく、気分的にはそうだった。なにしろ、ぼくらは毎日放課後になると、ガレージのなかでたがいの夢の世界をふくらませ、鮮やかな色の巨大な風船を作りだしていたのだから。それに、ぼくはもともと身を守る本能がひどく乏しいし、おしゃべりなので、つい口から出てしまったのだ。

騒ぎは野火のように広がった。なにしろ六〇年代のパヤラ村だから、世界を揺るがすニュースなど必要なかった。昼休み、ニイラとぼくは同級生に囲まれ、ばかにされ、うそつきだとなじられた。包囲の輪はしだいに狭まり、抜けだす方法はもはやひとつしかなかった。ぼくらは次の「お楽しみ会」で演奏することになった。

不幸なことに、先生の許可が出た。先生は用務員に頼んで古い蓄音機を探しだし、ぼくは姉さんの目を盗んで「監獄ロック」のレコードを持っていった。ぼくらは口パクでやるつもりで、女の子から借りた縄跳びをマイクがわりにして、持ち手を口の前に構えて歌うことにした。

休み時間にやったリハーサルの時点で、悲惨なことになるのは目に見えていた。蓄音機は四十五回転では動かず、三十三回転か七十八回転でしか動かなかった。レコードは、チベットの葬式で演奏されるバスーンみたいな音か、サーカスのドナルド・ダックみたいな音で鳴るかのどちらかだった。ぼくらはドナルド・ダックを選んだ。

ベルが鳴り、クラス全員が席に着いた。ニイラは合板のギターを鋼鉄の握力で握りしめ、パニックで動けなくなっていた。まだ始まってもいないのに、男子からは消しゴムが飛んできた。ぼくは縄跳びを手に取り、このまま死んでしまおうかと思った。先生がぼくらを紹介しようとしたとき、ぼくはさっさと片づけてしまったほうがいいと判断し、勢いよく蓄音機の針を下ろした。

機械がカタカタ鳴り、音楽が始まった。大変だ！　ぼくらは跳ねまわった。床はたわみ、蓄音機の重たい針が無防備なレコード盤をキツツキのようにつついた。ニイラは緊張のあまり足を突っぱらせ、たえずバランスを崩してよろけ、教卓にぶつかり、ぼくにぶつかり、うしろによろけて黒板にぶつかり、チョークを置く溝をひん曲げた。ぼくは全身全霊で悲惨な状況に飛びこみ、レコードは釘の箱を揺するような音で鳴るばかりだったので、口パクをやめ、自己流の英語でがなりたてた。頭のねじが外れたようなわめきぶりだったので、消しゴムも飛んでこなくなった。同時にぼくは、ニイラが跳ねまわりすぎて蓄音機を壊さないように気をつけた。針はひっきりなしに前後に飛び、曲が終わる気配は一向になかった。ニイラがあんまり激しく頭を振ったせいで、ストラップがはずれてギターが飛び、壁の地図に激突し、ユヴァスキュラ近郊に深いくぼみができた。わめきつづけていたぼくの耳に、ついに先生の甲高い声が届いた。ニイラの体には縄跳びがからみつき、足を突っぱらせたままよろけ、ムースのようにぼくのほうに倒れこんできた。ぼくらは蓄音機に突っこみ、アームがはずれ、ようやく静かになった。

ぼくらは折り重なって倒れた。ニイラは息を切らし、息を吸っても吐けず、しゃっくりを繰り返し、肺がぎりぎりまでふくらんで苦しそうだった。ぼくのくちびるは血と塩の味がした。教室は静まりかえり、ネズミのくしゃみが聞こえそうなほどだった。

そのとき、女子から拍手が起きた。ためらいがちだが、好意的な拍手だった。男子はねたましげにぼそぼそつぶやき、ぼくの頭に大きな消しゴムのかたまりが命中した。

もしかしたら、まったくの失敗ではなかったのかもしれない、とぼくは思った。

*

それから数日は大変だった。学校でのことがばれて、ニイラは家でたっぷりお仕置きを食らったが、彼はひるまず、後悔はしていないと言った。ぼくはレコードをだめにしたことがばれて、姉さんから死よりも怖ろしい運命を宣告された。かろうじてその運命を逃れられたのは、今後永久に小遣いを全額姉さんに渡すという過酷な分割払い案を飲んだからだ。

学校での女子の反応には、いろいろ考えさせられた。同じ年ごろの男子と同じように、ぼくは自分は不細工で内気だし、髪はぼさぼさだし、鼻はジャガイモのようだし、腕は弱々しいと思っていた。それなのに、ニイラとぼくは意味ありげな視線を受けるようになった。昼休みに食堂で並んでいるときに、はにかんだ視線をちらりと感じたり、家庭科室の前にたむろしている女子から、短いほほえみを投げかけられたりした。一緒に縄跳びをしようと誘われ、照れながら応じた。ぼくらをねたむ男子からは「もてもて野郎」と呼ばれた。わけがわからず、少し怖かった。

そのあいだもずっと、ぼくらはガレージで練習をつづけ、ぼくがラジオで聞いた曲を記憶を頼りにコピーした。ニイラは板のギターを持って跳ねまわり、ぼくは歌った。のどから無理に声を出すのではなく、胸の奥深くから歌うこつをつかみ、前よりもましになった。声は安定し、たまに音楽らしきものに近づくこともあった。ニイラはこっそりほほえみ、親しげにぼくをつつくようになった。ときどき曲のあいだで休憩し、女の子とロックンロールの関係について話し、レモネードを飲み、落ち着かない気分になった。

数週間後、事態が山場を迎えた。ストランドヴェーゲンに住む女の子がパーティを開いたのだ。ソーダとポップコーンのあと、ぼくらはコンセクエンセズの曲を演奏した。ニイラとぼくは逃げる間もなく死ぬほどのキス攻めに遭い、ぼくはそのなかのひとりと恋人同士になったが、四日後、彼女からもらったネックレスと、真鍮《しんちゅう》の指輪と、レースのブラウスを着て母親の口紅を塗った彼女の写真を返し、ふたりの関係を終わらせた。

それからまもなく、すべてが終わった。女子はもっとわくわくするものを見つけ、上の学校の男子とつきあうようになった。ニイラとぼくは突如としてとり残され、お楽しみ会に続くステージをやろうとしぶとく粘ったが、先生に認めてもらえなかった。別れた女の子にまた声をかけてみたが、全然だめだった。人生は謎に満ちていた。

9

主人公たちは上の学校に進学し、かなり苦労して指使いを習得する。

古い学校で三年間過ごし、ぼくら悪ガキはほとんどが読んだり数えたりできるようになって、パヤラ村中央学校に進学した。校舎はレゴブロックで作ったような黄色いれんが造りの建物だった。新学年は、歯磨きを習慣づける啓発活動とともに始まった。その必要があるのはあきらかだった。前回の検診で、ぼくは虫歯が十本、ニイラは九本見つかった。クラスのほかの子も似たような成績で、地元の役場は、はるばるリンチェピングから治療用のアマルガムをトラック一台分取り寄せなければならなかった。今回、ぼくらはグループに分かれて歯医者に行き、薬を口に含んで歯垢《しこう》をどぎつい赤色に染めてから、鏡を見て、厳《いか》めしい女性の指導の下に、まるで体操のように歯磨きの練習をさせられた。ごし、ごし、ごし、一カ所につき最低十回は歯ブラシを上下させること。そのせいか、フッ素水で口をゆすいだせいかはわからないが、その後、学校を出るまでは、新たな虫歯はできなかった。

言うまでもなく、じきに歯医者は治療の必要な歯が減る一方なのに気づき、ほかの収入源を探しはじめた。その答えが、歯列矯正だった。毎週、どこかのかわいそうな子が歯医者に行かされ、口いっぱいにプラスチックと針金を詰めこまれて帰ってきた。歯がわずかでもクリンック、つまり変な並びかたになったら、治さなければならなかった。ぼくの場合、一本の犬歯がちゃんと「気をつけ」の姿勢をとっていなかったので、電光石火の早業で公営の歯科診療所に送られた。担当の歯医者は女性で、ひたいには永遠に刻まれたしわがあり、ペンチを手に取ると、頭蓋骨全体が痛くなるまで矯正器の針金を締めつけた。外に出るとすぐ、ぼくは自転車の鍵を使って針金をゆるめ、次回の診察まで楽に過ごした。ときどき矯正専門医が巡回してきた。ルーレオから来たはげ頭の男で、いつもの先生との違いは、針金の締めつけがさらにきついことと、葉巻臭い指で口のなかをつつきまわすことだけだった。

四年生になるということは、思春期が近づいていることを意味していた。ぼくらは休み時間のたびに、この先に待っていることを目の当たりにした。六年生のカップルが何組も、手をつないでキスしながらうろついていた。女子は自転車置き場の裏で煙草を吸った。学年が上がるにつれて、メイクはけばけばしく大胆になった。なんだか怖くて、理解できなかった。ぼくもあんなふうになるのだろうか？　そのとおり。だれもが種を宿していることは、ぼくら自身も感じていた。その種はすでにふくらみだしており、手がつけられなくなるのは時間の問題だった。

数カ国語が話せたほうがいいということで、ぼくらも英語の授業が始まり、校庭でトーネダーレン地方のフィンランド語方言を耳にすることはしだいに少なくなった。ぼくはラジオのヒットチャートを聞きながら英語のポップ・ソングを書きとりはじめた。当時、家にテープレコーダーはなかったので、ラジオで流れているあいだにできるだけ急いで書かなければならなかった。まだ歌詞は理解できなかったから、音だけをメモし、それを暗記して、「オーリュー・ニーディズ・ラヴ（愛こそはすべて）」とか「オワター・シェイドヴペイル（青い影）」といった歌を、ガレージでニイラに歌って聞かせた。

ニイラは大いに驚いた。だれに英語を習ったんだい？

「独学さ」ぼくは平然として言った。

ぼくの答えを聞いて、ニイラはしばらく考えていた。やがて、彼はある大胆な決心をした――ギターをマスターしよう。

ぼくのおじさんが、ブルガリア旅行中に買ったというギターを持っていて、それを借りることに成功した。それからが大騒ぎだった。やさしくアレンジした楽譜をルーレオの店からとり寄せ、短くて不器用な子どもの指で謎だらけのチューニング技術に初挑戦し、音の出しかたを示した数字と点どおりにやってもうまくいかず、謎だらけのチューニング技術についてさらに悩み、ニイラの家はおよそ文化とは無縁な雰囲気だったので、彼はうちのガレージで練習するしかなく、やがて冬が来て、寒さのあまりボイラー室に移らざるをえなくなると、ぼくの両親に聞こえてうるさいことを言われないように、弦の下に脱脂綿を詰めた。最初に弾いたコードはEマイナーだったが、だれかがブリキの屋根で飛び跳ねているようにしか聞こえなかった。次はAマイナーだったが、ふたりの人間がブリキの屋根で飛び跳ねているようにしか聞こえなかった。ぼくはニイラのギターに合わせて歌ったが、コードチェンジのたびに永遠の間が開くので、息が続かなかった。そういうときのニイラはまったくユーモアに欠けるので、殴りあいになったことも一度ならずあった。ニイラがようやく覚えた曲を初めて披露したとき、なんの曲なのか八回答えても当たらず、コンクリートの床に叩きつけられそうになったギターを、ぼくは間一髪で救った。

困ったことに、ぼくはギターの弾きかたを独学であっという間にマスターできた。ぼくの指は先祖代々長くてしなやかだった。ぼくの手はギターのネックになじみ、クモのように上下してやすやすとコードを紡ぎだし、自分でも驚いた。ニイラがコードを初めてきれいに鳴らせるようになるよりも早く、ぼくは「朝日のあたる家」を全部弾けるようになり、人差し指を伸ばして複数の弦を押さえるバレの技術を解説した本にひそかに挑戦するまでになった。ニイラはいつもギターを地下室に置いていったので、ぼくは彼が帰るとすぐに練習を始めた。

当然、ぼくがどれぐらい弾けるかは、ニイラには絶対に秘密だった。ひどくショックを受けるにちがいなかった。その年齢ですでに、彼にはまっ黒い自虐的な鬱病のきざしが見えはじめていた。でも、そうでないときは、彼は自分が一番だと思い、どんなに下手くそかまったく気づかず、気どって、うぬぼれ、すぐそこに名声が待っていると信じていた。ぼくはたまにギターを手に取り、わざとひどい音で鳴らした。すると彼はばかにして、鼻汁が垂れるほどせせら笑った。ぼくの我慢にも限度があったから、ときには下手なふりをやめたくなった。それでもぼくは、懸命にその気持ちを抑えた。

＊

このころ、クラスの数人の男子が嚙み煙草をやりだした。彼らのジーンズには丸い缶のふたの跡が浮かび、休み時間には、あきらかにそれとわかる紅茶に似た強烈なにおいが漂った。慣れていないせいで、彼らは興奮状態になり、瞳孔は散大した。隅に集まってわめき、女子に淫乱だのヤリマンだのと声をかけながら廊下をのし歩いた。体育のあとのシャワーでは、ウケを狙って包皮をむいた。あいつはもうむけたらしいといううわさが飛び交いだした。ぼくらのような奥手な子や内気な子は、怖れをなして傍観するばかりだった。変化は突然起きた。幼なじみの子が、嚙み煙草とホルモンのせいでいきなり発情した。麻薬中毒者にも似て、けんか腰で、気まぐれだった。ぼくらは本能的に目立たないようにして過ごした。

嚙み煙草をやればやるほど、女子は彼らを最低だと思った。嚙み煙草は歯のあいだにはさまり、指は茶色に染まり、壁や洗面台にはつばまみれの使用済みティーバッグのようなものがこびりついた。授業中の嚙み煙草は禁じられていたが、彼らは一向に気にしなかった。授業開始のベルが鳴ったら、煙草のかたまりを強く嚙みしめて平らにするだけだった。

あるとき、嚙み煙草をやっていたひとりが、不意に黒板の前に呼ばれた。なにかを口頭で報告する宿題が出ていたのだが、彼は準備していなかった。ぼくらはみんな期待して座っていた——口を開いたとたんに見つかって、先生に叱られるにちがいない。人が叱られるのは、いつ見てもおもしろくてわくわくした。その子が怯えて縮みあがっているのはあきらかだった。まっ青な顔で震えていた。彼はもぞもぞつぶやいた。クラス全員がじれったい思いで彼を見つめた。彼は口をほとんど開けずにしゃべり、先生にもっと大きい声で話すように言われた。彼は言われたとおりにしたが、口は紙で隠していた。

「嚙み煙草を嚙んでいるんじゃないでしょうね？」先生は言った。

彼は首を横に振った。

「禁止されているのは、わかっていますね？」

今度はすばやくうなずいた。

「じゃあ、見せなさい」

先生は彼を立たせたまま、その場で上くちびるをめくった。数秒たった。そして、だれもが驚いたことに、彼は許されて席に着いた。怒鳴られることも、叱られることも、校長先生に報告しますから校長室に行きなさいと脅されることもなかった。

みんながっかりして、わけがわからなかった。次の休み時間、全員がその子のまわりに集まり、どういうことかきいた。彼はなにごともなかったような顔をしていた。

「飲みこんだんだよ」彼はあたりまえのように言った。

この一件は、のちのちまで語り草になった。

*

六年生になると、ニイラが女の子とぎくしゃくした関係しか結べないのが早くもあきらかになった。見た目の問題ではなかった。たしかにニイラはハンサムではないし、フィンランド系特有のジャガイモのような鼻だったし、ほほ骨は出っぱっていたし、いくら頻繁に洗っても髪は脂っぽかったけれど、それが原因ではなかった。ぼくよりもひょろひょろしていて、多少、動きがまごついてぎこちないところはあったかもしれない。でも、嫌われるタイプというわけではなかった。それどころか、ある種のエネルギーを放っており、そのエネルギーは、檻のなかの動物のように出口を求めてさまよっていた。それを内なる炎と呼ぶのは、言いすぎかもしれない。それは暖かく、傷つきやすいなにかだった。彼がいつもそれを抱えていることを、女の子は感じとったのだろう。彼にはかたくなな意志があり、なにか根のようなものが背骨で育ちつつあった。

もちろん、女の子は違う。たいていは安定志向で、理想の相手は、朝は早起きで、道具や武器の使い方を知っていて、アンティスやヤルホリスのような田舎にある親の土地に家を建て、おじの耕運機を使ってジャガイモを植えつけるような男だった。純毛百パーセントみたいな女の子は、ニイラのそばにいると落ち着かなかっただろう。長い年月のあいだに、そういう事態をぼくは何度も見た。ニイラの沈黙とせわしない目の動きが女の子を怖がらせ、ひどい場合は、偉ぶっている印象を与えてしまうことさえあった。ぼくは彼に女の子とのつきあいかたの基本を教えようとした——ぼくだってそんなに詳しいわけではなかったが、彼ほど絶望的ではなかったからだ。一番の基本は、こちらに好意を寄せている子を選ぶことだった。信じがたいけれど、どんな場合でも、多少なりともこちらに興味を持っている女の子がいるものだ。そういうタイプにアタックすればいい。だが、ニイラはいつも逆で、つれない女の子にばかり恋をした。彼に目を向けようともしない子や、彼をからかって仲間と大声で笑いあう子や、美人すぎる子や、ひどく意地悪な子や、猫がひなをいじるように彼をもてあそぶ子ばかりだった。見ていて痛々しかった。どんなときも、そのうしろにはほかの子が——ぼくの好みではないけれど——いたのに。冒険好きな女の子。リスクを怖れず、断崖絶壁に指先でしがみつき、果敢に夜空に飛びだすような子だ。芸術家タイプの女の子、まじめな少女雑誌に詩を投稿する思慮深い女の子、神とサドマゾヒズムについて思いをめぐらす女の子、おとなの本を読む女の子、台所で政治の話をする男たちのそばに座り、じっと耳を傾ける女の子。彼にはそういうタイプの子が必要だった。アーレアヴァーラあたりから来た、早熟でたくましい共産主義者の女の子が。

それに、これはまだ、セックスが本格的に前面に出てくる前の話だった。思春期の第一段階で、幼いころの序列が魅力に基づく新しい序列にとって替わられる時期だった。猫背の臆病な女の子が、突然、ほほ骨の秀でたほっそりした美人になることもあった。えくぼと巻き毛の男の子が、大鼻で出っ歯のヒヒになることもあった。エルクヘイッキのむっつりした若者が、突然、よくしゃべるようになって、控えめながらもあらがいがたい魅力を放つようになり、パヤラのおしゃべりな娘が不可解な鬱病の発作に沈み、しだいにだれも近寄らなくなることもあった。

ぼくは成長につれて醜くなったひとりだが、かわりに人を惹きつける個性を発揮するようになった。ニイラは見た目が醜くなったうえに、一緒にいても楽しくないやつになり、おそらく音楽が彼のただひとつの生きる支えだった。

ぼくは、ニイラにある秘密の方法を教えようとした。女の子のことで悩んだら、死を考えてみるといい。それはぼくが長年使ってきた作戦で、驚くほど効果的だった。さほど長い年月がたつ前に、ぼくは死ぬ。ぼくの体は腐り、永遠に消える。女の子も同じだ。ぼくらはみな、いつかは消える。千年後には、ぼくらの甘美な夢も、底知れぬ恐怖も、塵《ちり》と灰になって消える。だから、彼女にふられたって、ばかにされたって、面と向かって笑われたって、どうってことないじゃないか。このシニカルな態度のおかげで、ときにぼくは恋愛方面で驚くほどの成果を上げた――あえて危険なほど美しい女性にアタックし、ときには一緒に遊んでもらえることさえあった。

結局、ニイラが聞きいれたアドバイスは、これだけだった。彼は女の子のことよりも、死について頻繁に考えるようになった。はっきり言って、一緒にいても楽しくない人間になった。それからまもなく、ニイラはぼくの助けを必要とすることになったが、そのときのぼくらは、それを知るはずもなかった。

10

歓迎されざる夜の訪問と、贈りものを運ぶ老いぼれ骸骨と、窮地を逃れる方法について。

体のどこかでスイッチが入り、本格的な旅が始まった。思春期だ。六年生の春学期のことで、特に劇的なことが起きたわけではない。ただ、変化が起きつつあることを、ぼくが強く自覚したのだ。体ではなく——目に見えるしるしはまだなかった——心の問題だった。そこでなにかが起き、だれかが居座っていた。それはぼくによく似ていたけれど、ぼく自身ではなかった。日々の暮らしにある種の気まぐれが加わり、もてあましてしまうこともあった。わけのわからない焦燥感にとらわれた。そして唐突に、驚くほど強烈な興味をセックスに対して抱くようになった。

春学期の終わりのある日の午後、まだ六年生だったぼくは、ベッドに寝ころがってポルノ雑誌をぱらぱら見ていた。知り合いのいないルーレオに行ったときに、こっそり買ってきたのだ。地元の協同組合の売店で、パーマ頭の中年女性からわけ知り顔で見られるほど、ばつの悪いものはない。おまけにその女性はぼくの母さんと知り合いで、かわいい娘がぼくと同じ学校に通っているのだ。ポルノ雑誌を買うのは、自分が発情しているのを認めるようなものだった。そんなことになったら、きみは丸裸にされたも同然で、自分で自分をまずい状況に追いこみ、赤面したり、どもったりする子になるかもしれない。

急に彼が部屋に現われた。ぼくはびっくりして雑誌を床に落とし、ひざを立ててズボンのふくらみを隠した。

「やめろよ！　母さんかと思っただろ！」

ニイラはなにも言わなかった。彼はいつものように音もなくするりと部屋に入ってきて、壁のようにに身じろぎせず立っていた。ぼくはばつの悪さを隠そうと、最大の防御である攻撃に出ることにした。ぼくは不良っぽく顔をしかめ、その号のグラビアを開いた。黒いレースのブラ、誘うような表情、赤いハイヒールのブーツ。

「これ、おまえの家の壁に貼れよ」ぼくは乱暴に言った。

無理なことを言われて、ニイラはあとずさりした。でも、目はその女に釘づけだった。彼は雑誌を手に取ろうとしなかったので、ぼくがかわりにページをめくり、一枚ずつ写真を見せてやった。

「どうだ、女が男を縛り上げてるぜ。ほら、こっちはゴムの下着だ。この手紙書いたの、ほんとはおまえだろ？　『あたしは堅信礼合宿で処女を失ったの』ってさ」

ニイラが心の奥で震えているのがわかった。それでも彼はかたくなに拒み、懸命に平静を保っていた。首の筋肉にありったけの力をこめているのか、顔がわずかに震えていた。彼が怖がれば怖がるほど、ぼくの恥ずかしさは消え、かわりにニイラを恥ずかしがらせてやろうと思った。ぼくはそのいかがわしい雑誌を彼の手に押しつけた

「ほら、自分で選べよ、ニイラ。どの女がいい？」

まるで体から空気が抜けたように彼は力なく椅子に座りこみ、ため息をついて、具合悪そうにかがみこんだ――トーネダーレンの内気な住人が、なにか言わなければと思うときによく見せるしぐさだった。声を出す空間を口のなかに確保するために、彼は咳払いしてつばを飲みこんだ。

「ばあちゃんが……」と彼は言った。沈黙が続いた。

「ばあちゃんが、どうしたんだい?」ぼくは助けの手を差しのべた。

「ばあちゃんが……死んだんだ……」

「ああ、知ってるよ。ずいぶん前だろ」

「それが、戻ってきたんだ」

のどのつかえがはずれ、残りがどっとほとばしり出た。なめらかではなかったが、苦しげな息とともにつぎつぎに文が飛びだした。ニイラの心に溜まっていた話を聞いているうちに、ぼくはだんだん怖ろしくなった。

ばあさんは、ニイラの一家につきまとっていた。亡くなってから三年近くたって、ばあさんは昔の家に戻ってきた。本格的なレスターディウス派の雄々しい葬式をしたのに、安らかに眠れなかったのだ。

初めて見たときはただのぼんやりしたしみにすぎず、目の端に光が見えたような感じだった。やがて、自分の上でだれかが息をしているような、かすかな風を感じるようになった。時がたつにつれて、ばあさんの存在は確かな中身のあるものになり、音までたてるようになった。そしてばあさんは、かつての居場所を徐々にとり戻した。腰が痛そうにおぼつかない足どりで屋根裏の階段を下りてくる姿は、弱々しかったが実体があった。台所のテーブルにいたことも幾晩かあり、肉入りシチューの残りにマッシュポテトとニンジンを混ぜ、そのどろどろした灰色の物体をお玉で口に運び、音をたててすすった。ばあさんは得体の知れないひどいにおいがした。甘ったるい年寄りの汗と、かび臭い地下世界の悪臭が混じりあっていた。

奇妙なことに、ばあさんに気づいているのはニイラしかいないようだった。あるとき、ばあさんは台所の床のまんなかに座ってハエを捕まえ、テーブルの上にあった肉の切れ端と野菜のごった煮の器に混ぜこんだ。それなのに、ニイラ以外の家族は、少しもためらわずにがつがつ食べつづけた。

ニイラは二階の寝室を兄のヨーハンとふたりで使っていた。兄は成長痛に悩まされていて、たっぷりすぎるほどの睡眠が必要だった。ヨーハンはおとな顔負けの眠りっぷりで、睡眠は深く、いびきをかいた。一方のニイラは、眠りがとても浅かった。

つい最近のある晩、ニイラは強烈な夢を見た。ものすごく強烈な夢だったんだ、と彼はもう一度言ってほほを赤らめたので、どういう夢だったのかわかった。ところが、お楽しみを妨げるように非常ベルが鳴り、ニイラは驚いて目を開けた。

ばあさんが彼にのしかかっていた。ばあさんはひどく怒っており、ほほには深いしわが刻まれて、歯のない口を大きく開き、懸命になにか言おうとしていた。だが、言葉は聞きとれず、苦い汁が彼の顔にしたたり落ちた。ニイラは大声で悲鳴をあげ、ヨーハンはいびきが止まって、寝返りを打った。そのころには幽霊は姿を消していた。

そして、ふたたび昨夜、彼は眠りを妨げられた。今回、ばあさんは長い爪で彼の首をつかんだ。爪は鉄のように冷たかった。ばあさんは首を絞めつけたが、力は弱く、ニイラはパニックになりながらも、懸命にもがいてその手から逃れた。そのあとは夜が明けるまで浴室に閉じこもり、鞘《さや》に収めたナイフで武装して、あかりをつけたまま過ごした。留め金がかちゃかちゃ鳴り、ドア下のすきまから光る気体が這いこんできたが、彼が湯をかけると消えた。

ニイラがシャツの襟をめくると、首のまわりに紫色っぽい筋が見えた。だれかがロープをかけて引っぱった跡のようだった。皮膚に残ったその筋は、薄れかけていたが、凍傷のなごりだった。

ニイラの話を聞いているうちに、ぼくはますます怖くなった。ニイラが話し終えたとき、ぼくはなにか少しでも彼をなぐさめて、元気づけるようなことを言いたかった。でも、無理だった。ニイラの表情は虚ろで、すっかり血の気が失せていた。まるで老人のようだった。

「すごすぎる」ぼくはぼそりとつぶやいた。

ニイラの顔の震えはますますひどくなった。彼は古いビートルズのシングル盤を取りだして、ぼくに渡した。形見がわりに取っておいてくれ、と彼はぶっきらぼうに言った。ほかにはたいしたものを持っていないから。

ぼくは、変なことを言うなと言ったものの、怖くて不気味で逃げだしたかった。恐怖が足を駆けのぼり、ぼくは立ち上がった。

「ここでぼくと一緒に眠ればいいよ」

「眠る?」彼はささやくように言った。まるでその言葉には、なんの意味もないような言いかただった。

それしか望みはない、とぼくは言った。ほかの家族が寝たらすぐ、ニイラは窓からそっと出て、避難ばしごを使って下りて、ぼくの部屋に来て泊まるんだ。夜が明けて危険が去ったら、家に帰ればいい。注意深くやれば、どちらの親にも言わなくてすむ。

次に鋤《すき》を二本手に入れて、パヤラ村の墓地を掘りかえし、先をとがらせたモミの枝で、ばあさんのねじれた心臓を力いっぱい突き刺すんだ。

ニイラの家にはテレビがなく、こういったごく基本的な教育的情報に触れる機会がなかったので、ぼくの意見には賛成してくれなかった。それに、問題があることはぼくにもわかっていた。春の夜は明るすぎるのだ。

そうなると、残る方法はひとつしかなかった。ニイラもぼくも、腹をくくるしかないのはわかっていた。遅かれ早かれ、どちらかがそれを言いださなければならない。ぼくがその役を買ってでた。

「リッシ＝ユッシのところに行くしかないな」

ニイラはまっ青になった。目を閉じ、絞首台の縄をかけられたように、両手で首を押さえた。

リッシ＝ユッシはトーネダーレン地方に最後まで残った昔ながらの行商人で、このあたりでもっとも怖ろしい人物のひとりだった。カラスに似て、猫背で、種イモのようにしわくちゃで、年老いたほほは、ほくろだらけだった。鼻はくちばしを思わせ、左右のまゆはつながり、くちびるは分厚く、少女のように赤く湿っていた。超然とした態度で人を小ばかにし、意地悪くて執念深かった。できるだけ近づかずにすませたい男だった。

このかかしのような男は、女性用自転車の荷台に補強したボール紙のスーツケースを乗せて、森の村々を訪ねてまわった。よその家の台所に、村の役人のようなずうずうしさで無遠慮に入りこみ、靴ひもや、ジッパーや、ヘアローションや、麻のハンカチや、カミソリの刃や、糸巻きや、ネズミ捕りをテーブルに積み上げた。だが、彼が歓迎されたのは──「引っぱりだこだった」と言う人さえいる──スーツケースの裏の特別なポケットに隠したある品物のためだった。それは小びんに入ったねばねばした茶色い薬で、トーネダーレン地方のフィンランド語で「ノパット」と呼ばれていた。その薬は、どんな老いぼればあさんにも、役立たずのしなびた一物にも効く性の秘薬として知られていた。リッシ＝ユッシがフィンランド北部で採ったキノコが効き目の素だと言われており、体験者の話では、幻覚を催させるとてつもない物質が含まれているにちがいないという。

リッシ＝ユッシは、十九世紀の終わりに、当時ロシア領だったフィンランドで私生児として生まれた。母親は女中で、地主をはじめとする上流階級に対する憎しみをリッシ＝ユッシに繰り返し説いて聞かせた――あの男どもは、立場を利用して、結果などおかまいなしに召使いの女を好きなようにもてあそぶ。一九一八年、リッシ＝ユッシは赤衛軍の一員としてフィンランド内戦に参加した。敗北に終わると、多くの同志とともに労働者の楽園である成立したばかりのソ連に移住した。だが、まもなくスターリンが権力を握り、リッシ＝ユッシは外国人ゆえにスパイだと決めつけられて逮捕され、シベリアの強制労働収容所に送られた。そこにはフィンランドとトーネダーレンの同志が集まっており、自分たちは恐るべき過ちの犠牲になったのであり、無限の叡知を有するスターリンは、きっとまもなくそのことに気づき、すぐにでも彼らを解放し、彼らには、祝福と、歓声と、謝罪に加え、新たな世界秩序に対する英雄的な貢献に対する感謝が贈られるだろうと信じこもうとしていた。

囚人仲間に、ソ連のコラ半島出身の年老いたサーメ人がいた。かつてのサーメ人の村がコルホーズにされたせいで食料が不足し、最初に逮捕された時点ですら彼はやせ衰えていたのだが、それでもスターリンを恨んではいなかった。けれども同時に、トナカイの飼育によろこんでとり組んでいるわけでもなかった。やせこけた老人は死期が近いのを察し、同じベッドで寝ていたリッシ＝ユッシに心の内を打ちあけた。老人は、サーメ語とフィンランド語とロシア語がごちゃまぜになった言葉で、不可思議な力やできごとについて声をひそめて語った。おできが治り、狂気が癒され、トナカイの群れが真夜中にオオカミだらけの土地を無傷で通りぬけた。そのような話が伝わっていた。本人がトナカイの毛皮をかぶって寝ているあいだに、眼球だけが一組の睾丸《こうがん》のように空中を旅してまわった。流れ出た血が傷口に戻り、最後には白い傷跡だけが残った。要するに、収容所を脱走できる可能性がないわけではないということだった。

長く寒い夜、サーメの老人は、脱走の方法と、いにしえの知恵を未知の未来へ持ってゆく方法をリッシ＝ユッシに伝えた。その未来では、きっとこの知恵が必要とされることだろう。

「わしが死んだら」老人は苦しそうに息をした。「外の雪の吹きだまりに運べ。固く凍るまで待て。たいして時間はかからんだろうから、こちこちに固くなるまで待て。そして左手の小指を折るのだ。そこにわしの力のすべてが貯めてある。守衛に見つかる前に、小指を折って飲みこむがよい」

それからまもなく老人は死んだ。がりがりにやせていたので、リッシ＝ユッシが揺すると乾いた音がした。リッシ＝ユッシは言われたとおりに死体をシベリアの凍てつく寒さに運びだした。汚れた小指を拳から折りとり、口に放りこんで飲みこんだ。そしてすっかり違う人間になった。

リッシ＝ユッシは春が訪れる四月末の晩まで待った。積雪の表面は固く凍ったクラストに覆われ、上を歩けるようになった。いよいよ決行の時だ。守衛たちが、いつもの陰気で感傷的なウォッカ・パーティに興じているあいだに、リッシ＝ユッシは外便所に行った。そこで彼は女に変装した。出てきた彼女は、不潔なうえにぼろを着ていたが、美しかった。女は守衛小屋のドアをそっとノックした。あだっぽい色気で彼らをそそのかし、口やげんこつから血が噴きだすまで殴りあいの喧嘩をさせた。脱走への道が開かれた。乾いて固くなったパンの皮二枚と、折れたナイフの刃を持って、女はフィンランドへの長い道のりを歩きだした。

翌朝、守衛たちは追跡を開始した。だが、追いつかれると、女は守衛たちのにおいを変化させ、彼らは自分たちの番犬に襲われて食いちぎられた。女は彼らの死体から持てるかぎりの肉を切りとり、死んだ兵士から奪ったスキーを足にくくりつけ、二カ月後にはフィンランド国境の鉄条網をくぐり抜けた。安全のため、女はフィンランドに入っても進みつづけ、国土を横断し、やがてトーネ川に出た。そして川を渡り、向こう岸に落ち着いた。そこがスウェーデンのトーネダーレン地方だった。

ようやく安全な場所に落ち着いたリッシ＝ユッシは、男に戻ろうとしたが、完全には戻れなかった。女として過ごした時間が長すぎたのだ。それからはずっと、彼はスカートをはいて過ごした。いつもは粗末な毛織りの長くて分厚いスカートだったが、日曜や祝日にはエレガントな黒いスカートに着替えた。長い白髪にスカーフをかぶり、自分の小屋にいるときは手製のエプロンをしていたが、トーネダーレンのどんなに荒れた粗野な村でさえ、彼を笑う度胸のある者はいなかった。それどころか、リッシ＝ユッシが自転車で走ってくると、人々は目をそむけて道を空けた。前に乗りだした体は左右に大きく揺れ、目は突き刺すように鋭く、スカートは風にはためいていた。男の最低音域の声を持つ魔女は、木こりのように頑丈な体に、あらゆるものを思いどおりに操る女の狡猾《こうかつ》さを秘めていた。

＊

よく晴れた春の夕方、ぼくらはそっと外に出て、急いでニイラの家に行った。納屋の外に、兄が配達に使っている三輪スクーターがあった。ニイラはそれを黄色い草地の先の小道へ押してゆき、音が届かないところまで運んでから、キックスターターを踏んでエンジンをかけた。青白い煙が排気筒から噴きだした。ぼくは、ふだんは荷物を積む正面の荷台にちょこんと座り、ニイラはギアをファーストに入れて、あまり気乗りがしないようすで大通りに向かった。スクーターは徐々にスピードを上げ、ギアのやかましい音と2サイクルエンジンの排気のなか、エンジンをポンポン鳴らしながらパヤラ村を突っ切った。

ぼくらは川の向こう岸の古い泥道を走った。そっちのほうが交通量が少なく、パトロール中のイェリバレ警察に捕まる心配が少なかったからだ。木の幹が樹液を吸い上げ、夏はいまにも緑のパンチを炸裂《さくれつ》させそうだった。去年の落ち葉はコケのあいだで腐り、丸坊主のシラカバも芽がふくらみはじめ、溝の陽の当たる側では熱に促されてトクサが芽を出し、勃起したペニスのように悩ましげに並んでいた。川は青みがかった黒色をしており、氷が解けたばかりでいつになく幅広かった。ぼくらは細い泥道を揺れながら川上へ走り、急坂を上って下り、森に覆われた稜線や、音をたてて流れる小川や、沼地の端に生えたカヤツリグサの尖塔をたどって走った。ぼくは荷台に半ばもたれかかり、若い肺いっぱいに樹液と春の樹脂を吸いこんだ。日陰の窪地から夕方の冷気が立ちのぼり、ぼくの長袖の下着と長ズボン下にも少しずつしみた。一度だけ車に出くわした。どこかの若者が、通常の法律の適用範囲の外にあるアウティオ橋付近のまっすぐな道で、改造したボルボ・アマゾンをぶっ飛ばして地上最速記録に挑戦していた。その車は、砂利を激しく跳ね上げて車体にぶつけながら、うなりをあげてぼくらに近づいてきた。ぼくは不安になって体を起こしたが、男はスピードメーターから目をそらそうとせず、ラッパのような音とともに猛スピードでぼくらの横を走りぬけた。

橋まで来るとぼくらは川を渡り、さっきよりも道幅の広いアスファルト舗装のキルナ通りを走った。赤いペンキ塗りの家と青々とした牧場の広がるエルクヘイッキとユホンピェティがうしろに遠ざかり、ふたたびぼくらは森に飛びこんだ。ところどころで木立のすきまから見える川は、よく光る磨かれた金属の筋のようだった。川はあお向けになって空を見上げ、空には渡り鳥の列が幾筋も伸びていた。

最後にぼくらは道を曲がり、でこぼこだらけの森の小道に入った。激しく揺れながらごくゆるい坂を下ると、木立はしだいにまばらになって、あたりは明るくなった。ついに川に出た。なごりの氷が川岸を細く縁どっていた。さらに上流には荒れた牧草地が何カ所かあった。かつて原生林を切り開いて作ったその場所も、今では数本のアスペンとモミの木がまばらに生えているだけだった。丘を少し上った春の洪水が届かないところに、古びた木の小屋があった。小屋は灰色で、窓は黒かった。壁には女性用の自転車が立てかけてあった。

「家にいるね」ぼくは気弱につぶやき、荷台から降りた。長時間乗っていたせいで尻が痛かった。ニイラがエンジンを切ると、不気味な静けさが広がった。ぼくらは足音を忍ばせ、頼りない足どりでポーチの階段に向かった。窓でカーテンが動いた。ぼくは今にも壊れそうなドアをノックして、ためらいながらそっと開けた。そしてなかに入った。

リッシ＝ユッシは台所のテーブルにいた。かつては白かったらしい汚れたエプロンをして、茶色っぽいスカーフを頭に無造作にかぶっていた。脂ぎった灰色の髪が幾筋かはみだして垂れ、肩にかかっていた。台所には老人の強烈なにおいが充満していた。焦げた牛乳と腐った豚肉が混じったような、窒息しそうな刺激性の悪臭だった。おまけにトーネダーレンの小屋につきものの、地下室とぼろ布じゅうたんが発する、どことなくかび臭いにおいが鼻を突き、寒さと古いウールのにおいも漂っていた。家の壁と床にしみついた貧乏のにおいは、どんなに頻繁に模様替えしても、完全に消えることはなかった。

「やっと来たな」

彼はテーブルの上を指さした。そこにはコーヒーカップがふたつ、湯気を立ててぼくらを待っていた。リッシ＝ユッシはぼくらがここに向かっているのを察していたにちがいない。ぼくらは前髪の下からようすをうかがいながら、コーヒーを勢いよく飲んだ。すえた井戸水の奇妙な味がした。

リッシ＝ユッシはしゃがれ声でなんの用かとたずね、ニイラはフィンランド語でぼそぼそとことの次第を語った。三年前のばあさんの死から、怖ろしい甦《よみがえ》りから、ひそかに彼の首を手で絞めて殺そうとしたことまで、すべて語った。リッシ＝ユッシは、ほっそりした人差し指で無精ひげをゆっくりつついた。爪は極端に長く、やすりでていねいに先端をとがらせてあった。爪には赤いマニキュアの跡が残っていた。

ニイラの話が終わると、リッシ＝ユッシは変な顔でぼくらを見た。こちらをにらむ目は冷ややかで鋭かった。顔はしわくちゃのこぶになり、しわに埋まった瞳は散大して、黒いライフルの銃口になった。左手は震えだし、小指は小旗のようにあらゆる方向を向き、急に止まって硬直し、まっすぐ前を指した。顔のしわは徐々に伸び、暗青色の皮膚には静脈が縦横に走っていた。ぼくらは身じろぎひとつできなかった。

「方法はあるわ」とても美しい声がフィンランド語でやさしく言った。

年老いたうなり声は消えていた。かわりに聞こえたのは、驚くほど暖かくやさしいアルトの声だった。突然、女性の姿が浮かんだ。彼女はずっとそこに、老人の外見の下に隠れていたのだ。彼女は今、暗い窓ガラスの背後にいるように、リッシ＝ユッシのなかで身を乗りだし、しわだらけの老いた皮膚を全身で押して、内側から伸ばしていた。美人だった。女性らしいぽってりしたくちびる、なめらかに秀でたひたい、弧を描くまゆ、苦悩と深い悲しみに満ちた瞳。

「方法はあるわ」彼女は背をややそむけ、もう一度ためらいがちに言った。「あの人は地下に戻らなければいけません……。おばあさんのおちんちんをあなたが切り落とせば、おばあさんは姿を消すでしょう」

彼女は黙った。モミの木の古木から雪が落ちるときのように、背の高い体全体に震えが走った。彼女のくちびるのあいだから冷たくかすかな風が吹きだし、ぼくらは身をすくませて、樹脂が香るその息を避けた。徐々にリッシ＝ユッシが戻ってきた。彼は疲れ果てているようで、凍った体を強ばらせ、暖を取ろうと両手で自分の肩を抱きしめた。

「今晩は泊まっていくんだろう？」リッシ＝ユッシはすがるように言った。ひどく寂しそうに見えた。

ぼくらは丁重に断った。

「つべこべ言わずに泊まるんだ！」彼は怒って声を張り上げ、まゆをしかめた。まゆはうっそうとしたやぶになった。

ぼくらは礼を言い、コーヒーを飲み干してもう一度礼を言い、ドアのほうにあとずさりしながらもう一度礼を言った。リッシ＝ユッシは立ち上がり、追いかけてきた。彼は濡れたくちびるでするようにほほえみ、ぼくらを抱き寄せるように腕を広げた。ぼくらはドアをこじ開け、スクーターに向かって必死に走った。そして恐怖に縮みあがったまま、スクーターに飛び乗った。エンジンがかからなかった。ニイラはチョークをいじって強くキックスターターを踏んだが、どうにもならなかった。エンジンは完全に死んでいた。ぼくはエンジンがかかるようにスクーターを押した。リッシ＝ユッシは室内履きのまま大またで階段を下り、すがるような目でぼくらを見た。

「少しでいいから、わたしを抱いてくれ……少しでいいから、触れてくれ……」

そのとき、ぼくは彼のとがった爪を背中に感じた。爪は腰のほうへ下りてきた。けもののかぎ爪のようだった。

「ヒイリ・トゥーレ……ネズミちゃんだよ……」

爪はぼくの尻に触れた。ぼくはかっとしてふりむき、彼と向かいあった。そのとたん、彼の大きくて濡れた口がぼくを舐めまわし、溺れそうなほど顔じゅうびしょ濡れになった。ずぶ濡れだ、気持ち悪い……。

リッシ＝ユッシはゆっくりとぼくをなでまわし、目をじっと見つめた。彼にはわかったはずだ！ぼくがいやがっているのは、わかったはずなのに！

ぼくは身をよじって抵抗した。リッシ＝ユッシは離そうとしなかった。彼の手はぼくの体をまさぐりつづけた。

そして、爆発した。仮面が粉々に砕けた。涙が噴きだし、彼の顔を伝い落ちた。彼はぼくに見せようとしたのだ。悲しみをぼくに見せつけて、救わせようとしたのだ。でも、すでにぼくは逃げだしていた。彼は肩を落とし、足をひきずって小屋に戻った。

そのとき、エンジンがかかった。わけがわからないまま、ぼくらはスピードを上げて森の小道へ向かった。小屋は木立の陰に消えた。暗く静かな森がぼくらを包み、はるか高い木々の梢は、夕日を浴びて光った。スクーターは猛スピードで森を走りぬけ、ぼくは落ちないように必死にしがみついた。緊張が解けて、みぞおちのあたりの痛みが消えた。

「もう大丈夫だ！」ぼくはうなるエンジンに負けない声で叫んだ。ニイラはスピードを落とした。ぼくの口には、まだあの老いぼれとすえたコーヒーの味が残っていたので、道端の砂利につばを吐いた。スクーターはさらにスピードを落とし、どんどんゆっくりになって、やがて停まった。エンジンが止まり、すべてが静寂に包まれた。どうしたのかと思い、ぼくはニイラを見た。彼は次の曲がり角をぼんやり見つめていた。

「火がついた」とニイラは言った。

ぼくはなんのことかわからなかった。ニイラのあごは、なにか食べているようにゆっくり動きだした。歯がこすれあう音が聞こえた。

「きっとぼくらは死ぬんだ」彼の声は震えていた。彼はスクーターを降り、よろよろと道端の溝に向かった。つま先で歩き、体は左右に大きく揺れた。

「待て！」ぼくは走って追いかけた。そのとき、地面に足が届かないことに気づいた。地面は十センチ以上沈み、足で踏みしめられなかった。歩こうとしてもうまくいかず、おぼつかない足どりで、スケートするように足を交互に滑らせて進むしかなかった。ニイラはすでに森に消えていた。ぼくは枝をかきわけ、小さなシラカバの若木をまたぎ、あやうく転びそうになった。

「ニイラ、止まれ！」

彼は左手をじっと見つめていた。まるで彼の体に奇妙で不気味な生命体がへばりついているようだった。

「赤い」と彼は言った。

ぼくにも見えた。赤く激しい炎が彼の指から噴きだしていた。ニイラが手を裏返すと、皮膚のかけらがはがれ落ち、服に火が移った。ぼくは怖くなってあたりを見まわした。すでに遅かった。森全体が燃えていた。ぼくらはまったく音をたてずに燃えさかる森林火災のまっただなかにいた。ニイラは正しかった。ぼくらは死ぬだろう。恐怖にすくんでいるのに、目に涙がこみ上げるのがわかった。火に焼かれて死に近づいているのに、そばの木を抱きしめたかった。色は変化し、溶けあった。バターの黄色、炎の黄色、肉の赤、小さな紫色の矢じりが木のてっぺんから降りそそいだ。ぼくは自分が地面から舞い上がるのを感じ、どこかへ飛んでいかないようにニイラにつかまった。頭は体の残りの部分よりも軽く、風船のようにぼくを持ち上げた。火は四方からぼくらに迫った。ぼくらは赤く燃える溶岩に囲まれた黒い管のなかに立ち、襲いかかる苦痛を待ち受けた。

そのとき、ニイラはナイフを取りだした。光るポケットナイフで、小さな魚のように平たかった。彼は親指の爪で刃を引きだした。ぼくは上を見た。自分の心臓に氷があるのがわかった。冷気は体のすみずみへ広がり、炎が肌を舐めているのに、手足は冷たく凍っていた。ぼくは煮えたぎる肉入りシチューのなかのつららだった。悲鳴をあげると、泡が表面へ上っていった。

年老いた魔女が立っていた。ニイラのばあさんだった。しなびた幽霊は、歯のない口であざけるように笑い、ぼくらを抱きしめるように両腕を広げてこちらに向かってきた。腕の先には息の根を止める黄色い手がついていた。ニイラは老婆を刺したが、彼女はへビのようにすばやく彼の手首をつかみ、強い力でじりじり反らせた。そのあいだじゅう老婆は笑いつづけ、口から垂れたソーセージのような指が火に降りそそいだ。ニイラは自由なほうの手を必死に振りまわし、丸く束ねた老婆の髪をつかんだ。分厚くもつれた灰色の髪を、彼は力いっぱい引っぱった。老婆は甲高い悲鳴をあげ、爪をニイラののどに突きたてた。彼の体内で小鳥がくちばしでつつくように刻まれる脈を確かめ、爪で絞めつけた。虫を潰すのに似て、強くつまむと汁がにじんだ。ニイラはカササギの巣のような老婆の髪を引っぱった。ぼくは老婆の指をニイラののどからはがそうとしたが、絞めつける力はペンチのように強烈だった。ニイラは筋肉を少しずつ動かし、口を開いて叫ぼうとしたが、血流が途絶え、目玉が飛びだした。彼は最後の力をふり絞った。ばりばりっ！　毛が束になって抜けた。地面から引きぬいた雑草の束のようだった。根っこには腐った頭皮のかけらがついていた。年老いた魔女はわめき、ニイラののどから手を離し、毛が抜けた跡を手で探った。ニイラはすばやく老婆の服を裂いた。下にはなにも着ていなかった。しなびた二本の老いた足のあいだに、黒い毛の茂みがあった。その茂みのまんなかに、おぞましいものが立っていた。陰茎だ。しかも生きていた。そいつはヘビのように身をよじり、ニイラを殴り、毒を吐いた。ニイラはその貧相な先端をつかみ、しっかり握ってナイフですばやく切りつけ、根元から切り落とした。

その瞬間、老婆は口を大きく開いた。突風が轟音とともに火の海を走り、老婆の足元の地面が開いた。怪物は、下から引っぱられたようにコケのなかに引きずりこまれた。腰まで、胸まで、首まで、地中に消えた。怖ろしい叫び声は、髪のない頭がすっかり消えるまで続いた。

ニイラは汁のしたたるペニスを手に立っていた。ぼくは震えながら手を伸ばし、黒く硬い毛にさわった。そのかたまりにはまだ生命が残っており、自由になろうともがいていた。だが、ニイラはけっして離さなかった。

やがてすべてが終わり、あたりは暗くなった。火はようやく消えた。

＊

目覚めると、ぼくらはコケのなかで身を丸め、寒さに凍えていた。周囲をとり囲む森は、灰色で荒々しかった。夜明けの光を浴びて、汚れたナイフが見えたが、ペニスは影も形もなかった。

「ノパットだ」ニイラはうなるようにつぶやいた。

ぼくは震えながらうなずいた。あの老いぼれは、ぼくらに薬入りのコーヒーを飲ませたのだ。ぼくらは凍えて強ばった体のまま、家に向かってスクーターを走らせた。途中で何度か休み、家の暖かな寝床を思い描きながら、道端でたき火をした。

翌週、ぼくとニイラに初めての陰毛が生えた。

11

二組の頑固な一族が婚姻によってひとつになる。力こぶを誇示しあい、ともにサウナに入る。

ぼくの父さんは無口なタイプだった。父さんは人生の目的が三つあって、そのすべてをなしとげていた。ときどき強烈なうぬぼれがにじみ出ることがあり、ぼくは成長するにつれて、それがいやでたまらなくなった。父さんの一番の目的は強くなることで、木こりになったおかげで、筋骨隆々だった。二番目は経済的に自立すること。三番目は妻をめとることだった。父さんはすべてに成功を収め、今度はぼくがあとに続く番だったから、圧力は日増しに強まった。ギターをかき鳴らすのは、どう考えても高く評価されることではなかった。父さんは筋肉を鍛えるためだと言って、よくぼくにその場にある一番切れないのこぎりで木を切らせた。父さんは、ぼくがずるしていないかときどきチェックにきて、木靴のような下あごをつきだし、しょっちゅう帽子のてっぺんに手をやって直していた。ひたいが狭くて斜めだから、帽子がずり落ちてしまうのだ。トーネダーレンの男によくあるように、父さんのひげはまばらで細く、ほほは青白くぽってりして、赤ん坊のほっぺたのようだった。そんなパン生地のかたまりのようなもののまんなかに、鼻が突きだしていた。ラディッシュをだれかに投げつけられたような鼻だったが、わずかに曲がっていて、ぼくはいつも、ぎゅっとつかんで、まっすぐに直したくてしかたなかった。

ぼくが汗だくで木を切っているあいだ、父さんは無言で立っていた。最後に手を伸ばし、ぼくの二の腕を親指と人差し指でつまんで、おまえは女に生まれるべきだったと言った。

父さんは肩幅が広く、八人の兄と弟も同じだった。みんな肩の筋肉が波打つように盛り上がり、首は雄牛のようにとてつもなく太く、前に突きだしているせいで猫背ぎみに見えた。その体型が、ぼくにももっと伝わっていればよかったと思う。少なくともそうだったら、一族の集まりで、酔っぱらったおじたちからあれこれ言われずにすんだだろう。だが、彼らは十三歳のときからきつい肉体労働をやってきたからこそ、あれほどまで筋肉がついたのだ。それは父さんも同じだった。

彼らはみな、その歳から森で働いていた。木を斧で切り倒し、のこぎりで切り、冬は出来高払いの賃金を励みに、雪のなかを丸太を引きずって凍結した川に運んだ。春に川の氷が解けると、途中で詰まった丸太を整理しながら下流に運んだ。夏は野原や湿地で干し草を作り、水路を掘って国の補助金をもらった。空いた時間には、自分の小屋を建てるために木を切り倒し、手びきのこぎりで厚板を切り、徹夜で作業することもよくあった。こんな単調な重労働のおかげで、彼らはケンギス産のスウェーデン鋼のように頑丈になったのだ。

一番下のおじ、ヴィレは、ずっと独身で、だれもが一生そのままだろうと思っていた。おじさんはよく未来の妻を探しにフィンランドに出かけたが、相手が見つかったためしがなかった。なにが悪いのか、彼にはどうしてもわからなかった。とうとう近所の人がアドバイスした。

「車を買えよ」

ヴィレはその言葉に従って、古いボルボを買った。そしてふたたびフィンランドに出かけ、たちまち婚約した。こんなわかりやすい作戦を、どうしてもっと早く思いつかなかったのだろう、と彼は思った。

婚礼は、夏の盛りのみんなが休暇を取っている時期に行なわれた。祖父の家は両家の親族であふれかえった。もうすぐ十三歳だったぼくは、初めておとなと一緒のテーブルに着くことを許された。押し黙った男が頑丈な壁のように並び、巨大な岩のように肩を触れあわせ、ところどころにフィンランド出身の美しい妻が崖に咲く花のように座っていた。いつものように、ぼくの一族はだれも口をきかなかった。全員がひたすら食事を待っていた。

最初に出てきたのは、地元のサーモンとクリスプ（クラッカーに似たフィンランドの薄焼きパン）だった。男たちはひとり残らずクリスプを裏返し、穴が下にくるようにした。そうすればバターを節約できると貧しい両親に教えられて育ったからだ。続いてスライスしたてのスモークサーモンが運ばれてきた。カーディスのあたりで密漁したサーモンを、スパイスを効かせてマリネにしたものだ。氷のように冷えたビール。無駄な発言は一切なかった。幅の狭いテーブルの端に座った新郎新婦が、もっとどうぞとすめる声がするばかりだった。男たちはみな、雄牛のような口でクリスプを嚙み、幅の広い背を丸めて眉をしかめ、食べることに集中した。台所で給仕する女たちは、地下室から樽やびんを重そうに運び上げた。花嫁の母はフィンランドの国境の町コヲリ出身で、このあたりの習慣に通じており、働く男がこれっぽっちしか食べないなんて見たことがないと言った。すると、即座に全員がおかわりをした。

続いて肉入りシチューの鍋が運ばれてきた。燃えているように湯気がさかんに立ちのぼった。ロのなかをやさしく愛撫するトナカイ肉のやわらかなかたまり。黄金色のカブ、スパイス香るニンジン、さいの目に切ったバター色のジャガイモ、北の住人が夢見る食事、汗と森の味がする濃厚なスープ、表面には脂の輪が点々と浮かび、風のない夏の夜に小さな池の水面《みなも》に浮かぶ、わずかずつ朽ちてゆく泥炭が発する輪のようだった。シチューに添えて、ゆでたての髄骨が運ばれてきた。骨は両端を切り落としてあり、ぼくらは長い楊枝を使って、なかから灰色の脂っぽい髄をつついて出した。細長い髄はこのうえなくやわらかく、舌でとろりと溶けた。男たちは笑みこそ浮かべなかったが、顔色は先ほどよりも明るくなり、ひそかに安堵のためいきを漏らした。なじみがあって、価値のわかる料理、腹を満たし、力が出て、栄養たっぷりの汁を体に与えてくれる料理が出てきたからだ。婚礼に限らず、祝いごととなると、一族で一番頼りになって分別のある人間でさえ、どんな料理がふさわしくて高級感があるか考えているうちに頭のなかがおかしなことになって、サラダと称して草を出したり、石鹼みたいな味のソースをかけたり、信じられない数のフォークを並べたり、ワインとかいう飲みものを出したりしがちだった。ワインなんて、くちびるがしぼむほど苦くて酸っぱくて、大金を払ってでも、コップ一杯のバターミルクが欲しくなった。

騒々しく音をたてながらの飲み食いは続いた。くちびるの鳴る音と、垂れるよだれが台所の女性たちを奮いたたせた。客はスパイスの効いたシチューをむさぼるように食べた。トーネダーレンの森が育み、太らせた肉、ここの土が育み、実らせた根菜。軟骨と骨を吐きだし、髄をすすり、脂があごを伝った。給仕役の女たちは、焼きたてのリエスカ（フィンランドの平たいパン）を盛った器を手に忙しく動きまわった。リエスカにはかまどにくべたシラカバの煙がしみこみ、まだバターのかたまりが溶けるほど熱々で、材料のトウモロコシは北の畑で風と太陽と激しい雨を受けて育ったものだった。この食べごたえのあるパンに素朴な農民の魂は立ち止まり、恵みを讃えて目を天に向けた。給仕の女たちは誇らしげに目を見交わし、満足げな笑みを浮かべて手を叩き、こびりついた小麦粉を払った。

そろそろ最初のシュナップスの出番だった。出席者のなかで一番信心深くないばあさんが、びんをおごそかにテーブルに運んできた。男たちは手を休め、体をそっと左右に揺すり、屁を放ち、食べかすをあごから払いおとし、聖なるお宝のゆくえを見守った。教えに従って、まだ封印は切られていなかった。そして今、全員の目の前でコルクが抜かれ、金属の封が破れる音が聞こえた。出された酒は、まちがいなく密造酒ではない本物であることが、金を惜しんではいないことが、これであきらかに示された。びんの表面は水滴に薄く覆われ、酒がグラスに注がれた。敬虔な沈黙を破る氷の真珠玉のように、酒のしずくがグラスを鳴らした。太い親指と人差し指が、凍った宝石を慈しむようにつまんで目の前に掲げた。新郎がきょうだいたちの罪を赦し、それを合図にみないっせいに体を反らせ、凍った酒を存在の深みに投じた。人々のあいだにつぶやきが広がり、きょうだいのなかで一番口数の多い男が、そっとアーメンと言った。ばあさんはびんを手にふたたびテーブルを回った。そのとき、憤慨した花嫁の母の低い声が響き、フィンランド語を話すこの広い土地のなかで、食べものに関してだれよりも気難しい一族に嫁ぐなんて、いかにも自分の娘がやりそうなことだわ、ご存知ないようだけれど、口に放りこみたければ、食べものぐらいまだいくらだってあるんですから、と言った。すると給仕の女性たちが、煮えたぎる肉入りシチューの鍋と、髄骨の皿を新たに持って高らかに入ってきて、全員がもう一度おかわりをした。

男たちは二杯目のシュナップスを飲み、女たちも飲んだ。運転役以外はみんな飲んだ。ぼくの向かいには、コラリのあたりから来た、びっくりするくらいきれいなフィンランド女性が座っていた。

彼女の瞳はアラビア人のように茶色くて、髪はまっ黒だった。きっとサーメ人の一族の出身なのだろう。ブラウスの襟に大きな銀のブローチを飾っていた。彼女はとがった白い歯を見せてほほえむと、テーブルにあったシュナップスが半分入ったグラスを、ぼくのほうに押してよこした。彼女はなにも言わず、ただぼくを挑発するように、大胆で遠慮のない視線をこちらに向けた。男たちはみな手を止め、スプーンからスープがしたたった。父さんが手を出すなと警告しているのが、目の端に見えた。でも、ぼくはすでにグラスを手に持っていた。女の指先がぼくの手のひらを蝶の羽根のようにやさしくなで、あんまり気持ちよかったので、ぼくはあやうく貴重な中身をこぼしそうになった。

ついに男たちが口を開いた。その日初めて、会話と呼べるものが交わされた。酒が凍っていた舌を解かしたにちがいない。男たちがまず最初に話したのは、あの生意気な若造はあんなにひ弱だから、シュナップスを吐くか、むせてテーブルじゅうにまき散らすか、どっちかだなということだった。男たちが期待に満ちた顔で見守るなか、父さんがぼくを止めようと立ち上がった。今しかない、とぼくは思った。

ぼくはすばやく体を反らせ、中身を全部のどに流しこんだ。なんだか薬を飲むときに似ていた。酒は雪に勢いよく放出した小便のようにぼくの体に沈み、男たちはにやにや笑った。ぼくは咳ひとつせず、胃の内側が燃えて溶けるような感じがして強い吐き気がこみ上げたが、表には出さなかった。父さんはひどく怒っていたけれど、もう手遅れだと悟ったようだった。おじたちは、あの若造もやはりわが一族の一員だと思った。おじたちはわが一族の酒豪ぶりを自慢しはじめ、それを裏づける話として、さまざまな逸話やエピソードを、見てきたようにこと細かに語った。話は延々と続き、ついに話の種が尽きると、今度はわが一族は信じられないくらい長時間サウナに入っていられるという話に変わり、さっきと同じくらい詳細かつ広範にわたる証拠がつぎつぎに語られた。そのとき、男たちのひとりが庭のサウナ小屋の準備のために外に行かされ、ああそうだった、もっと早く気づけばよかったと驚きの声が広がった。だれかが、一族の特徴である、重労働に耐えうる驚くべき能力と、国境の両側で伝わる信じがたい逸話について触れ、それがただの自慢やほら話ではないことを証明するために、人が二、三人寄ればきまって話題になるという、一族に関する話がたっぷり語られた。

花嫁側の出席者のあいだに、控えめないらだちが広がりだした。屈強な男たちのなかには、ひとこと言いたい気持ちを露骨に示している者もいた。ついに、そのなかでも一番のおしゃべりが、その夜、食べる以外の目的で初めて口を開いた。その男は、新郎の一族にはっとするほど皮肉な言葉を投げつけ、おまえたちはうぬぼれ屋で、人の前でくだらないことをしゃべりすぎると言った。父さんとおじたちはその発言を無視し、一族の先祖の話に熱中した。その先祖は、背中に重さ四十五キロの小麦粉の袋をかつぎ、さらに鉄のコンロとリューマチを病む妻もかついで、小便をするときも荷を下ろすことなく、五十キロの道のりを歩きとおしたという。

そのとき、女たちがお手製の菓子を山のように盛った巨大なトレーを持って入ってきた。若い娘のほほのようになめらかな甘いロールパン、白くぱりっとしたカンゴス・ビスケット、みごとなパヤラ風クリーム菓子、しっとりしたスポンジケーキ、アイシングをかけた菓子パン、はっとするほど美しい北極地方のラズベリー入りロールケーキなど、たくさんのお楽しみがそろっていた。それだけではなく、ボウルいっぱいのホイップ・クリームと、太陽と黄金の味がする温めたばかりのクラウドベリー・ジャムも添えられていた。たくさんの陶器のカップがにぎやかにテーブルに並べられ、大きな祈禱会でも一個で足りそうな巨大なコーヒーやかんがいくつも運ばれて、すすのように黒いコーヒーが注がれた。コーヒーに添えるために、冬用のタイヤほどもある黄金のチーズが転がされてテーブルの上に置かれ、甘いお菓子の中央には、メインである固くて茶色い干したトナカイ肉のかたまりが置かれた。塩気の強いトナカイ肉を薄く切ってコーヒーに入れ、さらにチーズをひとかけかき混ぜながら加え、くちびるに白い角砂糖をはさむ。そして全員が震える指で肉とチーズを混ぜこんだコーヒーを受け皿に空け、それをすすって天にも昇る美味を味わった。

コーヒーが体に入ったとたん、ぼくの吐き気は跡形もなく溶けて消えた。嵐のあとの太陽のような感じだった。霧雨を降らせる雨雲が消え、突如として美しい田園風景が現われた。両目は暖かな風船のようで、まわりの男たちの雄牛のような頭蓋骨はとてつもない大きさにふくらんだ。口のなかのコーヒーは味が変わり、黒さとタールっぽさが増した。ぼくは自慢話をしたくてたまらなくなった。突然、笑いが止まらなくなった。体のなかで笑いが湧き上がり、どうにも抑えられなかった。例のフィンランド美人が目に入った。そのとたん、ぼくの頭は女のあそこのことでいっぱいになった。とにかくそうなってしまったのだ。彼女は夢のように美しかった。

「この子、頭がいかれちゃったみたいね」彼女は低い、わずかにしゃがれた声で言った。

全員が大笑いした。ぼくも笑った。そのせいで、あやうく椅子から落ちそうになった。それから干し肉とコーヒー・チーズを食べ、受け皿からコーヒーをこぼし、そうさ、ぼくはレーサーなんだ、と思った。花嫁の母はしゃべりつづけ、テーブルを囲んでいるスミレはしおれちゃったのかしら、ちっとも食べないじゃないの、お腹をいっぱいにするのを怖がるような一族に、子宝が授かるはずはないわね、トーネダーレンはお客さまをおもてなしすることで有名なのに、これじゃあヴォヤッカラでスウェーデン王にシュナップスをお飲みいただけなかったとき以来の大失敗で、恥ずかしくてたまらないわ、と言った。即座に全員がおかわりをした。それでも花嫁の母は不満げで、お上品ぶってそれだけしか食べないんじゃ、ケーキは別の穴から詰めたほうがよさそうね、わたし、もう我慢できないわ、と言った。みんなもう腹がはち切れそうで、ベルトは一番ゆるい穴までずらしてあったのだが、それでも全員が、もう一度おかわりをした。そしてコーヒーを飲み、さらに飲んだ。でも、ついに限界が来た。最後の、本物の限界だった。これ以上、ほんのひとかけらでも、詰めこむのは無理だった。

さらにブランディがふるまわれた。たいていの客は断り、飲んだのは数人のフィンランドの女たちだけだった。けれども、シュナップスをあと一滴だったら、だれも断らなかっただろう。自家製のシュナップス、キルカスタは、まったく胃袋の場所をとらないという驚くべき性質があるからだ——それどころか、消化を助け、しあわせを呼び、すばらしいごちそうを食べたばかりの人をしばしば襲う無気力感を追いはらう効能があった。新郎はふたたび一番信心深くないばあさんに目配せし、彼女は空きびんを全部持って台所へ消えた。戻ると奇跡が起き、どのびんもいっぱいに満たされていた。ぼくがグラスを差しだすと、父さんに手首を思いっきり叩かれた。

急にだれかがまだ話し足りなかった話題を思い出し、父さんのきょうだいがふたたびいっせいにしゃべりだした。たとえば、馬の足が萎《な》えたとき、じいさんは木を三本積んだ上に馬をくくりつけたそりをたったひとりで家まで引いてきたという話。あるいとこは、わずか八歳のときに、さおで漕ぐ小舟で、マタレンキからケンギスまでの八十キロあまりをさかのぼったという話。大おばが、森で木の実を摘んでいるときにクマに会い、薪を採るために持っていた斧で殺し、解体して、剝いだ毛皮で肉をくるんで背負い、家に持ち帰ったという話。あるふたごは、放っておくとアーレアヴァーラの森の木を全部切り倒しかねないので、毎晩木こり小屋のベッドに縛りつけられていたという話。頭が弱いと言われていたいとこを、川に浮かべた丸太を下流に運ぶために半分の賃金で雇って連れていったら、初日の晩に、トリネンで百メートルにわたって詰まった大量の丸太を、たったひとりで整理してのけたという話。言うまでもなく、わが一族は、力持ちで、根気があり、忍耐強く、勤勉で、なによりも慎み深い労働者であり、フィンランド語を話す世界のどこを探しても、わが一族にかなう者はないという話。きょうだいたちはそんな話をしながら騒がしく酒を飲み、続いて、どかさなければならなかった大岩の話や、掘りかえさなければならなかったとてつもなく広い泥沼の話や、兵役時代に課された地獄の持久力テストの話や、ぶっ壊れたトラックをピッシニエミからリスティメッラまで四十キロも押していかなければならなかった話や、どこまでも広がる野原の牧草を記録的なスピードで刈りとった話や、わが一族の勝利で終わった数々の血も凍るけんかの話や、素手で打ちこんだ長い釘の話や、鉄鉱石を積んだ列車をスキーで追い抜いた話や、その他もろもろの、斧とつるはしと鋤とのこぎりとシャベルと銛《もり》とジャガイモ用の鋤を使ってなしとげた並ぶもののない偉業について語りつづけた。

そしてもう一度乾杯した。今度は、忘れてはならない一族の女たちを讃えて酒を飲み、手しぼりの搾乳や、バター作りや、木の実摘みや、機織《はた》りや、パン作りや、干し草集めなど、女の仕事の分野で同じように彼女たちがなしとげたまねのできない驚くべき偉業を讃えた。こんなに丈夫でよく働く娘は、わが一族以外では見たことがない。男たちは、フィンランドから妻を迎えた自分たちの賢さもほめたたえた。というのも、彼女たちはカシの木のように強く、トナカイのように辛抱強く、北極地方の青い湖のほとりに生えるシラカバのように美しく、おまけにお尻が大きいから、かわいい元気な赤ん坊を何度でも楽に産めた。

そのあいだじゅう、花嫁側の親族の男たちは、フィンランド人らしくじっと黙って座り、いらだちを募らせていた。ついに一番体が大きくて大胆なイスモが立ち上がり、こんなふざけた話がフィンランド語で話されるのを聞いたのは、ラップランドのファシズム運動以来だと言った。父さんは、柄にもなくけんか腰で言いかえし、きょうだいが言ったことはどこでも認められている事実であり、それでどこかの一族が嫉妬したり劣等感を抱いたりしたのなら、お気の毒だなと言った。

イスモは、そんなに広い牧草地をたった一日の午前中だけで刈りとれる人間などいないし、たった三時間でクラウドベリーを百リットルも摘める人間などいないし、雄のムースを一発殴っただけで倒し、嚙み煙草の缶のふたで皮を剝いで解体するなんてことが、血と肉でできた生きものにできるはずがないと言った。父さんの一番上の兄のエイナリおじさんが、雄のムースを倒すのなんて、わが一族のげんこつがなしとげてきた、ほかに並ぶもののない数々の偉業に較べればなんということはない、特に婚礼の席で、偉そうに大口をたたいて、ウソつきだなどと文句をつける野郎は覚悟したほうがいいと冷たく言い放った。調子が出てきたおじさんはもっと話そうとしたが、妻が手を伸ばして口をふさいだ。イスモは返事のかわりにテーブルにひじをついた。電柱のように太い腕だった。殴りあいは危険だし、力競べにしては当てにならない要素が多すぎる、だが、腕相撲ならいつでもすぐに確かな結果が出る、と彼は言った。

一瞬、すべてが静まりかえった。やがて父のきょうだいが、ひとりの人間のようにそろって立ち上がり、うなるクマのように身を乗りだした。前置きは終わった。話は終わりだ。いよいよ労働で鍛え上げた筋肉を思う存分使うときがきた。まずエイナリがイスモの向かいに座った。上着を脱ぎ、ネクタイをゆるめ、袖をまくり上げた。エイナリの腕は、相手に負けないくらい太かった。コーヒーカップとシュナップスのグラスが、あわてて片づけられた。ふたりはたがいにつかみあい、手はペンチのように相手の手を絞めつけた。両者の体に力が入り、顔に血が上り、戦いが始まった。

互角の戦いであることは、最初からあきらかだった。ふたりの腕は、ぴたりとからみあって頭を震わせる、二匹の大蛇のようだった。かすかな、ほとんど感じとれないほどの揺れが、台所のテーブルからマツの床板に伝わった。馬小屋の扉のように幅広いふたりの背は弓なりに丸まり、肩の筋肉は発酵するパン生地のようにふくれあがった。顔は血が上ってまっ赤になり、静脈が黒くふくれて交差し、噴きだした汗が鼻から垂れた。きょうだいたちはふたりをとり囲み、大声で応援した。この勝負には、一族の名誉と、尊厳と、誇りがかかっていた。新参者に分をわきまえさせ、わが一族が当然受けるべき尊敬を勝ちとる機会だった。相手も思いは同じだった。握りあった手が、震えて左に傾きだした。声援と怒声。反撃があり、手は右に傾いた。若い男たちは興奮して跳びはね、助言し、少しでも助けになればと自分の腕に力こぶを作った。勝負がつくまでかなり時間がかかりそうだとわかると、彼らは我慢できなくなった。ホルモンが噴きだし、抑えがきかなくなり、鍛えた木こりの体は動きたくてうずうずした。たちまち、太い静脈が浮きだした木の幹がテーブル一面にびっしり並び、どれもみな、大風に吹かれたように前後に揺れた。ときおり、一本、また一本と倒れ、テーブルの天板がたわんだ。勝ったほうは満足げに笑みを浮かべたが、すぐに待ちかまえていた男から戦いを挑まれた。女たちも夢中になって声援を送り、大声を張り上げた。女たちもシュナップスで酔っぱらっていたし、そうでなければ男性ホルモンむんむんの雰囲気に酔っぱらっていた。じきに、フィンランド人のばあさんふたりが、中指をからませて引っぱりあう指相撲を始め、相手より先に離すものかと、力まかせに引きあった。ふたりは、古い、ほとんど忘れられたののしり言葉を吐いて戦った。ふたりとも、先端がとがって反りかえった靴で木の床を踏みしめ、うめき、入れ歯を食いしばった。片方のばあさんは小便を漏らしたが、それでも戦いつづけ、幅広のスカートの下に広がる水たまりをはね散らして食いさがった。ふたりの指はしみで茶色く、しわだらけだったが、ペンチのように力強かった。花嫁は、こんなに強い指は見たことがない、さすが乳牛の乳をしぼり、男を絞って働かせてきただけのことはあると言った。一族の女たちはうなずき、女のほうが男より勝っていると口々に言った。辛抱強さ、器用さ、忍耐、根気、倹約、木の実を摘む技、病気への抵抗力、どれも女のほうが役立たずの男どもよりも勝っている証拠だ、と。そのとき、指相撲に決着がついた。ヒルマというばあさんのほうが、すさまじい力で引っぱって勝利を収め、その拍子に尻もちをついた。それでも大腿骨を骨折せずにすみ、だれもが運が良かったと思った。勝利にほほを紅潮させた彼女は、男たちに、ごほうびはないのかときいてまわったが、ありつくのは難しそうだった。父さんと残りの男たちは、息を切らし、名誉ある優勝決定戦に挑んでいた。この優勝決定戦は、非常にわかりにくい準々決勝と準決勝のシステムの上に成りたっていて、いたるところで結果がとり違えられ、怒鳴りあいが起きていた。中央にはエイナリとイスモがいて、今も手を握りあったまま決着がつかずにいた。ホオカニおじさんが、ばあさんは黙れ、この涙の谷ではそれが女の務めというものだ、特に男がいるときはな、と言った。ヒルマはその言葉に怒って巨大な乳房を突きだし、その拍子にホオカニはうしろに転げ、ヒルマは、もっとましなことが言えないんなら、いつでもあたしのおっぱいをしゃぶらせてやるよ、と言った。女たちは大よろこびして笑いころげた、ホオカニは顔を赤らめた。彼は、あんたがまず酒を飲めば、指相撲に応じてやる、と言った。ヒルマはキリスト教徒だったので、そんな条件には応じられなかった。言い争いは続いた。ついにヒルマは怒りに身を震わせ、大きなグラスに注がれた密造酒を一気に飲み干し、長い指を差しだした。全員が黙り、怖れをなして老婆を見つめた。パヤラ村の墓地では、レスターディウスが墓のなかで二度寝返りを打った。ホオカニは縮みあがっていたが、どちらがボスか示そうと、太った中指を彼女の指にからませ、腕を上げた。彼女は体格はがっしりしていたものの背が低く、ラップランドの毛糸の手袋のように持ち上げられそうになったが、必死に指にしがみついて宙づりになった。ホオカニは彼女を下ろし、今度は左右に強く引いた。ヒルマは左右に投げだされ、壁から壁へ振りまわされたが、それでも指を離さなかった。ホオカニはいらだち、手を休めて考えた。そのとき、ばあさんは急に全体重をかけて体を勢いよくうしろに引き、強烈な力でホオカニの手をねじって、また尻もちをついた。女たちはさかんに拍手喝采し、壁が揺れた。やがて、もしや今度は本当に大腿骨を折ったのではとだれもが心配しはじめた。彼女がこんなにおとなしいのは、甲状腺腫の手術のために麻酔をかけられて以来だったからだ。そのとき、彼女は首を片側にひねり、シュナップスを一気に長々と吐きだした。大喝采を浴びながら、彼女は人々に向かって、自分は一滴も飲んでいないと宣言した。

ぼくは集まった人たちをかきわけ、どうすれば父さんの目を盗んでもっと酒を飲めるだろうかと考えた。ようやく底に数滴残っているびんを見つけ、給仕係を手伝うふりをして、ほかの空きびん数本と一緒に手に持った。そしてこっそり玄関に行った。薄暗がりのなか、ぼくは鼻をつまんで中身をのどに流しこんだ。

そのとき、二本の力強い腕がぼくの胸にからみついた。ぼくはびんを落とした。だれかがぼくのうしろにいて、首筋に息を吹きかけていた。ぼくは怖かった。体をよじってもがいたが、手は振りほどけなかった。

「放せ」ぼくはあえぎながら言った。「ペーステ・ミヌット！」

　返事のかわりに、ぼくは抱き上げられて子犬のように揺すられた。なにかが顔に触れてくすぐったかった。髪だ。長くて黒い髪だった。くすくす笑う声がして、ぼくはどさりと床に落とされた。

　彼女だった。こうしてそばにいると、毛皮のようにやわらかだった。猫のようだった。首を嚙まれそうな気がして、ぼくは身がまえた。彼女の息づかいは荒く、くちびるを輝かせてほほえんだ。彼女はぼくのシャツを引きちぎって開き、手を差し入れた。一瞬のできごとで、ぼくは抵抗できなかった。ぼくは彼女のぬくもりを感じた。彼女はぼくの体をまさぐり、指先で乳首をなでた。

「お酒飲むと、エッチな気分になる？」と彼女はフィンランド語で言い、ぼくが答えるよりも早く、キスで口をふさいだ。彼女は香水と、かいたばかりのわきの汗のにおいがした。彼女の舌はレンキマッカラ（輪につながったソーセージ）の味がした。彼女はやさしくあえいで体をぼくに押しつけた。女の人にこんなに力があるなんて、驚きだった。

「いけない子ね、あたしがお仕置きしてあげる」彼女はささやいた。「でも、だれかにひとことでも言ったら、殺すわよ」

　彼女はぼくのズボンの前を開け、ぼくが息もできずにいるうちに、勃起したペニスを引っぱりだした。次に、すばやく自分のスカートをめくってパンティを下ろした。パンティは濡れていて、ぼくも手伝った。彼女の肌は白く輝き、太ももは雌のムースのように長く、そのまんなかにもつれた黒い茂みがあった。さわったら噛みつかれる、とぼくは思った。彼女がペニスをなで、自分のなかに導き入れようとしたそのとき、ダムが決壊し、世界が大きく割れて崩れ落ち、濡れたぼろ布の滝となって流れ、まっ赤になってひりひり痛んだ。彼女は悪態をついてスカートを下ろし、台所に消えた。

ぼくはまだ幼かったから、精子は出なかった。ぼくのペニスはしなびて、ずきずきする記憶だけが残った。電気フェンスに小便をひっかけたときのようだった。ぼくはズボンのボタンをかけ、もう絶対に台所には戻らないと心に誓った。

次の瞬間、ドアが勢いよく開き、玄関はトナカイの群れのように押しあう男たちでいっぱいになった。みんな酔っぱらっており、よろけたり、壁にもたれかかったりしていた。最後に入ってきたのはエイナリとイスモだった。ふたりは不本意ながら引き分けに同意したものの、腕があまりにぴったりからみあっていたので、無理やり引きはがしてもらわなければならなかった。じいさんは、これからサウナの英雄を決めるからついてこい、とぼくに言った。玄関のドアが勢いよく開き、みな待ちきれないようにあわてて階段を下りた。たちまち庭は何十という威勢のいい小便の筋で水びたしになった。じいさんはだれよりも長く小便しつづけ、息子たちにさんざんからかわれた。こんなにちょろちょろじゃ、小便じゃなくて鼻水が出ているようだとか、若い雌牛と性交して口蹄疫《こうていえき》にかかっちまったんじゃないかとか、さっき出したのがじいさんの銃身に詰まってるんじゃないか、それだったら編み針で掃除したほうがいいかもしれないなとか。じいさんは苦々しげに、年寄りをからかってもかまわないが、体が不自由な人をからかってはいかんぞと言い、わしが種をつけたのがこんなろくでなしばかりだったんじゃ、わしのペニスに罰を与えなければいかんな、と言った。

サウナは木製で、昔ながらの「スモーク・サウナ」だった。古くからのしきたりどおり、サウナ小屋は母屋から少し離れたところに建っていた。万一、火事になった場合のためだ。ドアの上の壁はすすで黒かった。煙突はなく、石の入っている箱から上る煙は、壁の煙穴から外に出た。男たちは脱いだ服をフックに引っかけたり、蚊に全身を襲われながら外の木のベンチに置いたりした。一家の長であり、サウナの主人であるじいさんが最初に入り、残っていたおき火をシャベルでブリキのバケツに移した。続いて空気をきれいにするために、石の入っている箱に水を何杯かかけた。湯気がうなるようにたち上り、小さな煙の粒を吸いつけて、ドアと三つの煙穴から出ていった。最後にじいさんはベンチを覆っていたすすよけの袋をどけて、煙穴をぼろ布でふさいだ。

ぼくは男たちと一緒にそっとなかに入り、一番上の隅に追いやられた。焦げた木のいいにおいがして、壁に体が触れると肌に黒い跡がついた。ベンチは、上の段も下の段も、白くて重たい男の尻であふれた。何人かは席にあぶれて床に座るはめになり、こんなことになるなんて、天国に行けないよりもつらい定めだと文句を言った。戸口には蚊が灰色のカーテンのように群がっていたが、なかには入ってこなかった。最後の男が入ってきて夏の夕べに扉を閉ざすと、急にまっ暗になった。そして、崇高なものに心を打たれたかのように、みな無言になった。

しだいに目が暗さに慣れた。炉は祭壇のように光っていた。まるで体を丸めた大きな動物が熱を発しているようだった。じいさんは木のひしゃくを手に持ち、低い声でひとりごとを言った。男たちは姿勢を楽にして、むち打ちを待つように背を丸めた。木のベンチが重みできしんだ。じいさんは木のひしゃくを井戸水にゆっくりひたし、石の箱に手早く九杯注いだ。中央に一杯、四隅に一杯ずつ、長辺、短辺の中央にそれぞれ一杯ずつ、超人的な正確さで命中させた。シューという獰猛《どうもう》な音がぼくらに向かって立ちのぼり、続いて刺すような熱気が上がってきた。男たちは気持ちよさそうにうめいた。肩に、太ももに、股間に、はげた頭に汗が噴きだし、塩気がむずがゆかった。シラカバの小枝の束が水の入ったバケツからとり出されて、赤熱した石の上に置かれた。太陽と夏のにおいがサウナじゅうに広がり、男たちは心のなかでほほえみ、もの欲しげなため息をついた。新郎はシラカバの枝を手に取って、気持ちよさそうにうめきながら体じゅうを叩いた。彼は震える声で、ああ、セックスよりもいいと言い、それを聞いて、残りの男たちはじれったそうに体を動かした。じいさんはさらに九杯、石に水をかけ、最初に濡らしたところを正確に避けて注いだ。サウナを満たした熱気は、心地よいむち打ちのようだった。うめき声とあえぎ声がしだいに高まり、早くヴィヒタ（シラカバの枝）をくれ、さもないとむずがゆくて皮膚が裂けてしまいそうだという泣き言があちこちから聞かれた。新郎はしぶしぶ枝を渡し、台所にいる女たちに背中を叩いてもらえよ、ヴィヒタを使うのなら、年とったばあさんの容赦ない叩きかたが一番だ、と言った。小枝で体を叩くと、汗が雨のように流れた。じいさんはなにやらぶつぶつ言いながら、たえず石に水をかけ、湯気の雲が精霊のように漂った。だれかが寒いと文句を言った。こんな冷たい蒸気は初めてだ。それがサウナが熱さの限界に近づきつつあるしるしであることは、みんなわかっていた。湯気はレスターディウス派の説教のように猛烈だった。男たちは背を丸め、熱気と戦って純粋な快感を味わった。歯茎に血の味がしはじめた。耳たぶは刺されたように痛く、脈拍が太鼓のように響いた。ああ、これぞエデンの園だ、墓のこっち側では、これが一番エデンの園に近いってもんだ、とだれかが苦しそうに言った。

最初の嵐のような感覚が一段落すると、各種サウナをめぐる議論が始まった。「スモーク・サウナ」がずば抜けて一番であることは、だれも異論がなかった。木を燃やすタイプや、電気式のよりも、はるかにすぐれていた。特に電気式はひどく軽蔑され、あれはトースターだとか、車のヒーターだとかいってばかにされた。ある男は、何度かスウェーデン南部に行ったとき、乾いてほこりっぽい衣類乾燥用の箱に座らされたことを思い出し、体を震わせた。ある男は、ヨルムリエンの山のホテルで入ったサウナを思い出し、ノルウェー製の電気式の炉が、旧式の回転式脱水機そっくりだったと言った。石の箱はティーカップほどのサイズしかなく、石といっても、小石ふたつがせいぜいで、しかも一個は縦にしなければ入らなかった。別の男は、スウェーデン南東部のゴットランド島の建築現場で働いたときのことをぞっとしたようすで語った。三カ月にわたる契約だったが、衛生に関しては、一度も満足がいかなかった。なにしろ南の果てだからサウナ文化が伝わっておらず、かわりにバスタブとかいうもののなかで、体を横にして汚い水につかり、水をはねちらして体を洗って終わりだった。

じいさんは石に水をかけるのをやめ、おまえたち息子のなかには、自分で建てた家に電気式サウナをつけたのが何人かいるが、トーネダーレンの文化を急いで殺す気なのか、と言った。言われた息子は反論し、うちのサウナはフィンランド製だから抜群にすぐれているし、薪を燃やすサウナに負けないくらいいいし、『サウナレーティ』というフィンランドのサウナ専門誌の「シラカバの枝評価」では、五本満点で五本の評価を受けているんだと言った。じいさんは、電気というのはスウェーデン南部から来た発明品のなかでも一番悪い、と腹立たしげに言った。電気は男と動物を甘やかし、男と女の筋肉を衰えさせ、寒さに対する忍耐力を奪い、夜目は利かなくなり、若い者は耳が聞こえなくなり、腐ったものが食べられなくなる。おまけにこのごろでは、エンジンの力でなにもかもが猛スピードで片づくから、トーネダーレンの人々の美徳だった我慢強さと辛抱強さが消えてしまった。じきにセックスも電気がかわりにやるようになるだろう、なにしろあれは激しい運動だし、汗みどろになるし、みんなも知ってのとおり、そういうものはこのごろじゃ古くさいと思われているからな。

じいさんはふたたび石に水をかけ、自分たちは今も昔ながらのフィンランドの堅い木のような性質であることに変わりはないという息子たちの言いわけには耳も貸さなかった。ただ、息子たちはみな、だらしないなまけ者になってしまった、トーネダーレンはクナプスとウムミッコだらけになってしまった、なにより残念なのは息子たちが小さいうちに十分殴って鍛えておかなかったことだ、と言った。だが、もう遅い。自分がそこで生まれたサウナに入る気持ちなど、もうだれもわからないだろう。そのサウナで自分の父親も生まれ、そのまた父親も生まれ、亡くなった一族の遺体が清められて布でくるまれ、クッパリと呼ばれるまじない師が病人の瀉血《しゃけつ》を行ない、母親は子どもたちを身ごもり、わが一族は、何世代にもわたって一週間の労働を終えたあとに身を清めてきたのだ。

じいさんの声は割れ、目に涙を浮かべて、息子たちよ、人生は冷たく、つらく、嘘とくだらないことばかりだと言った。ひとつ例を挙げよう。一九三一年にパヤラ村の交通職員が初めてストライキを行なって以来、わしが待ちわびてきた革命は、いったいどうなってしまったのか、最近、そのきざしを目にした者はいるかね？　希望の火花がきらめいたことが、一度だけあった。あれは食料品を買いにコラリに出かけたときのことだった。ヴァリンタ・フリーベリーの店の大勢の客のなかに、肉を満載したカートを押すヨシフ・スターリンの姿をちらりと見た。だが、スターリンは、パヤラに来るのは時間の無駄だと思ったにちがいない。

だれかがじいさんにびんを渡した。熱気のなかの、ささやかなぐさめのしるしだった。じいさんは、びんから一滴、石にも垂らした。鼻をつくアルコール臭がぼくらのほうに漂ってきた。じいさんはびんを次の人に渡し、腕で鼻をぬぐい、どうせ人生はつまらんことばかりだし、死は遠いことではないと言った。だが、自分は今も共産主義者だから、それを一度ここではっきりさせておきたい、もし死の床で罪の赦しを求めたり、イエスにすがったりしても、それはただ混乱して歳のせいでわけがわからなくなっているだけだから、口をしっくいでふさいでほしい。みんな、今ここで、そうすると約束してくれ、一族やそのほかの人たちの前で約束してくれ。頭がおかしくなって、パヤラ村の病院で聞く人もないのにくだらないことをしゃべりつづける恐怖に較べれば、死の恐怖などなんでもない。

じいさんはふたたび石に水を九杯注ぎ、若い男たちのなかには、弱音を吐いて、小便を口実にベンチを下りて外に出ていく者が出はじめた。残ったのは選りすぐりの強者《つわもの》ばかりで、肩には一クローネ貨ほどの水ぶくれができていた。じいさんは、こんな弱虫どもが自分の息子だとは信じられないと言った。そしてひしゃくを息子たちに渡し、決着はおまえたちでつけろ、わしはもう、おまえたちをいじめるのは飽きたし、おまえたちのホルモンのにおいにもうんざりだからな、と言った。じいさんは堂々とベンチを下り、器の湯で体を洗いはじめた。じいさんは、年寄りがやるように、体の一番大事な三カ所にだけ石鹼をつけた。はげた頭と、腹と、陰嚢だ。

こうしておそるべき最終ラウンドが始まった。双方の一族の、究極の力競べだった。エイナリが石に水を注ぐ役目を引き継ぎ、男たちは寒いと文句を言った。いつものように、戦いは心理戦の要素が大きかった。これぐらいなんともないとか、このぐらいの熱さは問題じゃないとか、これぐらい我慢できる、大丈夫だと、だれもが大げさな身ぶりでアピールした。エイナリは熱く燃える石にバケツの水を全部かけ、すぐにもう一杯汲んだ。彼はまた石に水をかけ、これまでになく強烈な湯気が上がった。最終ラウンドに残った男たちのなかから、最初の脱落者が数人出て、よろよろ立ち上がり、床に倒れてあえいだ。じいさんはその連中に冷たい水をバケツで浴びせた。湯気が全員の背中をむち打ち、肺はやけどしそうだった。また脱落者が出た。残りは生気のない目で木の切り株のように座りつづけた。ある男は体が大きく揺れて倒れそうになり、助けられて下に下りた。さらに湯気が上がり、苦痛が増した。今度は父さんが脱落した。窒息しそうなほど咳きこんでいた。残りはエイナリとイスモだけとなり、エイナリは水を注ぎつづけ、イスモははげ頭をだらりと垂らして座っていた。負けた男たちは、結果を見届けようと、集まって床に座った。イスモは今にも気絶しそうだったが、驚いたことに、それでもベンチに座りつづけていた。水が新たに注がれるたびに体をぎくりと起こし、じわじわとノックアウトされるボクサーのようだった。エイナリはあえぐように呼吸し、震える右手で水を汲んだ。顔は紫色で、上半身はひどく揺れていた。もう一杯。さらにもう一杯。イスモは窒息しそうなほど咳きこみ、よだれがあごを伝った。ふたりとも体の揺れが激しくなり、たがいの体に腕をまわして支えあった。突然、エイナリが激しく体を震わせ、一直線にイスモのほうに倒れこみ、イスモも一緒に倒れた。ふたりは殺されたけもののようにベンチの下段にどさりと落ち、腕を相手の体にまわしたまま横たわった。

「引き分けだ！」だれかが叫んだ。

そのとき、ぼくはベンチの一番上の暗い隅から這いだした。皮を剝がれたウサギのような姿だった。全員がびっくりしてぼくを見つめた。ぼくは無言で握りこぶしを掲げ、勝利のポーズをとった。

男たちの拍手と喝采がすすで分厚く覆われた天井に響くなか、ぼくは倒れるように床にひざをつき、ゲロを吐いた。

12

胃がよじれる夏のアルバイトと、消えた火かき棒と、責任を果たさなかった場合の危険について。

灰色の雲にどんより包まれた五月のある日、細身できびきびした男がコルピロンボロの方角からパヤラ村にやってきた。旧式の軍用リュックサックを背負い、頭は古代のルーン文字が刻まれた石のように風雪に耐えてきたことをうかがわせ、そこに短い銀白の毛が生えていた。彼はナウリサホで立ち止まり、鉛色の空を不服そうに見上げ、水筒の水を勢いよく飲んだ。そして一番そばの家のドアをノックした。ドアが開くと、よそから来たその男は、奇妙なアクセントの自己流標準フィンランド語で、こんにちはと言った。ドイツ人のハインツです、と自己紹介し、このあたりに空き家はないか、夏のあいだ借りたいのだが、と言った。

数件の電話連絡を経て、夕方には、村のすぐ外にある、断熱がお粗末な、小さな木造の小屋が見つかった。そこに住んでいた未亡人は、晩年になって頭がぼけ、床に土と干し草を敷きつめていたので、すみずみまで石鹸と熱湯で磨き上げてからドイツ人に引き渡された。マットレスと食器が用意され、食料庫には基本的な食料が補充され、窓にはカーテンがつるされ、トラック一台分のたきぎが玄関の外に置かれた。電気をつなぐことも可能だが、その場合、家賃は高くなる。ハインツは、もう五月だし、電灯は必要ないだろう、と言って断った。どうせ八月半ばまで暗くならないのだから。

そのかわり、ハインツはしきりにサウナを見たがった。サウナ小屋は森の端にあり、歳月を経た灰色で、ドアのまわりはすすだらけだった。ハインツはドアを開け、深く息を吸った。憂いに満ちた笑みを満面に浮かべ、スモーク・サウナのにおいを胸いっぱい吸いこんだ。

「サウナだ」彼は奇妙な外国訛りでそっとつぶやいた。「二十年ぶりのサウナだ」

その晩、ニイラとぼくは見張り台に身を隠し、ハインツが裸でトーネ川に走ってゆくのを眺めた。彼は最後の氷塊が下流へと流れる川に飛びこみ、向こう岸に向かって半分ほど泳いで戻ってきた。河原に立った彼は寒さでまっ青になり、ぴょんぴょん跳びはね、縮みあがったペニスを夜の冷気のなかに振りまわし、暖かな小屋へ小走りに戻った。

翌日、彼は税関の没収品を売る店で、見捨てられたタイプライターを手に入れた。ハルダ社製の、古びた鋳鉄製の機械だった。彼はそれをポーチに置いて、何時間もぶっつづけでキーを叩き、ときおり、芽を出したばかりのみずみずしい緑の牧草が茂る野原を眺めたり、ぎょっとするようなシギの声に耳を傾けたりした。

この男はいったい何者なのだろう？　ここでなにをしているのだろう？　まもなく、あの謎の男は、戦時中、ナチス親衛隊に所属してフィンランドにいたらしいといううわさが広まった。そこでフィンランド語を覚え、サウナ文化を知ったのだ。戦争の終盤には、フィンランド軍の進撃にともなって撤退を余儀なくされ、フィンランド側のトーネダーレンを通って北へ逃げ、そのときに風景の荒削りな美しさに心を打たれて忘れられなかったのだろう。

ナチスは行く手にあるものをすべて焼きはらった。焦土作戦が命じられていたからだ。どの村でも家と納屋はすべて焼きはらわれ、教会にもガソリンが撒《ま》かれ、あたりは燃えさかる巨大な炎の海と化した。フィンランド北部一帯はすべて灰になった。ハインツにも責任の一端があった。そして今、こうして彼は回想録を書くために戻ってきたのだ。

これが人々のうわさだった。ハインツには独特の日課があった。毎朝、ひざ丈の短ズボンで早足の散歩に出かけ、続いて小屋の外でぎくしゃくした軍隊式体操を行なった。子どもたちは草むらに身を伏せて眺め、ばかにして笑った。そのあと、ハインツは規律正しい執筆活動に入り、ひたすらページを埋めつづけた。

ただひとつ、彼の邪魔をするものがあった。ネズミだ。

小屋はネズミだらけだった。未亡人は何匹か猫を飼っていたのだが、彼女がよそに移されてからは、ネズミが勝手に暴れまわっていた。散らかった小屋で好きなように暮らし、マットレスを掘って巣を作り、床下を走り、次の世代を産んだ。ハインツが家主に苦情を言うと、年老いた農場の猫が貸し与えられた。けれども猫は、すきを見てさっさと元の家に帰ってしまった。ハインツは殺鼠《さっそ》剤は使いたがらなかった。床下で大量に死んで、家じゅうに悪臭が漂うというのがその理由だった。

夏休み最初の週のある晩、ポーチに座ってタイプライターを叩くハインツをぼくは偵察していた。まるで旧式のオートバイのような音だった。ぼくは小屋の壁に忍びより、角まで行って、そっとのぞいた。彼の横顔が見えた。わずかにカーブした長い鼻、鉄ぶちめがね、顔のまわりには、数匹の目覚めたばかりの蚊が、昔の記憶の光輪のように群がっていた。

「トゥレ・テンネ・シネ！　きみ、こっちに来たまえ」彼はタイプの手を休めることなく標準フィンランド語で怒鳴った。

ぼくは怖くて体がすくんだ。

「トゥレ・テンネ！」彼はもう一度怒鳴った。これは命令だった。彼はタイプをやめ、めがねをはずして、氷のような灰色の瞳をこちらに向けて、ぼくに焦点を合わせた。

ぼくはひざを震わせながら進みでて、新兵のように立ちつくした。動きを見抜かれていたのが恥ずかしかった。

「しっぽ一本につき五十エールやる」

なんの話かわからなかった。頭が悪くなったような気がして、怖かった。

「この家はネズミだらけだ。夜どおし大騒ぎされて眠れんのだよ」

彼はぼくをじっと見て反応を探り、きしむ椅子から立ち上がってこちらに来た。ぼくは身じろぎひとつできなかった。怖かったのに、ひどくまじめな気分になった。ハインツは、少年がほめられたくなる種類の男だった。彼は革のにおいのする茶色い札入れをこれ見よがしに取りだし、十クローネ札を出した。そして、無言のままその札をぼくの鼻先でひらひらさせた。巨大な蝶のようだった。めったに見かけない、折り目ひとつない新札だった。スウェーデンのこんな端まで、どうやって無傷でたどり着いたのだろう？　昔の国王が横顔でじっとこちらを見ていた。色は銀灰色で、細く繊細な線で描かれ、高級な紙にすかしが施してあり、光に透かすとあざのように見えた。突然、お札の向こうに別のものが見えた。エレキギターだ。本物の、生まれて初めての、ぼくのエレキギターだった。

ぼくはお札を受けとった。でも、丸めてポケットに突っこんだりはしなかった。人差し指と親指ではさみ、折り目をつけないように、慎重に家に持って帰った。

ぼくも村の子だから、ネズミ捕りの方法はよく知っていた。生のジャガイモの皮をひと切れ、家の壁際に置き、棒を持ってそばに立つ。ネズミがそっと近づくまで、音をたてずに待つ。そして叩き殺す。地面に掘りたてのネズミ穴があったら、バケツの水を何杯か注ぐ。溺れそうになって穴から飛びだしてきたネズミを、一匹ずつ叩き殺す。

このやりかたで初日は三匹殺し、翌日、さらに二匹仕留めた。ハインツは革財布からきちんと払ってくれたが、満足そうではなかった。やりかたが、彼には古くさく、効率悪く見えたのだ。その日の午後、彼は村の金物屋でネズミ捕りを八個買ってきた。鉄のばねでネズミの背骨をへし折る仕掛けのやつだ。ぼくは自分の指を切らないように餌を仕掛けるコツを覚え、ベーコンの皮やチーズの皮など、そのへんのものを手当たりしだいに仕掛けた。

翌朝、六匹死んでいた。七番目のネズミ捕りは手つかずのままで、八番目はばねは閉じていたが、ネズミは逃げていた。ぼくは毛むくじゃらの死体を森の端に捨て、ふたたびネズミ捕りを仕掛けた。その晩、ようすを見にいくと、また四匹死んでいた。ハインツは切り落としたしっぽを見てぼくの仕事ぶりに満足し、その場で金を払い、この調子でがんばれと言った。

その週はずっと、朝と夕にチェックして、一日に十匹ほど仕留めた。ぼくはネズミ捕りの場所を頻繁に変え、食器棚に入れたり、食料庫に置いたり、屋根裏に置いたり、外のポーチの階段の下や、裏のたきぎの山のそばに仕掛けた。死体は奇妙にふにゃふにゃで、小さくてやわらかい毛皮の袋のなかで背骨が折れ、あばら骨が砕けていた。ときどき、鋭い鉄のばねに皮を引き裂かれて腸がはみだし、紫色の藻のようにネズミ捕りを覆っていた。そうなると、ぼくは歯を食いしばって後始末するはめになった。どんなに気持ち悪くても、仕事は仕事だった。

たしかに、小屋では夜の騒ぎはだいぶおさまった。けれども、完全に静かにはならなかった。いくら殺しても、新たに続々とやってきた。子が産まれたり、古いのと入れ替わりに新しいのがやってきたりした。

おまけに死骸も問題になりはじめた。キツネが腹いっぱいむさぼっても、残った分がたちまち悪臭を放った。まもなく森の端にはカラスが群れるようになった。カラスは特に明けがたにやってきて、餌をついばむ順番を争って騒がしく鳴き、ネズミ以上にハインツの眠りを妨げた。彼は小屋からスコップを出してぼくに渡し、音が届かない森の奥に穴を掘らせ、そこに死骸を捨てることになった。

もう真夏だった。ヒバリはすり切れたプロペラのように空高く舞い、ムクドリはアスペンの木立でさえずってほらを吹き、ハクセキレイはジャガイモ畑で汁気たっぷりの虫をついばみ、イワツバメは頭上の電線に止まって羽のシラミをついばんだ。そして地中では、ネズミが信じがたい勢いで繁殖していた。

やがてぼくはネズミの行動のエキスパートになった。たいていの人は、ネズミはわけのわからない小さな毛むくじゃらの生きもので、行きあたりばったりに走りまわり、怖がらせれば死ぬと思っていることだろう。けれども、家の外に仕掛けたネズミ捕りの始末を続けているうちに、さまざまなネズミ道があることにぼくは気づいた。たいていのネズミ道は見つけにくく、去年の枯れ草のあいだを小さなトンネルのように曲がりくねり、地表に張りつくように走っていた。ネズミにはアリと同じように通り道があり、そこにネズミ捕りを置けば、ほぼ確実に成果が上がることがすぐにわかった。したがって、ネズミが新たに小屋に住みつかないようにするには、家までの道に地雷を仕掛けるのが一番だった。

けれども、この作戦は部分的な成功しか収められなかった。昔ながらのネズミ捕りには、根本的な構造上の欠陥があった。一度わなが作動すると、仕掛けなおすまで役に立たないのだ。そのあいだ、ネズミはなんの妨げもなく通行できる。ぼくはこの問題をしばし考え、ある計画をハインツに提案した。彼は全面的に賛成してくれた。

ぼくらは近所の人からへこんだブリキのバケツをいくつか借りた。ぼくはそれをネズミ道のまんなかの戦略的な地点に埋めて、縁が地面と同じ高さになるようにした。そして半分ほど水を注いだ。その上に草と木の葉を薄くかぶせ、できるだけ自然に見えるようにした。

翌朝、ぼくは見まわりに行った。最初のバケツには六匹落ちていた。ネズミは輪を描いて泳ぎ、底に足をつけることも、壁を登ることもできずに、しだいに弱って溺れ死んだ。次のバケツには五匹。三番目には七匹死んでいた。最後のバケツは穴が開いていて、水が漏れていた。底で怯えた二匹が走りまわっており、ぼくはかかとで踏みつけて殺した。ネズミの死骸が二十！　すばらしい成績だ！　ばね式のネズミ捕りにはさらに四匹かかっており、しっぽを切り落としてハインツに差しだすと、彼は大いに感心して、二十クローネもくれた。幅の狭い彼の口にかすかな笑みが浮かんだ。めったに見られない表情で、オオカミが笑おうとしているようだった。ぼくは死骸を森の穴に捨て、水の漏れるバケツをとり替えて、さらにバケツと桶を追加してしかるべき場所に埋めた。

それから数週間は、非常に満足のいく結果が得られた。ネズミは群れをなしてわなに落ち、バケツの壁を必死で引っかき、やがて力つきて溺れ死んだ。ばね式のわなよりもおぞましい死骸だった。最初のうちは、あまりの数の多さに嫌気がさした。なにしろ毎日数キロの死体を片づけなければならなかったからだ。だが、やがて慣れた。家に帰って缶に入れるお金のことを考えれば耐えやすかった。お金はぐんぐん増え、エレキギターが近づいた。

ついにハインツも戦いに勝利を収めつつあることを理解した。勇敢な小さい戦士が地雷原をくぐり抜けてやってくることはあったが、そのやわらかな足音を聞くことはまれになった。しかし、気の毒なことに、たいていはそのネズミもすぐにばね式のネズミ捕りに引っかかった。ハインツは熟睡できるようになり、タイプライターは旧式のマシンガンのように鳴りつづけた。蚊の大量発生が本格化したので、ポーチ全体が殺虫剤臭かった。彼はときどきタイプライターから紙をはずし、ワグナー風の高い声で音読して、言葉のリズムを確認した。文体は禁欲的で力強く、数々の苦難や部隊の動きをつづり、フィンランドの冬における鮮烈な戦争の光景や、毛布に入りこんだ霜やとがった松葉を描写し、ところどころに粗野な軍隊式ユーモアをちりばめ、悪臭漂う野営地での劣悪なセックス事情を嘆き、包帯を巻いた戦争の英雄を手当てするグラマーなフィンランド美人とのロマンスを折に触れて語り、夜、あかりを消した酒保でドイツ兵のほほを愛撫したことを告白した。

一方、ぼくは仕事の合理化を進めた。ひとつ気づいたのは、バケツを草で覆う必要はないことだった。それでもネズミは落ちた。ネズミ道を突っ走っていると、速度を落とすひまがないらしく、深い穴が丸見えでもそのまま落ちた。ところが、ネズミが死んで数が減ると、それまでのネズミ道は使われなくなった。別の場所に新しい道ができるので、ぼくは目を光らせて、頻繁にバケツの位置を動かした。

またたくまに森の墓穴はいっぱいになった。ぼくは穴に土をかぶせ、新しい穴を掘った。それもたちまちいっぱいになった。腐りかけた死骸をキツネがしょっちゅう掘りかえし、あちらこちらに持っていった。あっというまに死骸の腹はウジだらけになり、皮の下を掘りすすんだ。暑さが事態を悪化させ、森のほうから風が吹くたびに、遠く離れていてもまちがいようのない、あのぞっとする甘酸っぱい悪臭が漂ってきた。

ハインツがあることを思いついた。彼は古いガソリンの缶を探しだし、中身を満たした。ぼくは定期的にその缶を引きずって森に行き、なかのガソリンを穴に全部入れた。そして火のついたマッチを放りこんだ。死体の山は大きなため息とともに燃え上がり、ほとんど見えないほどの炎を上げて燃えつづけた。湿った弾ける音がして毛皮が燃え、ひげが垂れさがって溶け、眼球孔からあわてて出てきたアリは足をばたつかせて小さく縮み、身をくねらせて這いだしたウジは焼かれて液化し、さなぎは弾けてどろどろのかたまりになり、盲目のアオバエは力なくもだえた。煙は黒くて脂っぽく、毛と焦げた血のにおいがして、あまり近づくと服ににおいがしみついた。煙は木の上に広がり、怖ろしい幽霊のようでもあり、軍神のようでもあり、ふくれあがる死の先触れのようでもあった。煙はゆっくり動いて散り、あとにはなにも残らなかったが、ぼくの口のなかは脂っぽい灰の味がした。死骸の山が燃えつきると、ぼくは穴に土とコケをいっぱいに詰め、その上にキツネでもわざわざ掘りかえそうと思わないほど重い石を積んだ。

金のことを考えよう。そうすればいくらか耐えやすかった。しっぽを数え、束にまとめて、あの身なりのいい紳士のところで金に換えるんだ。彼はコーヒーをすすりながらポーチで夕べのひとときを過ごしていた。しょせんこれは、夏のアルバイトなんだ。村のキャンプ場で屋外便所を掃除するのと同じことだ。

夕方の見まわりを終えると、ぼくはたいてい自分の部屋に行き、古いオープンリールのテープレコーダーを鳴らした。テープにはラジオのヒットチャートからとびきりの曲を録音してあった。ぞくぞくする感覚を味わいながら、エレキギターが奏でる、信じられないような音に耳を傾けた。気むずかしい猫の鳴き声、オオカミの遠吠え、歯医者のドリル、改造スクーターが村を突っ走る音。同じころ、村はずれの小屋では一匹目のネズミが水に落ちた。ネズミは泳いだ。いつまでもいつまでも泳ぎつづけた。

＊

七月半ばのある朝、ぼくは見たことないほど太いネズミ道を見つけた。道は森から緑色の水路沿いのジャガイモ畑まで続いており、四方に伸びた低い茂みのあいだにうまく隠れていた。ところどころで小屋からの道や外便所からの道が合流し、より一層幅の広い、堂々たる幹線道路ができあがっていた。ネズミの足に踏み固められた通り道、ネズミのための大通り。ぼくはわくわくしてその道をたどった。古い干し草が半分ほど入っている古い納屋の前を過ぎ、ぼくは立ち止まった。新しい道が納屋から延びていた。同じくらい太い道だった。まちがいなく、これまでなかった道だ。そしてジャガイモ畑の数十センチ手前で、ふたつの道は合流していた。合わさって多車線のハイウェイができていた。

ネズミの狙いはジャガイモだった。未亡人がよそに移されたあとも親族が育てていたイモで、苗の先端は緑色に高々と伸びていた。盛り上がった土の下では、塊茎がふくらみ、おいしく、やわらかく、黄色く育っていた。ネズミは群れをなして夜どおしジャガイモ・パーティを繰り広げたのだろう。さんざんかじってむさぼってから、よろよろと押しあいながら隠れ家に戻ったにちがいない。

ぐずぐずしている場合ではなかった。三十分もしないうちに、ぼくは錆びたドラム缶を見つけ、午後の大半を費やして弓のこぎりでふたつに切った。あとはネズミ・ハイウェイのどまんなかに、穴を掘って埋めるだけだった。ぼくは土を手押し車に積み、森に捨てた。長時間汗を流してがんばり、ようやく穴にドラム缶を入れて周囲のすきまを埋めるだけになった。最後にぼくはバケツを引きずって井戸から何杯も何杯も水を汲んできて、およそ半分まで水を張った。

もう夕方だった。タイプライターの音は止んでいた。ポーチの階段にはだれもいなかった。その日の成果のネズミのしっぽを手にドアをノックすると、ハインツは忙しそうに荷造りしていた。床のまんなかにリュックサックが置いてあり、椅子の背と机に衣類がかけてあった。ハインツはせわしく動きながら、金を取りだしてぼくに報酬をよこし、一週間ほどフィンランドに行って、あちこちの公文書館で資料を探してくると説明した。村が焼きはらわれる前に、何軒かの家が正確にどこにあったのか確認し、地元住民のリストを探しだしたいのだという。作家として、細部まで正確でありたい、それが真の作家の務めというものだ——だが、彼の見るところ、多くの作家がこの点に関しては無頓着で、特にこのごろの散文家にはそれが目立つ。ところで、そのあいだ、この家の管理を頼めないだろうか？

ぼくはやりますと約束し、鍵の置き場所を教えてもらった。具合がおかしくなりだしたのは、そのころだった。軽い頭痛がして、わきの下に違和感があった。たぶん、雷雨が近づいているのだろう。ポーチに出ると、思ったとおり、平らに盛り上がった不吉な雲がフィンランドのほうから近づいていた。火葬の穴から立ちのぼるキノコ形の雲に似ていたが、はるかに大きく、はるかに不気味だった。ロシア軍の戦車のような鈍い音がとどろいた。ハインツも出てきて、ぼくの隣に立った。まるで父親のようにぼくの肩を抱いたので、ぼくはびっくりした。空気はしだいに重くなり、息苦しくなった。ぼくのひたいに汗の粒が噴きだした。雲塊の下の暗闇に稲妻が光った。すばしこい魚のようだった。

「見ろ！」ハインツが指さした。

数キロ先に煙の柱が立ちのぼった。木だろうか、死体だろうか。あるいは家だろうか。家が燃えているのだろうか。一瞬、雷雲が炎から立ちのぼる煙に変わり、フィンランド全土が炎に包まれ、燃えさかる地獄に滅ぼされる光景が見えた。ハインツは呆然としていた。氷のような灰色の瞳は大きく見開かれ、遠いなにかに釘づけになっていた。まるで硬貨のようだった。彼は指先で口ひげをなでた。ひげが一本抜けた。彼はそれを親指と人差し指でつまみ、ようやく現実の世界に戻った。ひげは硬く、燃えさしのマッチのようにしなだれた。ハインツはそれをくるくる回し、思い出に投げ捨てるように、指を放した。

＊

雨が降りだし、最初の悪寒がぼくを襲った。ぼくは自転車で家に戻り、台所のソファに倒れこんだ。激しい雷雨になり、母さんは窓とドアを全部閉め、電気のプラグをコンセントから抜いた。低く盛り上がった雲が、ぼくらを不気味な薄明かりで包んだ。屋根の防水フェルトにまで雨は垂れ、窓の外は灰色のカーテンのようなどしゃ降りだった。また雷鳴がとどろいた。ぼくはキルトと毛布を頭からかぶり、汗をかいたり、寒気に襲われたりを繰り返した。母さんはコップの水とサマリンを一包持ってきた。サマリンは胸焼けの薬だが、箱に書かれた効能をはるかに超える不思議な力があった。それでもぼくの熱は雷鳴の高まりとともに上昇した。嵐はずぶ濡れの足で村を踏みつけ、ぼくの頭は今にも爆発しそうだった。ありとあらゆる奇妙なイメージが頭から押しだされて、輝く輪郭に縁どられた魔女がそっと空へ飛びたった。魔女たちはみなナイフを持ち、相手の肉を切りとった。体はボール紙を切りぬいたように平らだった。魔女はスローモーションで踊りまわり、相手の肉を切りとってはその肉と合体し、たえず姿を変え、たがいに肉を混ぜあった。幻覚のせいで気分が悪くなり、吐き気がしたが、どうすることもできなかった。まるでぼくの脳みそのなかで別のだれかが考えているようだった。だれかに乗っとられたような感じがした。

母さんはつとめて冷静にふるまおうとしたが、心配でたまらないようだった。不安を隠そうといかめしい表情を作り、口をとがらせ、粘膜が見えるほど下くちびるを突きだした。歳のせいで、顔の肌がやや大きすぎるセーターのようにたるみかけていた。笑うと顔じゅうしわだらけになり、木目の浮いたまな板のように見えた——それは母さんが作れる精いっぱいの表情だった。なによりも母さんは髪が美しかった。豊かな赤毛で、肩まであった。ブラッシングして、片方の目に髪がかぶさっているときなど、映画スターのように見えた。

ぼくは寒気がひどく、震えが止まらなかった。真夏だったけれど、母さんは居間の暖炉に火をおこしてくれた。シラカバの樹皮を裂いて、火かき棒でつつく音が聞こえた。そして、すべてが奇妙な静けさに包まれた。

台所が明るくなった。まるで雲が晴れて太陽が出たようだった。でも、外はまだ土砂降りだった。

ぼくは苦労して起き上がった。どうしたのだろうとあたりを見まわすと、光は居間から射しこんでいた。

「どうしたの？」ぼくは叫んだ。答えはなかった。ぼくは熱でふらつく足で居間に行った。暖炉の火の前で、母さんが火かき棒をフェンシングの剣のように突きだして立っていた。そのとき、煙突から光が下りてきた。黄白色の鋭い光だった。

「母さん、下がって！」ぼくは叫んだ。

　母さんは火かき棒を持ったまま一歩下がったが、光は追いかけてきた。煙突から光の玉が現われ、暖炉に浮かんだ。溶鉱炉から出されたばかりの白熱した鉄のように輝き、空中に浮かんで上下していた。光の玉は激しく震え、火かき棒の先に静止した。母さんが光った。頭が青い光に包まれた。髪は逆だち、四方に突きだした。

「放して！　火かき棒を放して！」

　でも、母さんはまるで催眠術にかかっているようだった。火かき棒を左右に大きく振りながら、一歩ずつあとずさりした。火の玉はどこまでもついてきた。母さんは火かき棒を乱暴に振ったが、火の玉は磁石のように先端にくっついて離れなかった。

「放して！　母さん、お願いだから放して！」

　けれども、母さんは火かき棒を持ったままぐるぐる回りだした。招かざる客をふりほどこうとするハンマー投げ選手のようだった。回転はしだいに速度を増した。空《くう》を切る音がした。持ち手から火花が散った。それでも火の玉は火かき棒の先端にしっかりくっついたままだった。母さんは息を切らし、あえぎながら、ますます速く回りつづけた。じきに母さんは輪に包まれ、光の輪に、電気の輪に包まれた。止まりたくても止まれなかった。回転は続き、空を切る音は歌うように高まった。部屋じゅうに青い火花が散った。もっと速く。さらに速く。限界まで。

ようやく母さんは手を放した。火かき棒と火の玉は空中に放りだされた。壁に当たり、すさまじい音が響いた。耳をつんざく音とともに壁が崩れ、木の破片が頭上に降りそそいだ。そして、あたりは静まりかえった。

ぼくはふっ飛ばされ、床に横たわった。ぼうっとした頭をゆっくり上げて、髪のあいだから木片をふり払った。母さんはあお向けに横たわり、足は折れ曲がり、口は小さなoの字になっていた。死なずにすんだことに、ぼくらはようやく気づいた。ぼくと母さんはおぼつかない足でよろよろ立ち上がり、つまずきながら壁のそばに行った。

壁には穴が開いていた。何層もの壁材を突き破る穴が開いていた。だれかがげんこつで殴って、壁をぶち抜いたような穴だった。火かき棒はどこにも見当たらなかった。家のなかにも、外の芝生にもなく、ぼくらは長いあいだ、溶けてしまったのだろうと思っていた。

けれどもその年の秋、驚いたことに火かき棒が見つかった。近所の家の黒スグリの茂みに隠れていたのだ。通りの二ブロック先で、すっかり錆びてコルク抜きのようにひん曲がっていた。

ぼくは慎重に距離を計った。九一・五〇メートル。女子ハンマー投げ世界記録だった。

*

嵐は遠ざかったが、ぼくはまだ具合が悪くて寝ていた。熱は丸二日続き、そのあと偏頭痛のような痛みに変わった。関節が痛み、目は光に過敏になり、のどはいがらっぽかった。体は鉄の船のように重く、水雷で攻撃されて、海の深みへゆっくり沈んだ。腕を上げるのも難しく、ものを飲みこむのもつらかった。トーネダーレンでは、こういうとき、医者に行くのをできるだけ先延ばしするのが習わしだった。それが早々に墓場送りになるのを避ける一番確実な方法だったからだ。かわりに父さんはフィンランド語の医学書を持っている近所の家に行き、ぼくは髄膜炎と、はしかと、じんましんと、脳腫瘍と、おたふくかぜと、若年性糖尿病だと診断をつけた。その後、ぼくは咳と鼻水が止まらなくなり、胃腸にくる風邪であることが明らかになった。副鼻腔には膿《うみ》がたまるし、つらくてたまらなかったけれど、結局のところ、深刻な病気ではなかった。見舞いにきたニイラは、玄関を入ったとたんに疫病のにおいを嗅ぎとって出ていった。

戸外では真夏の暑さが到来していた。雷が温暖前線を生み、シベリアから流れてくる熱気団の通り道を作った。頭上には高気圧の尾根がそびえ、巨大なサーカスのテントのように、まっ青な屋根と停滞する熱気がぼくらを覆った。沼では何百万匹もの蚊が発生し、両岸に渡したケーブルをたぐって進む渡し船が、エシサーリの水浴場を目指して休みなく往復し、野原にはアルテンブルグのサーカスが赤と黄色のテントを張って、射的や、片腕の山賊など、地元の子どもの小遣いを狙った無数の誘惑を用意していた。カーニバルの親方は、上半身裸になって雄の熊のように毛深い体をさらし、たてがみのような灰色の髪にカウボーイハットをかぶって、いばって歩き、大声を張り上げた。

「さあ、くじだ、買った買った！　十枚五エール。くじが五エールだ！」

でも、ぼくは家のベッドから起き上がれず、バケツ何杯もの汗をかき、枕元に水の入った水差しを置いてもらった。いくら水を飲んでも、色の濃い小便を一、二滴出すのがやっとだった。顔は腫れ、緑色のべっとりした膿汁が詰まり、鼻をかみすぎて肌がひりひりした。たまにひまつぶしにギターを弾いてみたけれど、汗がどっと出て、目まいがひどくなるばかりだった。ぼくはしかたなく、うとうと眠りつづけた。家に入りこんだマルハナバチの羽音に耳を澄ませた。ハチは外に出ようと窓の網戸にぶつかり、羽音を響かせて遠ざかり、網戸の外側では、蚊がしきりに口先を穴につっこむ音がした。

風邪は徐々に回復した。ある朝早く、太陽が熱く照らしだすころ、ぼくはベッドに起き上がり、手を伸ばして水差しを探した。むさぼるように水を飲み、口の端のしずくをぬぐった。

そのとき、ぼくは思い出した。ずっと頭の奥のほうにあったのだが、高熱とひどい咳のせいでそのままになっていた。

ぼくは身震いして、服を着替えた。寝室から父さんのいびきが聞こえた。ぼくは足音を忍ばせ、明るい朝の光のなかに出た。どれくらい寝こんでいたのか、何日たったのか、計算してみた。待ちかまえている悲惨な事態を予想しながら、ぼくは自転車を漕いでドイツ人の小屋へ向かった。

異臭は、遠い大通りからでもわかった。胸の悪くなる、すえたにおい。近づくにつれて強烈になり、もっと甘ったるい、吐き気を催すにおいになった。ぼくは手で鼻と口を覆った。緑の葉が高々と茂ったジャガイモ畑が見えた。納屋とネズミ道。ドラム缶。

あと三十メートルのところで、ぼくは窒息しそうになった。深く息を吸い、必死にペダルを漕いで最後の直線を走りぬけた。

灰色のかゆだった。大量に、積み重なって死んでいた。

かがみこむと、表面にぼくの影が映った。なにかがきらりと光った。ハエの分厚い雲が渦を巻いて湧き上がった。ぼくはぎょっとしてあとずさりした。下のほうでなにかがうごめいているのが見えた。海のようにうねっていた。揺れるウジのじゅうたんだった。

ぼくはショックでよろめき、草むらに退却した。体の奥から震えとともに吐き気がこみ上げた。ぼくはゲロを吐きそうになりながら、倒れるまで走った。群がって咲くタンポポにつばを吐き、ゲロを出そうとしたが、出なかった。

ようやく落ち着きをとり戻し、靴を脱ぎ捨てた。汗で濡れた靴下も脱いだ。その靴下を結んで鼻と口を塞いだ。臭かったが、自分のにおいだから、まだ我慢できた。ぼくは捨て身の覚悟でよろよろ立ち上がった。

手押し車を探し、土を積んだ。集団墓地はそのまま土で埋めるつもりだった。それしか方法はなかった。全部覆ってしまおう。上に土を盛って、すべて忘れよう。

手押し車がいっぱいになると、ぼくは深く息を吸って、靴下をしっかり結びなおし、前に進んだ。なにも考えずに片づけよう。できるだけ急いで始末しよう。

ひとつだけ問題があった。

金だ。

なんといってもそれが問題だった。頭を冷やして考えれば——簡単ではなかったけれど——そのとおりだった。ドラム缶には金が詰まっていた。五十エールのかけらが山積みになっていた。ぼくはそれを埋めようとしていた。

ぼくは手押し車を下ろし、ためらった。そして歯を食いしばり、捨て身の決意を胸に、道具小屋から熊手を探しだした。そして息を深く吸い、ドラム缶に戻った。ヘドロに熊手を突っこむと、邪魔なハエは飛び去った。かきまわすと、何匹か死骸が引っかかった。皮は裂け、白いウジが雨のように草に落ちた。ぼくはひどい吐き気に襲われ、下がって息を吸った。大ばさみを取りだし、古い軍手をはめた。そしてもう一度、無理やり走ってドラム缶に戻った。

近づくと細かいところまでよく見えた。これは無理だ。きつすぎる。

森の端に下がってうつぶせに倒れると、また熱が上がりかけている感じがした。金だ！　金のことを考えろ！　死骸は少なくとも七十はある。八十かもしれない。つまり、ぴかぴかに輝く四十クローネってことじゃないか。

しょせん仕事だ。そう考えればいい、これは夏のアルバイトなんだ。

ぼくはもう一度ドラム缶に走って戻った。ちょんと切って、五十エール。ちょんと切って、一クローネ。死骸は汚物入れに落とし、下がって息をした。

一クローネ。これで一クローネ。よしっ、これで一クローネだ。

もう一度熊手を突っこむ。ちょんと切って、一クローネと五十エール。

口ににおいが入りこみ、味がした。

ちょんと切って、二クローネ。二クローネと五十エール。

ああ、このにおいさえなければ。

四クローネ。五クローネ。六クローネ五十。

もう十分だ。もうやめよう。もう無理だ……。

作業は信じられないくらい時間がかかった。比較的新しいのは、まだ硬直していた。ほかのは、ばらばらになっていた。爪のとがった小さな足を広げ、黄色い歯が光っていた。ネズミに混じって、野ネズミも何匹かいた。猫のように大きく、グロテスクに膨れ上がっていた。水面に浮かび、死との怖ろしい戦いのせいで、ひん曲がって硬直していた。

一杯目の汚物入れがようやく満杯になったときには、午前中の大半が過ぎていた。短いダッシュを何度か繰り返して、ぼくはそれを森に持っていった。中身は泡だち、はねてこぼれた。ぼくはヘドロを集団墓場に空けた。そしてドラム缶に戻った。

小さな落とし穴は、死骸の数こそ少なかったが、腐っていることに変わりはなかった。ばね式のネズミ捕りにかかった死骸はアリにほぼ食べつくされ、すでに乾きだしていた。ぼくはそのあともほぼ丸一日がんばり、はねた汁のせいで服がべとついた。汚物入れの中身を森の穴に空ける。もう一杯。また戻る。ちょん、ちょんと切る。軍手の内側にひんやりくすぐったいものを感じたので、振ってみるとウジが出た。顔のまわりにハエが群がり、体じゅうに止まった。帽子をかぶっていればよかった。何杯も何杯も運ぶ。下がって息をする。突っこんだ熊手はドラム缶の底に近づいた。

ついに底には灰色のどろりとした死の汁が残るだけになった。ぼくはそれを熊手でかきまわした。そうしてみてよかった。というのも、ラッキーなことにしっぽが四本落ちていたからだ。二クローネ。目を凝らすと、もう一本見つかった。五十エール。念には念を入れると、得をするものだ。

最後の仕上げに、手押し車を穴まで押してゆき、土を入れて表面を鋤でならした。大量虐殺の痕跡は、ほぼ完全に消えた。ただ森のなかに土がむきだしになっているところが少しあるだけで、いずれにしてもすぐに草に覆われることだろう。

ぼうっとした状態でよろよろ立ち上がり、ガソリンの缶を取りにいったときには、熱がぶり返していた。でも、あと一幕で、すべて終わりだった。

森の墓は満杯だった。最後の一杯は、枯れた下生えの茂みにこぼれた。ハエが分厚い雲となって舞い上がったが、すぐにまたぼろ毛布のように群がり、太陽で暖まった腐敗のかたまりに卵を産みつけた。ぼくの想像をはるかに超えた異臭が漂い、無数の微生物が膨れ上がって繁殖し、死のパン生地は発酵しつづけた。

ぼくはまた走って離れ、新鮮な空気を吸った。ガソリン缶のふたを開け、においをかいだ。ガソリンの甘く強烈なにおいで鼻がすっきりした。ぼくは気持ちを奮いたたせ、最終幕に臨む覚悟を決めた。あとひとつだけ仕事をすれば、決着がつく。それさえすめば、ゆっくり休んで忘れてしまえる。

夢うつつの状態で、ぼくは死体にガソリンをかけ、たっぷりふりまいて十分しみわたらせた。なにか宗教的な儀式のようだった。罪のあがないをしているような、過ちを正しているような感じがした。ぼくはマッチを擦って、山の上に落とした。深く悲しい咳のような音がして、勢いよく炎が上がった。ほとんど目に見えない炎がまっすぐに燃え上がり、弾けた。すぐそばの茂みが火にあぶられ、下生えに火がついた。ぼくは足で踏みつけて火を消した。そのとき、ズボンにもガソリンがかかっているのに気づいた。炎がひざに向かって這い上がってきた。ぼくは悲鳴をあげ、地面に身を投げて、ズボンを引き裂いて脱いだ。ズボンは靴に引っかかった。靴も燃えていた。ぼくは必死に靴を脱ぎ捨て、手で叩いて火を消した。

墓では、乾いた下生えに火が燃え移っていた。そばの茂みも炎に包まれていた。ぼくは葉の茂った枝を折り、火を消そうとしたが、あたりは乾ききっていたので火は広がるばかりだった。まもなく近くの木にも火がついた。ぼくは大惨事を防ごうと懸命に努力した。突然、森の空気がかすかに動き、微風が火元に迫った。まるで炎そのものが呼吸しているように、火が周囲の酸素を吸いつくし、風はしだいに強まって、炎は枝のあいだを上った。そしてその中心に、破壊のまんなかに、煮えたぎる火葬場があった。

ぼくは石のように動けなかった。火は驚異的なスピードで森じゅうに広がり、つぎつぎに木にたいまつを投じていた。ぼくは、怖くなって葉の茂った枝を振りまわして叩いたが、惨事は刻々と深刻化していった。

「消防車を呼ばなくちゃ!」ぼくは急いで助けを呼びにいこうと思った。でも、なにかが心に引っかかって、できなかった。ぼくは枝で叩きつづけ、目が刺すように痛んだ。火は容赦なく森の端に達し、最前線で荒れ狂った。干し草の納屋がくすぶりはじめ、手がつけられない状態になるのは時間の問題だった。風は小屋に向かって吹いていた。降りそそぐ火の粉は増すばかりだった。鋭い釘のような火が滝のように降りかかった。たちまち屋根の防水フェルトに火がついた。

これは戦争だった。目覚めさせた野獣は、もはや興奮して手がつけられない状態になっていた。その責任はぼくにあった。悪いのはぼくだった。

そのとき、ハインツが現われた。目を見開き、パニックを起こしていた。

「原稿が!」と彼はわめき、玄関のドアを力まかせに開けた。屋根は燃え、さかんに煙を吐いていたが、ハインツは這いつくばってその下を進んだ。だが、目から涙が噴きだし、なにも持たずに戻るしかなかった。もう一度、速攻で突入したが、今度は煙だけでなく、炎が上がっていた——小屋のなかは黄色い光に包まれていた。ハインツは、今回は紙束をひっつかんで飛びだしてきた。子どもを抱くように、愛をこめて強く胸に抱きしめて出てきたかと思うと、咳きこんで草に倒れた。

ぼくは彼のそばに行った。全身すすまみれで、悪臭を放ち、身につけているのはパンツ一枚だった。手には腐ったしっぽを束ねたひもを持っていた。数えやすいように、十本ずつ束ねてあった。これなら確認しやすいはずだ。

「百八十四本です」ぼくはつっかえながら言った。「九十二クローネください」

ハインツは呆然としてぼくを見つめた。そして異臭を放つしっぽを束ねたひもをつかむと、荒れ狂う炎に放りこんだ。

「全部おまえのせいだ！」

茶色の革財布は現われず、金はもらえなかった。ギターは消えた。

期待を裏切られたぼくは、紙束に手を伸ばして火に投げこんだ。そして必死に走って逃げた。

ハインツはわめいて跳び上がった。炎に突入しようとしたが、今度は火に押しもどされた。

消防隊がようやく到着したとき、老兵ハインツは、井戸のふたに座って静かに泣いていた。

13

手のまんなかに親指がある音楽の先生が着任する。キーランキ出身の意外な才能に出会う。


七年生のとき、新しい音楽の先生が来た。グレーゲルという名前で、最南部のスコーネ地方の出身だった。背が高くてくちびるの厚い農家の息子で、農業機械の事故で右手の指を失っていた。唯一残った親指は、溝のあるジャガイモのように巨大だった。事故のあと、グレーゲル先生は教育を受けなおし、音楽の大学院を卒業して、すぐにパヤラ村にやってきた。彼の話す言葉はよくわからなかったけれど、明るい人で、一風変わったユーモアのセンスがあった。最初の授業をぼくは一生忘れないだろう。先生はポケットに手を突っこんだまま弾むように教室に入ってきて、Rの音を響かせるスコーネ地方の話しかたでこう言った。

「やあ、おはよう！　今日から手のまんなかに親指のある先生と一緒に勉強しよう！」

先生は、指のない手を絶妙のタイミングで勢いよく取りだし、とてつもない衝撃を演出した。ぼくらはぎょっとして息を飲んだ。先生は手をさまざまな方向に動かした。毛むくじゃらの拳から突きだしたその親指は、ある角度から見ると、男性器そっくりに見えることにぼくらは気づいた。骨張っていて、不気味で、異様なほどよく動くことだけが違っていた。

グレーゲル先生は目新しくて不思議なものをパヤラ村に持ちこんだ。十二段変速のレース用自転車だ。これほど常識はずれで役に立たないものは、見たことがなかった。革のサドルは石のように硬く、タイヤは葉巻ほどの太さしかなかった。しかも泥よけも荷台もついていなかった。なんだか自転車としてまちがっているような、丸裸のような感じがした。グレーゲル先生は赤いトレーニングウェアに身を包んで、ロケットのように村の道を走りぬけ、ばあさんや地元の子の度肝を抜き、『ハパランダ日報』にはUFOの目撃談があいついで掲載された。先生のせいで犬もおかしくなった。原因は彼のにおい、腸内細菌叢《さいきんそう》にひそむスコーネ的ななにかだったにちがいない。彼が自転車に乗って猛スピードで走ってくると、犬は手がつけられないほど暴れた。逃げだして何キロも彼を追いかけ、力のかぎり吠え、あとを追う群れはどんどん大きくなった。ある日、コルピロンボロへのテスト走行から戻った彼のうしろには、ノルボッテン・スピッツ二頭、スウェディッシュ・フォックスハウンド一頭、イェムトランド・ウルフハウンド一頭、ノルウェジアン・エルクハウンド二頭、雑種数頭がいた。犬はみな白目をむき、殺気だっていた。警察署の外に自転車を止めたグレーゲル先生は、たちまち興奮した群れのボス犬である、まっ黒なラブラドルに襲われた。グレーゲル先生は機会をうかがい、ここぞというときに、高価なサイクリング靴で犬の鼻面を冷静に蹴りつけた。犬は鼻を鳴らし、情けなく吠えながら、よろよろと仲間のもとに戻った。そしてグレーゲル先生は堂々と警察署に入っていった。担当の警官は犬をすべて鎖につないだ。ただ、ラブラドルだけは別で、獣医の手当てが必要だった。その日は一日じゅう、周辺の村から無口な農民がつぎつぎに車でやってきて、犬を連れ帰った。それからというもの、グレーゲル先生は地元のうわさの的になった。

もうひとつ、よく話題になったのは、グレーゲル先生の乗っているような自転車は、どれぐらいスピードが出るのかという疑問だった。ある日の夕方、九年生のスタッファンが、チューンアップしたばかりのスクーターのスピードをケンギスに行く道で試してきたと言った。体をハンドルに低く乗りだして飛ばしたら、時速六十七キロ出たという。そのとき、グレーゲル先生が猛スピードで通りすぎた。力強く軽々とペダルを漕ぎ、たちまち前方の丘のてっぺんを越えて見えなくなった。

金もうけが好きなヴィットライイェンケの若者が、変わった賭けを企画した。グレーゲル先生と、パヤラ発カウニスヴァーラ行きのスクールバスを競走させようというのだ。バスは特に猛スピードで有名というわけではなかったが、それでもやってみようということになった。若者はオッズを計算し、恥知らずなほど高額な手数料を確保したうえで、賭けの参加者を募り、グレーゲル先生を説得してレースに応じさせた。

レースは九月末の水曜に行なわれた。バスはいつものように村の中央学校の裏に停まり、生徒たちは一列に並んで乗りこんだ。レースのことを知らない運転手はバスを発車させ、そのとき、赤いなにかが外を走りぬけるのに気づいた。

次に赤い男が目撃されたのはムッカカンガスだった。バスが通りかかったとき、彼はイェリバレ警察署のパトカーの隣に気をつけの姿勢で立っていた。ひとりの警官が手帳になにやら書きつけ、別の警官が興奮したイェムトランド・ウルフハウンドを警棒で殴っていた。

バスがユプッカに着くころには、グレーゲル先生はふたたび追いついていた。バスはかなりのスピードを出していたが、赤い男はバスのうしろについて風をよけて走った。まもなくバスが下り坂にさしかかると、赤い男はぐっと速度を上げて追いぬき、生徒たちは喝采をあげた。運転手は驚いて鼻をかみ、自分の目が信じられないようだった。

八キロ先、赤い男は道端にかがんで後輪のタイヤを交換していた。キツネがうなってつきまとい、彼はときどき自転車用の空気入れで空気を浴びせて追いはらった。

けれども、そのあと彼の姿は見えなかった。生徒は後部窓に集まり、土ぼこりに目をこらした。だが、道路に人影はなかった。沼や森が飛ぶように遠ざかり、カウニスヴァーラが近づいた。やがて前方に道標が現われ、だれもがもうおしまいだと思いはじめた。

そのとき、小さな点が見えた。赤い人影だった。自転車はしだいに近づいたが、速さが十分ではなかった。ちょうどそのとき、トラクターがバスの正面に現われた。運転していたのは、とんがり帽子をかぶったじいさんだった。トラクターは道のどまんなかにいた。バスは速度を落とし、警笛を鳴らした。トラクターはわずかに端に寄った。バスは追い越そうとしたが、幅はぎりぎりだった。二台の車が道をぴったりふさいだ。赤い男の姿が迫った。

トラクターはエンジンの音を響かせ、のろのろ進んだ。

「グレーゲル先生の負けだな」

道標が見えた。「カウニスヴァーラ」。道はふさがれ、追い越すのは不可能だった。

「見ろ!」七年生のトミーが叫んだ。

道路脇の溝を、なにか赤いものが猛スピードで近づいてきた。砂利と下生えをかきわけ突っ走ってきた。バスの真横に並んだ。そして、道標のところでバスを追いぬいた
一瞬、みな呆然として座りこんだ。今、目にしたことを、うまく理解できなかった。

「スコーネ野郎の勝ちだ！」

太ったラップランド・ハウンドが、木の実を摘んでいたばあさんを突き飛ばし、猛烈に吠えながら赤い男を追いかけていった。

＊

グレーゲル先生には、もうひとつ驚くべき才能があった。トーネダーレン地方のフィンランド語が話せたのだ。スコーネ出身だから、当然、「ウムミッコ」だろうと、栄光あふれる英雄の言葉など知らないだろうと、だれもが思っていた。ところが、彼は話せるという声が、複数の中立的立場の証人から寄せられた。Rの音を響かせてしゃべるよそ者と、われわれの言葉、すなわちトーネダーレン地方のフィンランド語で有益な会話をたっぷり交わしたと、年老いた男女が断言したのである。

グレーゲル先生は南の人らしく快活で、だれかと触れあわずにはいられない欲求が人一倍強かった。彼はレーサー用自転車で黙々と数十キロ走ったあと、自転車を停めてよく地元の人とおしゃべりした。アンティス、カーディス、ピッシニエミ、サイッタローヴァ、キヴィイェルヴィ、コラリで、男や女が、なんの理由もなく呼びとめられる。目を上げると、目の前に火星から来たような汗だくの男がいて、つばを雨のようにまきちらしながらしゃべりまくっている。言っていることはひとこともわからないが、聞いているほうは、念のため、なにも買わないよ、とフィンランド語で伝える。

そのとき、不思議なことに、男がなにを言っているかわかることに彼らは気づく。本当とは思えなかった。あんな酔っぱらいしか発音できないような、ちんぷんかんぷんの言葉を自分たちが理解できるとは、信じられなかった。しかも彼らの言う「ヨー・ヴァルマスティ」とか「ニインケー」という答えを、よそ者はちゃんと理解した。

謎が解けたのは、元税関職員のおかげだった。彼は若いころ、何年かスコーネ地方のヘルシングボリに勤務したことがあった。そのためトーネダーレン地方のフィンランド語とスコーネ方言の両方がわかる、トーネダーレンでは貴重な人材だった。ある日、彼がユホンピエティにあるコンラッド・メキのよろず屋の前を通りかかったとき、グレーゲル先生が外で数人の年寄りとしゃべっていた。税関職員は数メートル離れたところに立って、ひそかに注意深く耳を澄ませた。そして、彼が得た結論を、客観的かつ詳細に、知りたがる人に話してきかせた。長年の習慣から、彼はみずからの考えを記録に残し、ぼくはそれを読んだ。規則に従って本人自筆の署名があり、第三者の証人二名の署名もあった。

話者G（すなわちグレーゲル）は、あきらかに最初から最後まで、はなはだ不明瞭であるスコーネ方言を話しており、例外的にわずかなトーネダーレンの強調表現が（付記1参照）混じっていたが、発音はたいがい誤っていた。同様に、話者A、B、C（老人男子1、老人女子2）は、あきらかに最初から最後までトーネダーレン地方のフィンランド語を話していた。奇妙なことに、双方とも相手の発言を完璧に理解し、会話はすべて論理的に続いた。以下に会話の内容を時間を追って記す。

1　先般の長雨と寒さについて。

2　晩夏におけるジャガイモの生育状況、丸形イモと比較した場合の細長イモの味覚上の長所、雨がイモの腐敗に及ぼす影響について。

3　夏の干し草の収穫と、干し草乾燥棚の数および状況と、晩春の天候が干し草の栄養価に与えた影響について。

4　地元の村人が所有する家畜の数と、乳牛に与える飼葉に関する昨今の比較と、農業の機械化と、トラクターは国境のスウェーデン側とフィンランド側とではどちらが安価であるかについて。

5　最近収穫した形の悪いニンジンのうち、男根に類似したものの数と、それはどの程度、自然の気まぐれであり、どの程度、若者のダンスパーティに対する創造主からの警告であるかについて。

6　天候の回復に関する希望と、別れのあいさつ。

税関職員は、科学的好奇心から、自転車で出発しようとしていたグレーゲル先生を呼びとめ、中立的な態度で、フィンランド語で時間をたずねた。

「ミテス・ケロ・オン?」

「ええ、そうですね。ごきげんよう」グレーゲル先生は愛想よく答えた。

グレーゲル先生は、フィンランド語をまったく知らなかった(例外は、前記の付記1に示されている、発音の誤ったののしり言葉だけだった)。同様に、老人たちも、スコーネ方言はひとこともわからなかった。両者が奇妙にも理解しあえた理由は、ふたつ考えられる。ひとつは驚くほど大げさで明快なグレーゲル先生の身ぶりであり、もうひとつは農業に関する彼の広範にわたるずばぬけた知識だ。

税関職員の息子はウメオ大学で言語学を研究しており、「北スカンジナヴィアの多文化環境におけるバイリンガル理解」をテーマに学位論文を書きはじめたが、途中で飲酒に転向し、結局、完成しなかった。

グレーゲル先生本人は、その話題が出るたびに、ただ笑っていた。スコーネ地方の人はそういう人たちだった。とにかくよく笑うのだ。

＊

学期の始まりの日、グレーゲル先生は音楽室の備品を点検した。シラカバ材のドラムスティックひとクラス分、タンバリン二個（うち一個は破損）、トライアングル二個、ファとラが壊れた木琴一台、中身が漏れるマラカス一個、弦が三本しかないギター一本、フェルトの先端がついた折れたばち一本。ほかに『歌いましょう　第一集』ひとクラス分と、オロフ・セーデルイェルム作詞・作曲『愛国歌集』が数冊あった。

「こりゃまた、ひどいな」グレーゲル先生はつぶやいた。

彼はただちに学校の上層部に取りいり、だれもがそんなものがあるとは知らなかった学校の予算から金を捻出させて、ドラムセットとエレキベースとエレキギターとアンプを買った。さらに最新式のレコードプレイヤーも揃えた。次の授業で、彼は意外にもギターが上手なところを披露した。グレーゲル先生の巨大な左手全体が、毛むくじゃらの南米のオオツチグモのようにフレットからフレットへすばやく動き、右手のただ一本の親指がさまざまなコードを奏で、木管楽器のまねまでやすやすとやってのけた。続いてブルースに転じ、黒人のまねをして歌った――南部のスコーネ出身だから、得意だったようだ。親指の爪をピックがわりに使い、悲しげなギターソロを演奏した。クラス全員が、あっけにとられて見とれた。

ベルが鳴ったあとも、ニイラとぼくは残った。

「どんなにがんばっても、ぼくはそんなにうまくならないだろうな」ニイラが暗い声で言った。

グレーゲル先生はギターを置いた。

「ほら、手を挙げろ」彼は言った。

ニイラは言われたとおりにした。グレーゲル先生も両手を挙げ、指をじっと見た。

「数えろ」

ニイラは言われたとおりにした。六本。

「きみは何本ある？」

「十本です」

もはや言うべきことはなかった。

ぼくらが興味を持っているのを知って、グレーゲル先生は休み時間に練習していいと言ってくれた。ニイラは目を丸くしてエレキギターをそっと鳴らし、弦が押さえやすいといって驚いた。ぼくはベースを手にとった。驚くほど重くて、小銃をストラップでつりさげているようだった。ぼくは二台のアンプのスイッチを入れた。ニイラは指が感電するのではとびくびくしていた。ぼくは弦は絶縁してあるんだから大丈夫だと説明した。

そしてぼくらは弾いた。神経がどうかなりそうだったけど、最高だった。しかも、どうしようもなく下手だった。でも、このときからぼくらのバンドはいくらか本物らしくなった。板で作った手製のおもちゃから始まって、調子はずれのアコースティック・ギターを地下室で鳴らすようになり、それが今ではここでこうして本物にさわっている。ぴかぴかのラッカー、クロームめっきのペグ、たくさんのボタン、静かにハミングするスピーカー。みんな本物だった。最高だった。

最初の難問は、リズムの取りかただった。そもそも、ひとりずつでもひどいのに、それが一緒になったら、もうめちゃくちゃだった。次の難問は、コードチェンジだった。ふたり同時に、リズムを崩さずにコードを変える。そしてまた、元のコードに戻る。

楽器を演奏したことがある人なら、きっとわかるだろう。ぼくらが音楽と呼べるものを奏でられるようになるのは、まだだいぶ先のことだった。

グレーゲル先生はときどき聞いてくれて、親切に助言してくれた。彼の最大の長所は、どこまでも忍耐強いことだった。たとえばある日の昼休み、先生はふたり同時にスタートする方法を教えてくれた。先生は何度もカウントしてくれたのだが、ぼくはきまって三で入り、ニイラは四だった。次に三と四が逆になった。最後にようやく、ふたりとも四で始められるようになり、今度は一で始めてみろと先生は言った。二回目の一、声には出さない一で始めてごらん。

「一、二、三、四、(それ!)」

ニイラは、数学の天才じゃないんだから、そんなのは絶対に無理だと言った。するとグレーゲル先生は怪我したほうの手を挙げ、指を数えろとニイラに言った。

「指が四本ないだろ?　そこのところは黙ってるんだ」グレーゲル先生はぼくらでもわかるように説明した。「で、親指のところで弾きはじめろ」

不思議なことに、うまくいった。初めてぼくらは正しくスタートできた。ぼくは今でも、カウントして曲に入るとき、グレーゲル先生の指が心の目に浮かぶ。

秋じゅうずっと、ぼくらは練習をつづけた。自由時間のほとんどを練習に充てた。休み時間、空き時間、放課後。そしてついに、ある日の昼休み、ぼくらはブルースの曲を一曲、そこそこ上手に演奏しとおすことができた。

先生も聞いていて、よし、というようにうなずいた。

「この調子でがんばれよ」と先生は励ましてくれた。

そして先生は教室のドアを開けた。外の廊下には、ぽっちゃりした顔で、ひたいに長い前髪が垂れた内気そうな少年が立っていた。彼はぼくらには目もくれず、持ってきた長方形の箱を開けた。箱の内側にはやわらかな赤い布が張ってあった。彼は長い指で赤と白のエレキギターを取りだし、片方のアンプにつないでボリュームを上げた。そしてぼくらの演奏をバックに胸が張り裂けそうなソロを弾いた。悲しみが胸に迫る、泣き叫ぶような演奏だった。窓ガラスが同情するように震えた。その音は、ぼくらの耳になじみのある音とはまったく違っていて、ひび割れ、胸を引き裂き、泣きわめいた。悲しみにくれる女のようだった。彼はギターについている小さな箱をいじり、すると嘆きはさらに痛ましくなった。彼はもう一曲ソロを弾いた。耳障りで、吠えるようなギターソロだった。なんだか野獣のようで、とてもこの繊細な十三歳の少年が鳴らしているとは思えなかった。彼の指は飛ぶように弦から弦へ移り、ピックは荒々しい音を滝のように鳴らし、その音に耳はもはや耐えられず、心と体と皮膚だけが反応した。最後に彼は、見たこともないことをやった。ギターから手を離し、スピーカーに近づけたのだ。たちまちギターはひとりでに鳴り、悲劇的な口笛が、オオカミの遠吠えが、笛の音が、同時に響いた。

そして彼はほほえんだ。やさしい、ほとんど少女のような笑顔だった。彼は前髪をかき上げ、スイッチを切った。とてもフィンランド的な顔だちで、瞳は氷のように青かった。

「ジミ・ヘンドリクスだよ」唐突に彼は言った。

ぼくらはカーテンを開けた。十数人の生徒がびっしり集まり、肩を寄せあい、窓に鼻を押しつけていた。音は学校じゅうに響きわたっていた。

グレーゲル先生は夢見るような目でぼくらを見た。

「彼が入れば、きみたちのバンドもましになるだろう。紹介しよう、ホルゲリだ」

ぼくはニイラのほうを向き、悪い予感を小声で知らせた。

「おい、きっとあいつ、やられるぜ」

「なんだって?」グレーゲル先生が言った。

「いえ、なんでもありません」

＊

七年生になると、いじめが深刻化した。当時のパヤラ村中央学校はひどいところで、変なふうにほかの子から目立つと、ろくなことにならなかった。スウェーデンのよその地域から来た人には想像もつかなかっただろう――二百人しか生徒のいない、静かな村の田舎の学校に見えたはずだ。廊下は静かで、活気に欠けるほどに思えたかもしれない。

けれども、なかには危険な生徒もいた。以前から問題は起こしていたのだが、最近になって手のつけられない状態になっていた。おそらく思春期の訪れと関係があるのだろう。性欲と怒りをもて余したのだ。

廊下の暗い片隅で、同級生の太ももや尻などのやわらかい部分をひざで蹴りつけ、内出血を負わせておもしろがるやつもいた。痛みをこらえてふり向くと、そいつはにやりと笑ってこちらを見ていた。やつらは縫い針を手に忍ばせ、すれ違いざまに相手の服の上から体に突き刺すこともあった。二の腕の筋肉を殴ることもよくあり、これをやられると何時間も痛んだ。

いじめる子は、いじめられやすい子を嗅ぎつける能力があった。ほかと違う子は、たちまち彼らの目に留まった。ひとりぼっちの、芸術家タイプの子、頭がよすぎる子は、男女を問わず標的にされた。やられた子のなかに、ハンスという名の、もの静かで小柄な少年がいた。彼は女の子の友だちのほうが多かった。いじめっ子たちは彼の毎日を完全に支配し、彼はすっかりおびえて、廊下をひとりでは歩こうとしなくなった。ハンスはいつもだれかと一緒に行動し、弱いアンテロープのように群れに隠れて身を守った。数年後、彼はストックホルムに引っ越して、ようやくホモセクシャルとして堂々と暮らせるようになった。

ミカエルもいじめられた。彼も恥ずかしがり屋で内向的で、やりかえすことができなかった。彼はあきらかにほかの子と違っていた。自分は特別な人間だと心の底で思っていた。あるとき工作室で、教師が外に出たすきに、いじめっ子たちが彼をとり囲んだ。クラスのサディスト、ウッフェを先頭に、彼らはさまざまなやりかたでミカエルの首を絞めた。ウッフェは嚙み煙草のしみがついた指でミカエルのほっそりした首を絞め、やがてミカエルの口からカエルのような声が漏れた。クラスの子はそばに立って見ているだけで、だれも止めようとしなかった。それどころか、興味津々といってもいいほどだった。人の首っていうのは、ああやって絞めるのか。ほら、あいつの目、あんなに飛びだしたぜ。しばらくすると、好奇心をそそられた数人の子が、自分でもやってみたがった。彼らは相手を押さえつける必要すらなかった。ミカエルは恐怖で身をすくませ、ただじっと座っていた。ほら、こいつ、もう吐きそうだ、そろそろ手を放せ。ほかにやりたいやつは？　来いよ、やってみな。ほら、このアホ、死ぬほど怯えているぜ。そこを絞めつけろ、いや、もうちょっと下だ、そっちのほうが効く。ゲホッ、ゲホッ、ウアアアア……。おまえもやってみろ、こいつ、だれにも言うわけないからさ。見ろよあの首、あんなひょろひょろで、よく生きてるぜ。

廊下でなにが起きているか、教師たちはだいたいわかっていたが、見て見ぬふりをしていた。なかには、自分自身がひどい目に遭っていた教師もいた。スウェーデン南部出身のある女教師は、徹底的ないやがらせを受け、泣きながら教室から逃げだすこともたびたびだった。彼女がなにか言うたびに生徒はせせら笑い、練習問題のプリントを拒否し、彼女の本を隠し、未婚だった彼女に卑猥な言葉を浴びせ、かばんにポルノ写真を入れた。ことあるごとに、いじめる生徒は増えていった。彼らはまったく普通の少年少女だった。同じクラスの生徒だった。その彼らが、心を震わせて熱中した。ときに教室は、息苦しいほどの空気に包まれた。

＊

ホルゲリのソロを聞いたとたん、彼がやられやすい子なのがぼくにはわかった。彼はまさにいじめっ子の標的にされやすいタイプだった。繊細で小柄で、必要以上に注目を集めてしまう。彼のことは廊下で見かけたことはあったが、特に印象に残っていなかった。よそよそしかったけれど、冷たいわけではなかった。遠い集落から通っている無口な少年のひとりで、彼らはほかの子と交わらず、廊下の隅に数人の仲間でかたまって、フィンランド語でぼそぼそ話した。遠い集落の子たちは、パヤラ村にいると落ち着かなかったのだ。ホルゲリの話では、毎年、秋学期が始まるたびに、最初の数週間はつらかったという。長い夏休みのあいだじゅうフィンランド語だけを話していたのに、急に脳みそをスウェーデン語に調整しなおさなければならなかったからだ。慣れるには数週間かかり、そのあいだは正しい言葉が出てこなかったり、文法をまちがったりするから、黙っているのが一番安全だった。

ホルゲリはキーランキから通っていて、スクールバスを待つあいだ、ぼくらはよく話をした。たいていは音楽の話だった。ギターをどこで習ったのかきくと、父さんに教わったと彼は言った。彼の父親は数年前に亡くなっていたが、ホルゲリは詳しいことを話そうとしなかった。父さんはよく、ほろ酔い気分でギターをつま弾きながらリーカヴァーラ地方の民謡を低い声で歌い、そのひざに座らせてもらったのが、幼いころの一番の思い出だという。父さんは爪切りばさみで整えた口ひげをぬぐい、幼い彼の口にトローチをそっと入れてくれた。父さんが死んだあと、フックにつるされたギターが残った。ホルゲリはそのギターを下ろして弦を鳴らしてみた。そうしていると、父さんの眠っている森の奥から声が聞こえるような気がした。

彼の母さんは神経を病んですでに退職しており、息子だけが生きがいだった。ホルゲリがエレキギターとアンプをねだると、本当は靴や服を買う金にも不自由していたのに、手に入れてくれた。

彼もぼくと同じで、いつもラジオのそばに座っていた。彼は自分で指使いを工夫し、ラジオの音に合わせてソロを弾き、空想の世界で天才大スターになって、やすやすと聞く人を驚かせた。彼が加わったことで、バンドは難しい問題に直面した。ニイラは懸命にリズムギターの練習を続けていたが、いまだにコードチェンジがうまくできなかった。純粋に技術的な部分だけを見れば、ホルゲリは格段にうまかったが、彼にはほかのメンバーの音が耳に入らないという欠点があった。彼のソロは、タイミングが早すぎるか遅すぎるかだったし、ぼくらが演奏している曲にそぐわないことがほとんどだった。ぼくはそのことをやさしく指摘してみたが、彼は聞こうとしないか、よそよそしくほほえむか、どちらかだった。ホルゲリは、なんでもシンプルなままにしておけなかった。なんというか、音楽にレースのフリルをつけたがった。音がひとつだけ欲しいときも、彼は和音を鳴らした。和音でつないでいるときはリフを鳴らし、いい感じのリフだと思っていると、ソロになったり、転調して変奏を始めたりした。やめろと言っても無駄だった。ニイラは最初、ホルゲリを嫌っていた。もちろん、ねたましかったのが一番の理由だ。けれども同時に、ホルゲリなしではやっていけないこともわかっていた。

ホルゲリは、キーランキの家で、夕方になると、ときどきソファベッドに座って父の古いギターを弾いた。彼の少年の指が弦をそっとなでると、和音が大きな蝶のように羽ばたいた。和音は木の椅子とぼろ布じゅうたんの上を飛び、ジャガイモを煮ているコンロの上に舞い上がり、壁にかけたカレンダーの前でひらりと方向を変え、時計とノルウェー製の壁掛け織物を通りすぎ、急降下しておまるとほうきの上を飛び、通学かばんをかすめ、ふたたび上昇して揺り椅子に座る母さんのほうに向かい、母さんと、かちかちと鳴る編み針と、ラップランドの毛糸の手袋と、毛糸玉のまわりを飛び、鉢植えのベゴニアと観葉植物のほうに向かい、窓ガラスのところまで上がって、青々とした草地と、シラカバと、乳首のように暖かい夕方の光をちらりと見て、足踏みミシンと、チークのべニヤ製のラジオと、扉の閉じないタンスの前を通り、ふたたびギターに戻って、ほかの蝶たちが外に出ようと騒いでいる暗いサウンドホールに入った。

母さんはなにも言わなかった。ほめもしなければ、邪魔もしなかった。ただそこに座って、ぬくもりを添えていた。

14

パヤラ下水処理場で恐るべきコンテストが開催され、ぼくらは思いがけずバンドのメンバーを見つける。

レスターディウスがどんなに説教しても、医学的な警告がどんなに出されても、家族や友人にどんなに大勢の怖ろしい見本がいても、一部の同級生は週末にばかな酒の飲みかたをするようになった。トーネダーレンはフィンランドからロシアの奥まで延々と続くウォッカ・ベルトに位置し、酔っぱらうのはティーンに人気の放課後や休日の過ごしかただった。光を見た大勢の新米アル中が、休み時間のたびに四十度のウォッカによる福音を説いてまわった。よろこんであとに続こうとする者も多かった。

このころ、カウニスヴァーラの若い連中が、自分たちはノルボッテン地方のだれよりも大酒を飲めるといううわさを広めだした。彼らには確かな証拠があった。去年一年、彼らはイェリバレからキルナまで旅してまわり、アルコール漬けの労働者一家出身の鉱夫の息子たちを大勢飲み負かしたのだ。そんな強者でさえ太刀打ちできないのだから、勝てる者がいるはずがなかった。

カウニスの若者たちはうぬぼれはじめた。疑う相手には片っ端から勝負を挑んだ。パスカイェンケの兄弟ふたりがなにやら相談し、仲介役を買ってでた。彼らはこの件に関してかなりの見識があるだけでなく、ものごとをまとめる才能があると思っており、地区対抗の酒飲みコンテストを開催しようと提案した。

ニュースはたちまち地元の少年たちに広まった。ルールは単純だった。ジュニアのコンテストだから、参加者は九年生以下に限定する。知らせはスクールバスや、いとこや、ポーカー教室や、(特に)スポーツクラブ経由で伝わった。ひとつの地区から一名しか代表を出せなかったので、各地で過酷な予選が行なわれた。そして十月初めの金曜の夜、ついに決勝のときが来た。

コンテストは古びたパヤラ下水処理場で開催されることになっていた。当時、処理場は教会からさほど遠くない急な土手に建っていて、赤れんがの建物は、かすかながらまぎれもない糞臭に包まれていた。だからこそ、どぶろく作りの拠点として使われていたのである。少年たちは最上階に通じる屋根の扉を発見し、桶を置ける静かな隅を見つけた。ここならだれにも邪魔されずに発酵させられるし、汚水のにおいが酵母のにおいを隠してくれた。

ぼくはパスカイェンケの兄弟と知り合いだったので、準備を手伝うことになった。そのひきかえにぼくとニイラはコンテストを見物していいことになった。ぼくらは大きな桶を用意し、水をいっぱいに汲んだ。酒を仕込むのは、ぼくらよりも作りかたに通じている連中の仕事だった。材料はパン用のイーストと砂糖、一部の桶にはジャガイモと干しぶどうも加えられた。何週間か寝かせて、ちょうどいいアルコール度数と香りになるのを待った。パスカイェンケの兄弟は蒸留には関心がなかった。たしかに、かつては「ヒ＝ラ＝グ・シュナップス」という、三兄弟の名前を組みあわせて名づけた蒸留酒を造ったこともあった。手製のラベルが貼ってあって、見かけは本格的だったが、フーゼル油が強すぎて、飲むとうなじの毛が逆立った。機械いじりの好きな長兄は、地元の工業学校でだれも見ていないすきに溶接して作った装置で蒸留に挑戦したことがあった。彼はそれをガレージの電気コンロの上に置いたのだが、溶接がしっかりしていなかったので、漏れたエタノールの蒸気に火がついて、ガレージ全体が爆発した。村の病院に収容された彼は、広範囲にわたるやけどはジャガイモをゆでていた煮えたぎる鍋をひっくり返したせいで、服についたイースト臭は、やけどを冷やそうと母親のパン焼き用のイースト液を体にかけたせいだと説明した。この事件をきっかけに、彼は「パン野郎」と呼ばれるようになり、腕のひじから先は赤いしみだらけで、産毛すら生えていなかった。

この事故のあと、蒸留なんていうのは、ばかがすることだと兄弟のあいだで意見が一致した。あんなのは面倒で不必要な処理で、味は悪くなるし、貴重なビタミンBを失うだけだ。どぶろくが飲めなきゃ本物の男とは言えない。コンテストの参加者も、その条件を満たす必要があった。

夕方になり、処理場の職員が、しあわせにもなにが始まろうとしているのか知らずに帰宅するまで待った。十数人の少年が屋根の扉をくぐり、最上階の倉庫に集まったころには、あたりは暗くなっていた。そこは散らかった汚い部屋で、汚水のにおいがした。コンテストの参加者は、みな輪になって床に座った。彼らは敵の品定めをしながら、開始の手続きを待った。

コルピロンボロから来た少年は、ひたいにそばかすがあり、憂いに満ちた雰囲気で、黒い前髪は乱れていた。ユーノスアンドの子はたえずにやにや笑い、びっくりするほど下くちびるが突きだしていた——あの地域の住人の特徴だ。テーレンドェーの若き希望の星は、あごが割れ、ジャガイモ鼻が垂れていた。ムオドスロンポロの子は、ヒツジのような茶色い巻き毛で、落ち着きがなく、たえずつばを吐いていた。パヤラ代表はパン野郎だった。ひたいは狭く、目は氷のように青く、やぶにらみ気味だった。周辺の集落からも何人か来ていた。ライニオから来たやる気満々の子は、顔色が青白く、信心深そうな印象で、子鹿のように大きくて内気な目をしていた。トリネンの子は、少年のか細い腕の先に巨大な木こりの手がついていて、鼻はブヨにたかられているのかと思うほど黒にきびだらけだった。優勝候補とうわさされるカウニスヴァーラ代表は、村で指折りの敏捷な長距離クロスカントリー・スキーの選手で、くちびるは薄く、背が高く、猫背ぎみで、十四歳にしてマルムロペットのスキー大会で十一位の成績を収め、ぱんぱんにふくらんだトラクターのタイヤ並みの肺活量があった。さらに、フェアプレイを見届けようと応援団も集まっていた。

パン野郎の弟で八年生のエルッキが、うやうやしく最初の桶を開けた。エルッキは、背は低かったものの体つきはがっしりしており、無鉄砲なけんかっぷりで知られていた。泡立つどぶろくを見て、彼もコンテストに参加したいと遅まきながら申し出た。パヤラからはすでに決められた人数の代表が出ているといって、全員が反対した。するとエルッキは、森のサーメ人である自分のルーツをこと細かに語りだし、先祖の名前をつぎつぎに挙げて、彼の言うことは嘘ではないと証言してほしいとパン野郎にせがみ、声はしだいにけんか腰になった。結局、妥協案が認められた。エルッキはサッタイェルヴィの森のサーメ人代表として参加することになり、彼にかわってニイラとぼくがコンテストの給仕役を引き受けた。

ぼくらは手早くどぶろくを配りはじめた。ぼくが注ぎ、ニイラがカップを手渡した。参加者はみな黙って一気に飲み干した。ただちに次の一杯が配られた。勢いよくすすって飲む音がした。三杯目。そのあと、げっぷをして嚙みたばこを入れなおすための休憩が宣言された。みな相手を盗み見て、こんな味気ないお嬢ちゃんの飲みものは初めて飲んだ、こんなのは哺乳びんに入れる代物だというようなことをぶつぶつ言った。応援団と観客は、一滴味見させてほしいとせがみ、認められた。ぼくはひと口ぐっと飲み、生のジャガイモであやうく窒息しかけた。ケーキ用のミックス粉のような味で、地獄のように強かった。

ちゃんと仕事しろと催促され、ぼくは次の桶を開けた。公正を期するため、ぼくはどのカップにもつとめて同じ量を注ぎ、ニイラは全員がすべて飲み干したかどうかを確認した。当然のことながら、空気はしだいに熱くなった。突然、全員がトーネダーレン地方のフィンランド語でわけのわからないことをしゃべりはじめた。おそらく一番しあわせだったのはエルッキだろう。結局のところ、彼はお情けで参加させてもらったわけで、そこにいる全員に握手して感謝の言葉を言いつづけ、とうとうパン野郎に、口を閉じろ、精神を集中させているほかの参加者の邪魔になると怒られた。

いつものように、酒のせいで驚くべき人格の変化が起きた。コルピロンボロ代表の顔は太陽のように輝き、代用教員の先生をネタに卑猥なジョークを言いだした。ユーノスアンド代表は気難しくまゆをしかめ、ここから千五百キロも離れていないある村には、一九三〇年代にナチス党員が大勢いたという話を始め、やがてテーレンドェー代表がはっと気づいてけんか腰になり、ユーノスアンドの知恵遅れの割合について数字を挙げだした。ライニオ代表はそれまでの内気で敬虔な態度を急にすっかり失い、一回一クローネで賭けポーカーをやろうと言った。カウニスヴァーラ代表は、いつからライニオのレスターディウス派の信者はそういうことに興味を持つようになったんだと辛辣に言い放った。ムオドスロンポロ代表は秘密めいた顔になり、自分はお忍びで旅をしていた十八世紀のフランス王族の末裔《まつえい》だと言った。トリネン代表は、自分が知るかぎり、ムオドスロンポロのあたりで有名なのは、地元の家同士の恨みあいと流血沙汰と、芸術の域に達する近親相姦だったはずだがと言った。パン野郎がふたたび全員に黙れと言い、すると全員がパヤラのうぬぼれ屋について皮肉な言葉を吐き、一番大きな場所に住めるように近隣の小さな村を合併するなんて、ただの新しもの好きのナンセンスだし、そういうのをクジャク野郎って言うんだよ、自分は立派だと錯覚しているだけのな、と言った。

さらに二杯飲むと、雰囲気はますます険悪になった。一方、言いあいは低調になり、なにを言っているのかわかりにくくなった。ただひとりご機嫌だったコルピロンボロ代表は、突然、立ち上がった。彼は丁重に詫びを言い、申しわけないがこれで失礼したい、むらむらしてたまらない、やらせてくれるパヤラの女をだれか知らないか、と言った。エルッキが退職したばかりの数学教師の家までの道をこと細かに教え、うまくやれよと言うように、わけ知り顔でウィンクした。残りの連中はいよいよけんかを始めるときだと判断したが、そのまえにまず、全員が小便をして、少々ウォーミングアップする必要があった。けれども小便をすませて戻ってくると、みんな水分不足になってげっそりしており、ニイラとぼくはただちに補給するよう言いつけられた。

みんなまぶたが半分閉じ、舌は分厚くなった。どぶろくのせいで屁がさかんに出て、空気はますます臭くなった。ユーノスアンド代表とテーレンドェー代表のあいだでのろのろしたパンチの応酬があり、やがてふたりは相手の腕に倒れこみ、重なって崩れ落ちた。ムオドスロンポロ代表はそれを見て笑いこけ、手近などぶろくの桶をつかんでゲロを吐いた。それでも戦いつづけると彼は大声で宣言し、がくりと頭を垂れ、座ったまま意識を失った。初心者のだらしなさを見て、カウニスヴァーラ代表はうんざりしたように鼻を鳴らした。

さらに数杯。ライニオ代表は、信心深い家に育って、最近、酒を飲みだしたばかりで、まだそんなに慣れていないのに、ここまで来られたことに驚いているようだった。トリネン代表は、自分は遺伝的に大丈夫だと落ち着いており、一族のアル中の数を数えだした。十二人まで数えたところで横に倒れ、そのまま起きなかった。

ニイラはさらにもうひとつ桶を出した。パン野郎とカウニスヴァーラ代表は、パンチでふらふらになったボクサーのように相手をにらみ、カップの酒を同時に飲み干した。ライニオ代表も残っており、エルッキは、まったくプレッシャーを感じていないようすで、おいしいと言って飲みつづけた。パン野郎はきちんとした文を話せなくなり、子音が発音できず、口からは母音だけが漏れた。カウニスヴァーラ代表は目の具合がおかしくなり、片目を手でふさがないとカップをつかめなかった。それでも、彼はまだ口がきけるのをいいことに、パヤラのストライキ歌を、歌詞をすべてきちんと発音して歌った。それを聞いたライニオ代表は、共産主義者はみんな楽しいシベリアに帰れと言い、さらにレーニンとスターリンはホモ仲間だったんじゃないか、マルクスだって死んでなけりゃきっと一緒にやってたさとまで言った。そしてもう一度、相当びっくりしたようすで、罪を犯すのはとってもいい気分だ、こんなにいいもんなら、もっと早くからやっていればよかったと言った。そしてたっぷり酒を飲んで満足した彼は、壁にもたれ、お祈りも唱えずに眠りに落ちた。

終わりが近いのはあきらかだった。応援団は声援を送りはじめた。カウニスヴァーラの応援団の三人は、ストライキ労働者とスターリン主義者の子孫だった。しらふのときはなにも言わなかったが、今は、革命を起こし、議論を鋭くするのに貢献したのは共産主義者の飲酒癖であり、世界で一番愉快な酔っぱらいは共産党青年団のパーティの連中だと言いたくてうずうずしていた。パヤラの応援団には、ナウリサホ出身とパスカイェンケ出身がひとりずついて、彼らが社会民主主義者だとそろって宣言すると、空気が目に見えて熱くなった。パン野郎とカウニスヴァーラ代表がもう一杯飲むあいだに、カウニスヴァーラの応援団は、おまえらをひとり残らずめった打ちにしてやると息巻いた。彼らはまず最初に美しいトーネダーレン地方のフィンランド語の直喩で言い、次に一音ずつ噛んで含めるように言い、最後に脅すような身ぶりと攻撃的なにらみを利かせて繰り返した。二、三発お見舞いしたら、社会ファシズム主義者は血の小便を漏らすぜ。パヤラの連中は、そういう革命家たちが地元の歴史になにか貢献したことはあったかね、と皮肉たっぷりに言いかえした。ケンギスの近くでバスを壊したのと、森の奥の人里離れた小屋で拳銃をちょっと振りまわしただけじゃないか。カウニスヴァーラの連中は、そんなことを言うのは上流階級のケツの穴を舐めすぎたアホだけだ、それに労働者の活動は、当時も今も正しいと認められていると言った。いよいよというとき、エルッキが争う両者のあいだに割って入り、つっかえながら、けれども巧みに説得した。彼が言うには、これまでずっと共産主義に惹かれてきたけれど、若い社会主義者たちもすばらしいと思っていた、なにしろ彼らは会合のときに菓子パンとジュースを用意するじゃないか、だから彼は政治的な立場を決めかねているのだという。両者とも宣教師のように熱心に彼を口説き、ぼくは職務に忠実にカップに酒を注いだ。

パン野郎は倒れないように壁にもたれさせられた。カウニスヴァーラ代表は、見えているほうの目でもものが二重に見えはじめ、人差し指でまぶたを持ち上げなくてはならなくなった。ふたりとももおとなしくなった。苦痛の限界を超え、酒はもはや死と麻痺をもたらすだけだった。カウニスヴァーラ代表の腕が落ち、まぶたが閉じた。沈黙。これで勝負がついたとだれもが思ったそのとき、カウニスヴァーラ代表が、腕が言うことをきかない、だれか手伝ってくれと言った。仲間のひとりがカップを口まで運んでやり、中身を虚ろな空間に流しこんだ。パン野郎はもはや耳が聞こえず、質問には答えなかったが、身ぶり手ぶりは理解できた。まだカップを口元に運ぶことはできたものの、飲みこむ力はなく、中身をゆっくり口に開けて、酒がひとりでにのどを伝うのを待つしかなかった。引き分けにしてはどうか、とぼくは提案した。カウニスヴァーラの応援団はすぐに反論し、そんな卑怯なことは考えられない、それに、だれがどう見ても勝利は彼らのものなのに、それをパヤラの成り上がりに奪われるわけにはいかないと大声でわめいた。

ぼくはもう一度カップに酒を注いだ。その一杯も、これまでと同じように飲み干された。ぼくは本当に心配になって、ふたりとももう意識がないのだから、両方とも勝ちにするべきだと主張した。カウニスヴァーラの応援団は、彼らのヒーローのまぶたを持ち上げてみせ、目はうつろではない、それどころか勝負をつづけたがっていると言った。だれかがパン野郎の耳に大声で話しかけ、まだつづけたいか、つづけたいなら口を開けろと言った。彼は口を開け、ふたたび口に酒が流しこまれた。

しかし、ついに生命の最後のしるしが消えた。両者の応援団が、荒っぽい手段でふたりを生きかえらせようとした。パン野郎は窮屈そうな角度に崩れ落ち、カウニスヴァーラ代表は舌をだらりと出してよだれを垂らした。ぼくの勧めにしたがって、ふたりは舌を垂らしたまま横向きに横たえられた。どちらも小便を漏らしていた。

エルッキがもう一杯飲ませろと言った。兄と同じで、彼も酔っぱらうと舌がもつれたが、それでもぼくは彼の言っていることをなんとか理解して、もう一杯注いだ。エルッキは酒を飲み干し、ほとんど母音だらけのフィンランド語で、パヤラ村および周辺の酒飲みチャンピオンは、サッタイェルヴィの森のサーメ人代表だと宣言した。

カウニスヴァーラとパヤラの応援団がぼくを見た。ぼくはニイラを見た。彼はうなずき、そのとおりだと言った。エルッキは、たしかにほかのだれよりも一杯多く飲んだ。エルッキはにやりと笑い、こんなに飲んだのは生まれて初めてだというようなことを、しゃがれた声でどもりながら言った。社会民主主義と共産主義のどっちを信じるか考えてみる価値があるけれど、今一番必要なのは、小便することだ、と。

＊

ニイラとぼくは、エルッキに手を貸して屋根の扉から外に出た。カウニスヴァーラの応援団は呆然としてあとに残り、酒を飲んで悲しみを鎮め、その秋最新の自殺事件について語りあった。パヤラの応援団は、パン野郎がゲロを吐いたのに気づき、窒息しないよう、口のなかをきれいにしてやった。甘酸っぱいにおいは、どぶろく下痢がすでに始まっているしるしだった。カウニスヴァーラの倒れた英雄は危険なほど青ざめていたが、スキーで鍛えた強靭な心臓だから大丈夫だろうと思われた。残りの連中は目は開いていたり閉じていたりさまざまだったが、みなブタのようにいびきをかき、明日を憂うことなくしあわせそうに眠っていた。

下水処理場の外で、エルッキは湯気を上げる絵筆で秋空に絵を描いた。ぼくは心から彼におめでとうと言った。そのとき、名案が浮かんだ。若きチャンピオンになったお祝いに、きみに思いがけない贈りものをしたい、とぼくはまじめくさって言った。地元でもっとも有望なロックバンドのドラマーのポジションを、きみにプレゼントしよう。

　ニイラは口を開いたが、ぼくがひじでつついたのでなにも言わなかった。エルッキはドラムスなんて写真すら見たことがないと言った。今みたいにちんちんを持って小便で絵を描けるんだから、ドラムスティックだってうまく使えるさ、とぼくは言った。エルッキは大笑いし、絵筆がところどころ乱れ、話がまとまった。

＊

　こうして次の月曜の昼休みにロックバンドが結成された。いくつかの意味で、忘れがたい一日だった。コンテストから二日たっていたのに、エルッキはまだ二日酔いが残っていた。それでも兄のパン野郎の状態にくらべれば、どうということはなかった。パン野郎は、吐き気の発作の合間に何度も禁酒の誓いを立て、なんと二週間も誓いを守った。カウニスヴァーラ代表は、吐き気に襲われるたびに、情け容赦ない厳しいトレーニングで迎え撃った。トレーニングの内容は、父親の長靴をはき、なかに石を詰めて重たくしたうえで、一番大きな沼を走りぬけ、右手と左手を交互に使ってトラック数台分の薪を割り、楽ができないようにサドルを外した自転車でパヤラの学校に通い、肺を鍛えるために呼吸は一回おきにするというものだった。

　初めのうち、エルッキは演奏するにはドラムスティックを二本使わなければならないと知って尻ごみした。彼が思っていたのの二倍の本数だった。けれども最後には学校のドラムセットの前にしぶしぶ座り、手斧をつかむようにドラムスティックをつかんで、ドラムを力いっぱい叩いた。ドラムセットは竜巻に襲われたようにばらばらになった――スタンドもシンバルもなにもかも。エルッキは、座ったまましばらく宙を見つめていた。そして、二日酔いがだいぶよくなったと言った。彼はいたく感激したらしく、ドラムセットを拾って元どおりにセットし、もう一度試して、また同じ破滅的な結果を招いた。すると彼の頭痛はほぼ完全に消えた。これは驚きだ。あと何分か試したら、きっと震えも汗も止まるにちがいない。

ぼくは、エルッキのまったくリズムのないドラムスではなく、ベースにビートを合わせようと努力し、ニイラとホルゲリがギターで穴を埋めた。「調」などという言葉は、ぼくらはまだ一度も使ったことがなかった。とてもそのレベルではなかった。エルッキは残りのぼくらをまったく気にしていないようで、目は焦点が定まらず、舌を突きだし、口を奇妙な形に曲げていた。早くもエルッキは、多くのドラマーが演奏中に見せる表情をマスターしていた。彼らはほかのときはまったく普通なのに、ドラムセットの前に座ると、脳みそが足りないように見える。

ホルゲリのギターソロの最中に、突然、エルッキは演奏を止めてベルトをゆるめた。ぼくらはわけがわからなくて、演奏を止めた。エルッキは、ロックっていうのは、これまでやったなかで最高に楽しい、酔っぱらうのよりも、マスターベーションよりもずっといいと言った。セックスと較べなかったのは経験がなかったせいだが、いずれにしてもセックスは過大評価されていると彼は思っていたから、結論に影響はなかったと思う。

もう一度やってみなよ、今度は一定のタイミングでドラムを叩くようにしてごらんよ、とぼくは言った。エルッキはためらったが、もう一度試した。結果はさっきよりもひどく、とんでもない騒音に終わった。ドラムスティックからは木のかけらが飛び散り、皮はへこみだらけになり、スタンドのネジがゆるんで、また全部ばらばらになった。ぼくはニイラを見た。彼は首を横に振った。これほどリズム感のない、地獄のような騒ぎは初めてだった。ホルゲリはすでにギターのプラグを抜き、ケースにしまいはじめていた。ニイラも同じだった。ぼくはどうしたらエルッキを怒らせずに辞めさせられるか考えた。プレゼントは一日限りだと言うのはどうだろう。それが一番だろう。そうじゃないと思っていたのなら、それはきみの誤解だと言えばいい。

でも、エルッキに先手を取られた。彼はぼくがひとことも発するまえに立ち上がり、「じゃあな」と明るく言って、教室から元気よく出ていった。

次の瞬間、冷やかす声が校舎の外から聞こえた。控えめだが、勝ち誇った声だった。ドアから外を見ると、エルッキがウッフェと相棒のヨウコにとり押さえられていた。数人の手下がそばに立って見ていた。そのなかのふたりが突然ホルゲリに飛びかかり、ひざまずかせ、首を絞め上げた。

「この腰抜け野郎」やつらは低い声で言った。

ぼくは怖くなった。胃がひっくり返り、襲われるのを覚悟して血管が縮み上がった。なにをされるかわからない状態ほどいやなものはない。今回はどこまでやられるのだろう。どれくらいあざができるだろう。どれぐらい痛いだろう。グレーゲル先生が来るまでどれぐらいかかるだろう。

外で悲鳴が聞こえた。耳をつんざく甲高い声だった。いったいエルッキになにをしているんだろう。まさかナイフは使っていないだろうな。

ぼくは死にそうな気分だった。そのとき、やつらがのたうちまわっているのに気づいた。ヨウコのひたいはすりむけ、開いた傷口から血が噴きだし、彼はさかんにまばたきをした。ウッフェはよだれを垂らし、折れた前歯を拾っていた。

手下たちはおびえて青ざめ、あとずさった。エルッキは下くちびるからあごに血を垂らし、足を引きずって廊下に戻ってきた。
「これでもう、やつらが手出ししてくることはないよ」彼は静かに言った。

15

土曜のサウナのあとで舌がなめらかになる。すべての青年が知るべきことについて。

ぼくの家は、毎週土曜の夕方にサウナに入った。たぶん、有史以前にさかのぼる伝統だろう。時がたつにつれて、姉さんはひとりでサウナに入りたがるようになった——胸がふくらみはじめたころのことだ。姉さんが出たあとに、母さんと父さんとぼくが入った。体じゅうの汚れを汗と一緒に出したあと、石鹼で体を洗い、よくこすって垢を落とし、皮を剝がれたウサギのようにまっ赤になるまでたがいに背中をこすりあった。サウナに入ったら、考えることはただひとつ。おならをしないことだ。これも代々伝えられてきたことで、放りだされたくなかったら、絶対にしてはいけない。最後にもう一度湯気を上げて、肌に残った石鹼かすを溶かし、仕上げに冷たい水ですっかりすすぎ流すと、ありえないほどきれいになった。

でも、この晩は、すべてが違っていた。あとになって気づいたのだが、父さんがすべて仕組んでいたのだろう。雰囲気がなにか変だった。ぴりぴりしていた。ぼくらは隅に洗濯機のある脱衣室に座っていた。母さんはそそくさと出ていった。どう見ても、ぼくと父さんをふたりきりにするためだった。炉では火がぱちぱちと音をたてて燃え、ここちよかった。モミの薪がときおり石炭のかたまりを床に飛ばし、父さんは素足で蹴って外に出した。ぼくらはソーセージを一、二本あぶって食べた——汗をたっぷりかいて塩分を出しきったあとで、腹も減っていたし、とてもおいしかった。父さんはサウナのあとのビールを飲み干し、グロッグに移った。コスケンコルヴァのシュナップスのレモネード割りだ。最初から最後まで、父さんはひとことも口をきかなかった。

いつものぼくなら、父さんがひとりでくつろげるようにサウナを出ていただろう。父さんはひとりが好きだったし、炎を眺めながらフィン・ウゴル族の脳みそを憂いでいっぱいにして、よく何時間も過ごしていた。でも、その日にかぎって、なにかありそうな予感がした。ふだんあまり口をきかない父と息子のあいだには、往々にしてその種の直観的な交流が生じるものだ。父と子は二頭の雄鹿になり、たがいの汗のにおいを嗅ぎ、呼吸に耳をそばだてる。筋肉を強ばらせ、皮膚と血液を通して伝わってくる消化器官からのやわらかなメッセージを読みとり、緊張を解く。ふたりはただの有機体になる。素っ裸になる。ひたいのしわをアイロンで伸ばし、日常の言葉を消し去る。

父さんは咳払いをしたが、なにも言わないまま数分が過ぎた。強ばった舌をほぐすために、父さんはもう一度咳をした。そして酒を飲んだ。ぼくは薪を火にくべた。結露したしずくが冷えたガラスを伝い落ちるのを眺めた。

「つまりその、おまえももう子どもではないわけだ……」父さんがついに口を開き、フィンランド語で話しはじめた。

ぼくは返事をしなかった。ぼくにはひげはまだ一本も生えていなかったけれど、だんだん生意気になっていたし、足は日々でかくなっていたし、これは思春期の始まりのしるしというものだろうかなどと考えていた。

「おまえもきっと不思議に思ったことがあるだろう……心のなかで、いろいろな疑問が浮かんでいるにちがいない……」

ぼくは驚いて父さんをちらりと見た。父さんのあごの筋肉は震えていた。

「人生とか……人のこととか……おまえも少しおとなになったから、知っておいたほうがいいと思う……」

父さんは口をつぐみ、ぼくを見ないようにして、酒をもうひと口ぐっと飲んだ。きっとこれから小鳥とミツバチの話が始まるんだ、とぼくは思った。コンドームとか。

「これから話すことは、父さんとおまえのあいだの秘密だ。人には言うんじゃない。男と男の話だ」

父さんは初めてぼくを見た。どんよりした目だった。ぼくはうなずいた。父さんはまた火に視線を戻した。

「父さんの父さん、つまりおまえのじいさんは、若いころはかなりの暴れ馬だった。だから父さんには腹違いの妹がふたりいる」話は唐突に始まった。「どちらも父さんと同じくらいの歳で、それぞれ子どもがいる。つまり、このパヤラ村一帯には、おまえの知らないいとこが五人いるということだ。三人は女だから、近親婚を避けるために、おまえもだれだか知っておいたほうがいいだろう」

父さんは三人の名前を教えてくれた。ひとりは学校の同学年で、美人だった。

「それはそうとして、もうひとつ話がある。このあたりには、わが一族に危害を加えてきたふたつの家系がある。やつらのことを、今後おまえは日々永遠に憎むことになるだろう。片方は一九二九年の偽証をめぐる裁判にさかのぼり、もう片方は一九〇二年に近所の野郎がおまえのじいさんの父親をだまして手に入れた放牧権にからんでいる。どちらの場合も、やつらの不正には、いかなる犠牲を払っても、ことあるごとに報復しなければならん。やつらが罪を白状して償い、ひざをむきだしにしてひざまずき、赦しを乞うまで、手をゆるめてはならない」

父さんは長年のいきさつをかいつまんで説明した。裁判所への召喚《しょうかん》、対抗召喚、偽証、贈賄《ぞうわい》、収賄、殴りあい、脅迫状、器物損壊、恐喝未遂、さらには有望なエルクハウンドの（その犬はトナカイのように耳にナイフでしるしを刻まれていた）誘拐まであった。あの頭のいかれた連中がわが一族に働いた悪事はとどまるところを知らず、わが一族もできるかぎりの復讐をしてきたが、まだ借りを返すにはほど遠い。一番悪いのは、やつらがわが一族のよからぬうわさを広めていることで、われわれがようやく果たした控えめな反撃のことを、ひどく大げさに言いふらしている。つまり、父さんがダンスホールなんかの人が集まるところに行くときは、用心しなければいかんということだ。かたきを討とうとするやつが茂みや暗がりから急に飛びだしてきて、怖ろしい目に遭うかもしれないからな。

父さんは相手の一族の名を言い、すべての分家と、結婚した人間の名前を挙げた。婚姻によって姓が変わっていても、血が毒されていることに変わりはなかった。このときも、同じ学校に通う子の名前が出た。遠くの小さな村から来ているやせっぽちのちびで、これまでのところ、ぼくにはなんの関心も示していなかった。父さんはそれはうわべだけだと言った。やつらはまったく害がなさそうに見せかけて、安全そうだという偽りの感覚を相手にじわじわ植えつけ、無防備にさせる作戦なんだ。わが一族にも、ナイフで刺されたり、骨を折られたりして、自分のだまされやすさを大いに悔いたのが何人もいる。父さんの言うことは本当だ、信じろ。

　ぼくはこの話を残らず記憶に刻みつけた。父さんは、これはきわめて重大なことであるから、うっかり忘れたり見逃したりしてはいけないと言って、ぼくをテストした。父さんはまた酒をひと口ふた口飲み、なにやらわめきちらし、ぼくにもうなったり鼻を鳴らしたりさせて、狡猾な作戦を手伝わせようとした。父さんはぼくに、村役場に就職しろ、と言った。そうすれば立場を利用して大騒ぎを引き起こせるし、なによりクビになる心配がない。うまくふるまえば、身内びいきだってできるし、わが一族の連中を役場に就職させて、あの偽証野郎や土地泥棒どもがこのあたりにいられないようにすることだってできる。

　レモネードが空になったので、父さんはシュナップスをびんからじかに飲んだ。続いて話はより一般的な情報に移った。ぼくももうじきおとなになって働くのだから、一九三一年の道路工事ストと、一九三三年のアラネン・キーランキョッキの材木の河川運搬作業員のストのときに、だれがスト破りをしたか知っておいたほうがいい。それからナチのシンパだった連中、つまりテーレンドェーとアンティスにいた連中も知っておけ。パヤラにも何人かいたがな。言うまでもなく、第二次世界大戦のときの密告者もだ。そいつらのなかには、今も社会民主主義者を名乗っているのもいるが、そいつらのせいで、共産党員の同僚はストールシーエンの強制収容所に送られて、ヒトラーがスウェーデンに足を踏み入れたとたんに銃殺されたんだ。その連中のなかで、だれがあとで謝罪したか、だれが謝罪しなかったか、そして謝罪しなかったやつの親類には、ことあるごとにその事実を思い知らせてやらねばならないことを、ぼくは教わった。

ほかにも目を光らせておかねばならない一族がいくつもあり、ここでも同じ学校に通う子の名前が出た。父さんはすべての名前を復習したほうがいいと考え、もう一度徹底的におさらいをした。続いて父さんはもう少し一般的な労働運動史の話に移り、なぜ昔のことを忘れない社会主義者は、今も『ハパランダ日報』や『ノルボッテン新報』といった新聞を読もうとしないのか、なぜ買い物は大手スーパーの「スパー」ではなく、協同組合の売店でするべきなのか、なぜ税関職員や森林監督官や小学校の先生やレスターディウス派の信仰復興運動に励む人は、今も疑惑の目で見られるのかといったことを説明した。

それをきっかけに奇妙な慣習の話になり、父さんはコルペラという名のフィンランドの説教師の弟子が関係するレスターディウス派の分派の歴史を詳細に語った。関係する一族の名を挙げ、身を乗りだして大笑いしながら、彼らが水晶の箱船の到来を待つようすを説明し、彼らはヴァギナの穴とケツの穴に絵の具を塗り、木こりよりもひどい言葉でののしり、性交のことを「食う」と言い、トナカイの枝角をつけてばかなゲームに興じ、馬にまたがるように相手の体に乗り、どぶろくを飲みすぎて警察の車で運ばれるときにクソを垂れるんだと言い、あんなに人里離れた僻地《へきち》で限られた可能性しかない人生を送っているから、お楽しみはとことんやるもんだと思ってるのさ、と言った。

ぼくはびっくりして開いた口がふさがらず、からかっているのかと父さんにきいた——そんな話を聞くのは生まれて初めてだったからだ。父さんは、今のはまだ、彼らがやっていることをきれいにとりつくろって話したにすぎない、あとのことは、おまえがもっとセックスのことがわかるようになったら話してやると言った。

トーネダーレンが、ぼくの目の前で一変したような気がした。ぼくが育った土地は、そこに住むすべての人々がからむ大量の糸が交差しているらしかった。それは、憎しみと、肉欲と、恐怖と、記憶からなる、とてつもなく大きくて強力なクモの巣だった。その巣は四次元で、粘着力のある糸は時の前にもうしろにも伸び、地中深く埋められた死体にも、いまだ生まれていない天上の赤ん坊にも届き、好むと好まざるとにかかわらず、ぼくを包み、力を及ぼしつづけるだろう。それは力強く、美しく、ぼくを果てしなく怯えさせた。さっきまで子どもだったぼくに、父さんは見る術を教えた。ルーツ、文化――なんと呼ぼうと、それはぼくのものだった。

最後に父さんは、わが一族の弱点の話をした。一族には大酒飲みがいた。今、父さんがぼくに酒を勧めないのは、それが理由だった。アルコールという名の毒に手を染めるのは、成人に達するまで待ったほうがいい、酔っぱらう技術というのは複雑で、ある程度、おとなになっていないと難しいからだ。そのときが来て、酒が好きになったら、用心したほうがいい。アルコールには全身にぬくもりと元気を広める性質があるが、ふつうの人は酒を苦いとかまずいとか感じるものだ。それにもかかわらず、大勢のアル中が酒の味が好きだと断言するのを父さんは耳にしてきた。それが彼らが身を持ち崩す原因になったのはまちがいない。

さらに、わが一族には、酔っぱらうと暴力をふるうのがいた。実際に試してみないと、自分がそうなるかどうかはわからないが、気をつけておくのは大切だ。酒が入ると自分を見失うタイプだと、ハパランダの留置場にぶちこまれるだけでなく、罰金を食らったり、ナイフでやられて消えない傷跡が残るはめになるのは避けられないからだ。だから、安全のためにも、初めて酔っぱらうときは、鍵をかけて自分の部屋にこもり、ひとりだけでやれ。それで喧嘩したくてたまらなくなるようだったら、人と一緒のときは強い酒を飲まないようにしろ。それでもだめなら、ごく若いうちに、しらふでダンスパーティに行くのに慣れるしかない。それに慣れるのはものすごく難しいが、不可能ではない。

続いて父さんは、わが一族のなかで心を病んだ人々の名前を挙げた。何人かにはぼくも会ったことがあった。ひとりはイェリバレの精神病院にいて、もうひとりはピテオにいた。医学用語で統合失調症と呼ばれる病気で、遺伝的にわが一族に伝わっているらしい。なにかをきっかけに十八歳ぐらいで発病する。恋愛のフラストレーションが原因になることもある。頼むから、セックス恐怖症のめんどうな女とは関わりにならないように、よくよく気をつけるんだぞ、と父さんは言った。セックスに応じない女にしつこくつきまとうより、父さんを見習って、恥じらいのない尻の大きな農民の娘を見つけるのが一番だ。

憂鬱な思いにふけるのも、心を病む原因のひとつだった。ものごとをあまり考えすぎてはいけない、できるだけ考えないようにしろ、考えるっていうのは、すればするほど心を傷つけるからな、と父さんはぼくに強く忠告した。その毒を消すには、きつい肉体労働が効く。雪かきをしたり、薪を割ったり、クロスカントリー・スキーをしたりするのが一番だ。なぜなら、ソファに座ってだらだらしたり、なにかに寄りかかって休んだりしているときに、人は考えるってことを始めがちだからだ。朝早く起きるのもいい。特に二日酔いの週末は早く起きろ。たちの悪い考えっていうのは、そういうときにウジ虫みたいに心に這いこむんだ。

とりわけ大切なのは、宗教についてくよくよ考えないことだ。神と死と人生の意味なんていうのは、若くて傷つきやすい心にはきわめて危険な問題だ。うっそうとした森のように、たちまち道を見失って、最後には深刻な狂気の発作に襲われる。そういう問題は、歳をとるまで安心して放っておけばいい。そのころにはおまえも頑固になって強くなっているし、ほかにたいしてすることもないだろうからな。信仰確認の授業は、純粋に論理の練習だと考えろ。いくつかの文章と儀式を暗記すればいいだけで、なにかを心配しはじめるためのものではけっしてない。

なによりも危険で、なによりも警告したいものがある。それは読書だ。そのせいで、大勢の不運な若者がたそがれの狂気の世界へ追いやられた。このけしからん習慣は、若い世代のあいだに広がっているようだが、ぼくがその傾向をまったく示していないことが、言葉では言いつくせないほどうれしい、と父さんは言った。精神病院は本を読みすぎた連中であふれている。その連中も、昔は父さんやぼくと同じように、強い体を持ち、率直で、快活で、バランスがとれていた。それなのに彼らは本を読みはじめた。始まりは、たいていは偶然だ。おおかたインフルエンザかなにかにやられて何日か寝こみ、魅力的な本の表紙に好奇心をかきたてられたんだろう。そして突然、悪い習慣にとりつかれたんだ。最初の一冊が次の一冊に続き、さらに次の一冊、次の一冊に続き、すべてが鎖のようにつながって、精神病の永遠の暗闇にまっさかさまに落ちていったのさ。止める術はなかった。麻薬よりも悪かった。

注意深くやれば、たまに本を見て知識を得るというのも可能かもしれない。百科事典とか修理マニュアルのような本だ。一番危ないのは小説だ――小説なんていうのは憂鬱な考えだらけで、それを奨励しているようなものだ。まったくけしからん。あんな中毒性のある危ないものは、国が管理する専売店で、免許を持ったおとなにだけ配給制で与えるようにするべきだ。

そのとき、階段の上から食事の時間だと呼ぶ母さんの大きな声が聞こえた。ぼくらはタオルを体に巻き、二階に向かった。父さんは少々ふらふらしており、足の親指を階段にぶつけたが、痛みは感じなかったらしい。
こうしてぼくは、おとなの仲間入りをした。

16

悪い男が固く凍った雪と親しくなり、その妻に冷たい飲みものがふるまわれる。

ニイラの父親のイーサックは、息子の思春期を殴ることで止めようとした。思春期の目覚めが進めば進むほど、激しく殴った。イーサックは前よりも頻繁に飲んだくれの発作を起こすようになり、その状態は長く続いた。しらふのときはむっつりして、怒りっぽく、ふさぎこんだ。家のあらゆる場所における行動の規則作りに精を出し、違反者を見つけると規定に従って罰を与えた。
イーサックは自分はきわめて公平だと思っていた。独裁者の常として、彼はよく、自分はまったくやっかいな仕事をしていると文句を言った。それなのに、家族は感謝というものを知らない。自分がいなくなったら——遠い先のことではないだろう——この家はどんな悲惨なことになるか知れたものではない。アル中患者がみなそうであるように、彼は頻繁に死を考えた。死を待ちわび、自殺すると言いながら、実はなによりも死を怖れていた。イーサックはひどくふさぎこむようになり、それにつれて死の願望も強くなった。彼はよく台所のテーブルに新聞紙を広げ、古いムース用ライフルの手入れをした。装置を点検し、分解して油を差し、目を銃身に当て、無限へと螺旋《らせん》を描くライフルの溝をたどった。親戚が来ると、遺産の分配や、好きな賛美歌や、訃報に使ってほしい聖書の引用箇所の話ばかりした。子どもたちはその考えに慣れようとしたが、何度聞いてもぞっとした。イーサックの帰りがいつもより遅いと、子どもたちはなにか口実を作って地下室に行ったり、ガレージや屋根裏を見にいった。父がついに実行したのか確かめるためだったが、だれも口には出さなかった。イーサックが平手やベルトで子どもを殴るとき、その目は消え、頭蓋骨に開いた暗い穴になった。彼はこの世のものではなく、すでに腐敗が始まり、半分は神のもとに、あるいは悪魔のもとにあった。みずからの義務と正義を強く意識するあまり、イーサックは殴りながら泣いた。ベルトでむち打つ彼のほほを涙が伝い落ちた。子を殴るわけのわからない情熱を、彼は愛と呼んだ。

酒を飲むとイーサックは現実の人生に近づいた。ほほに血の気が差し、干上がった川底に水が戻り、流れがよみがえった。笑い声をあげ、最初の数杯を楽しみ、女や食べものや金に欲望を抱いた。だが、嫉妬心も同じ割合で増大した。嫉妬は主に息子に向けられ、彼らが成長すればするほど強烈になった。一番きつく当たったのは、だれよりもおとなに近い長男のヨーハンだった。ヨーハンがもうすぐ自分の女を手に入れることに、熱々の若い恋人同士になることに、その若い体が強い酒で蝕まれていないことに、近いうちに自分で金を稼いで独立した生活を営み、この世のありとあらゆる誘惑を楽しめるようになることに、それにひきかえ自分は冷酷なウジに食いつくされるであろうことに、イーサックは嫉妬した。イーサックは夢を見た。ヨーハンが彼に向かってやってきて、無理やり彼の口を開き、ぼろぼろの歯を一本ずつ押して腐った歯茎にめりこませる夢だった。ヨーハンは歯茎に歯が一本もなくなるまで押しつづけた。平らな歯茎には血がにじみ、釘で傷ついたイエス・キリストの手を思わせた。

思春期は死よりも力強かった。それはアスファルトを突き破って成長する草であり、シャツを引き裂く胸郭であり、ウォッカよりも強い血のほとばしりだった。心の底では、イーサックは息子たちを殺したいと思っていた。だが、それは禁じられた思いだったから、彼は修正して、息子を殴ることに、たっぷり殴ることに、延々と続く処刑に変えた。それでも、息子たちの成長を止めることはできなかった。

ある早春の土曜日、十六歳のヨーハンと、十三歳のニイラは、イーサックの命令で一緒に森に行った。真昼の太陽が照りつけて、積雪の表面を覆う固く凍ったクラストが溶けてしまう前に、丸太の山を林道に移す必要があった。イーサックは家のコンロにくべる木を安く手に入れていたのだ。彼は借りたスノーモービルで荒野に向かい、木の切り株や草むらをぬって走り、牽引するトレーラーに乗った息子たちは肩をぶつけあい、風で冷えたほほを手でこすって暖めた。ふたりはたがいになにやら言いあい、たびたび父親の背中をにらみつけたが、エンジンの音がうるさくて、なにを言っているのかは聞こえなかった。

よく晴れた日だった。モミの木のてっぺんから差しこんだ光が、雪のプリズムで輝いた。春風に吹かれて、こけのかたまりや樹皮のかけらが地上に落ち、雪のクラストを溶かして徐々に沈んだ。夜のあいだに降りた霜で、積もった雪の表面は床のように一面に固くなり、親指を突き立てて引き上げると、大きな板状の氷が持ち上がった。その下の雪はさらさらとやわらかく、足を踏み入れるとももまで沈んだ。

イーサックは雪に覆われた丸太の山を蹴りつけ、シャベルを取りだし、雪をどけろとヨーハンに言いつけた。さっさと仕事にかかれ、おまえたちがだらだらしているせいで、真昼の太陽で雪が溶ける前に終わらなかったら、とんでもないことになる、笑いごとじゃすまないからな。

ヨーハンは無言でシャベルを手にとると、丸太の山にそっと立てかけた。次に手袋をはずし、憎しみのこもったパンチを父親に食らわせた。拳は右のまゆの上に命中した。イーサックはバランスを崩し、あお向けに倒れた。吠えるような悲鳴が果てしない静寂に響いた。ヨーハンは父親を殴りつづけた。鼻、あご、ほほ骨。ニイラは打ち合わせどおりに父親の足に飛びつき、腹を激しく殴った。武器は使わなかった。ただ、骨ばったげんこつを、強くて固い若者の拳だけを使って、ひたすら殴りつづけた。イーサックはワニのように体をよじり、わめきつづけた。体は押されて固いクラストを突き破り、やわらかな雪に沈んだ。イーサックは腕を振りまわし、口のなかは雪だらけだった。粘りけのある赤い血が大量に流れ、目は腫れ上がってふさがった。それでも息子たちは殴りつづけた。イーサックは足を蹴って懸命に体を守り、このときばかりは命のために戦った。彼はニイラののどをつかみ、強く絞めつけた。ヨーハンが父親の小指をうしろに反らせ、イーサックは悲鳴をあげて手を放した。彼はクラストを突き破って沈み、冷たい白い泡のなかで溺れかけているように激しくもがいた。強烈なパンチがさらに浴びせられた。鉄の平板を重たいハンマーで叩いているようだった。赤熱した鉄は、打たれるたびに輝きを失い、黒く、硬くなっていった。

ついにイーサックは動かなくなった。息子たちは息を切らして立ち上がり、クラストの上によじ登った。父親は雪穴の底に横たわり、空を背景に輪郭を描く息子の姿を見上げた。息子たちは墓を思わせる穴をのぞき、ふたりの牧師のようにささやきを交わした。雪片が溶け、父親のデスマスクは冷たくなっていった。

「降参するか?」ヨーハンは、声変わり中の若者特有の甲高い声で怒鳴った。

「地獄に落ちろ！」イーサックは血を吐き、あえぐように言った。

ふたりは飛び降りて穴に戻った。もう一度。彼らは汗まみれになって父親を殴り、そのアルコール漬けの顔が崩れるまでめった打ちにし、ポンコツから最後の命を奪って、きっぱり決着をつけた。

「降参するか？」

父親は泣きだした。もはや体は動かず、深い墓穴の底で泣きじゃくった。息子たちはよじ登って外に出て、火を起こし、すすけた鍋で雪を溶かした。コーヒーが沸き、かすが底に沈むと、広がる香りに誘われてシベリアカケスが舞い上がり、木の幹の陰から顔をのぞかせた。ふたりは父親を引っぱり上げ、トナカイの毛皮に寝かせた。殴られて潰れたくちびるのあいだに角砂糖を押しこみ、湯気の立つカップを渡した。みじめな姿でコーヒーをすするイーサックに、ヨーハンは静かに言いきかせた。今度、家族のだれかに手を上げたら、殴り殺すからな。

それからの数日、ふたりは不意の仕返しを覚悟して過ごした。寝ているあいだに突然やられないように、寝室には鍵をかけ、ムース用ライフルのボルトを隠し、そのへんにナイフを出したままにしないよう気をつけた。母親はベッドに横たわる夫を看病し、サワーミルクとブルーベリーのスープを飲ませ、湿布を替えた。彼女は息子たちに目で問いかけたが声には出さなかった。それでも、ふたりが夫のいる部屋を避けているのはわかっていた。イーサックもなにも言わなかった。彼は白塗りの天井のひび割れを見つめた。細く黒い線が曲がりくねって乱れ、枝分かれして、急に途絶えた。痛みにあえぎながら、イーサックはその天井の道を歩いた。家や農場を通りすぎ、地元の人と知り合い、村の名前を覚えた。川辺を歩き、釣りで運試しをし、いたるところに猟獣がいて木の実がなっている森を歩き、低い山に登り、すばらしい景色を楽しんだ。やがてここに住みたいと思う場所に出て、モミの木を切り倒して家を建てた。そして、その家でたったひとりで人生を送った。肉と魚は豊富にあり、火をおこす薪もたっぷりあった。冬は長かったがそれには慣れていたし、夏は輝く光に満ちていた。ふたつだけ、旧世界と違う点があった。ひとつは、蚊がまったくいないことだった。クラウドベリーが黄色い拳のように垂れ下がる、巨大な沼のほとりにさえいなかった。蚊も、ブヨも、どんな種類のアブも、いなかった。嚙まれたり刺されたりする心配がまったくない、奇妙な森の世界だった。

ふたつ目は、罪がないことだった。

そのことに気づいたとき、イーサックは魂の奥底で震えた。ついに楽園を見つけたのだ。どんなに探しても、悪は見つからなかった。自然は命を生んで育み、食いつ食われつし、その飢えと死の輪はけっして終わることなく続いた。だが、それは罪なき戦いであり、堕落とは無縁だった。自然は、彼のまわりで、彼のなかで、彼を通して、呼吸した。絶望は捨てよう。水に溺れないための必死の戦いはやめよう。彼はただ、穴のようにみずからを開き、よき新緑の空気を受けいれ、体のすみずみに吹きわたらせた。

こうしてイーサックは、思いがけず生涯で二度目の神との出会いを果たした。

＊

時がたつにつれてイーサックは回復し、ふたたび怒りっぽくなった。それ以上を期待しても無理というものだ。けれども、自殺を口にすることはなくなった。そして、だれかれかまわず殴ることもなくなった。息子の脅しを真剣に受け止めたからだ。そのかわり、歳をとるのも悪くないと思うようになった。何年もたって息子たちが巣立ったあと、イーサックは妻を殴る伝統を復活させようとしたが、妻もすっかり変わっており、殴りかえしてきた。

かわりに、彼はゴミの収集係にいやがらせをしたり、自動車の公式走行試験をしている技術者に文句を言ったり、所有する土地の境界線をいじったりして過ごした。ありとあらゆる役所に手当たりしだいに抗議したり、さまざまな要求を突きつけたりもした。だが、彼には人をその気にさせて動かす才能がなかったので、どんなにわめいても担当者に相手にされなかった。

それは家族全員に影響を及ぼす、大陸移動級の変化だった。風景は崩れ落ち、新しい輪郭を帯びた。これまでずっと自分がおとりになって子どもを守ってきたニイラの母親にも、突然の休息の機会が訪れた。彼女はそれに慣れることができず、ふさぎこんだ。自分は疎外された価値のない人間だと思うようになった。子どもたちは自分でやっていけるようになり、殴られ役や仲裁役としての彼女を必要としなくなった。戦いが終わった今、彼女はどうやって生きていけばいいかわからなかった。

自分のことを考える時間ができると、彼女は急に痛みや苦痛に襲われた。このごろは家のなかで彼女の声が聞こえることもあったが、経験不足でためらいがちなその声は、古い車輪のように単調に甲高くきしんだ。彼女が口を開いたとたん、くたびれたふわふわの大きなかたまりが家じゅうにあふれ、腰の高さまで積もって、歩きまわれなくなった。幼い妹と赤ん坊の弟は手がつけられなくなった。ようやく勇気を出して成長しはじめた子どもたちは、息が詰まりそうな家の空気から徐々に距離を置いた。母親は灰色の膜を吐いて子どもを包んだが、彼らはそれを勢いよく払いのけ、人生に舌を出した。母親は作戦を変え、おまえたちのせいで病気になる、自分が苦しんでいるのはおまえたちのせいだと言った。来る日も来る日も繰り返し言いつづけ、ついに子どもたちは抵抗できなくなった。クモの巣は糸を一本ずつからめて子どもたちを包みこみ、動こうとしてもひどく難しく、べたついた。子どもたちは抵抗し、幼い歯で糸を嚙み切ろうとしたが、逃れることはできなかった。

ヨーハンは今では家長のような立場にあったが、なにが起きているのか理解できなかった。イーサックはヒステリー状態のちびたちには関わろうとせず、原罪をしかるべく処罰しないからああいうことになるのだと言った。家全体が腐ってばらばらに崩れていくようだった。生への欲望が床板のすきまにしたたり、徐々に腐らせていた。あまりにひどい状態に、だれもがもう一度殴られたいと願うようになった。初めに殴られておけば、次に神の恩寵が訪れるにちがいない。

ついにヨーハンが母親に詰めよった。

「母さん、そろそろ仕事を探せ」彼は言った。

母親は青ざめた。こんなにやつれて苦しんでいるわたしを、死に追いやろうというのか。

「そろそろ仕事を探せ」もう一度ヨーハンは言った。

彼女は拒んだ。そんなことをしたら、笑い者になるだけだ、なんの資格もない年増の女をだれが雇うというのか。

「食事の配達とか」ヨーハンは言った。「学校の給食とか、老人ホームとか」

母親は答えず、台所のソファにだらしなく倒れこみ、ぜんそくの発作を起こして呼吸困難になった。床の子どもたちは言い争いをやめ、イーサックは揺り椅子で凍りついた。母親は息ができず、身をくねらせてもだえた。救急車を呼ぼうと電話に走ったニイラを、ヨーハンが止めた。ヨーハンは黙って冷蔵庫から牛乳びんを出してきた。そして母親のそばへ行き、頭の上から浴びせた。白い洪水が、顔を、胸を、スカートを、しわの寄った靴下を伝い落ちた。おびただしい量の牛乳であたりはめちゃめちゃだった。しかも冷たかった。

母親は赤ん坊のように手足をばたつかせ、かんかんに怒って、突然、力をとり戻して立ち上がった。そして彼女は、生まれて初めてヨーハンを殴った。音が響くほど強烈な一発を、耳に食らわせた。

「そろそろ仕事を探せ」ヨーハンはさらにもう一度言った。

荒々しい一撃が手で脈打つのを彼女は感じた。その力が腕から肩へ、そして背中の筋肉へと今も流れているのを感じた。彼女は驚いて体を前後にひねり、まっ赤な顔であたりを見まわした。痛みは消えていた。

17

五月のたき火に火をともし、武器を入手し、ふたりの若き森のゲリラの首に懸賞がかけられる。

成長するにつれて、ぼくらはパヤラ村の仕組みがしだいにわかってきた。村は七つの地区でできており、それぞれにナウリサホ、ストランドヴェーゲン、セントルムというように、非公式の呼び名があった。荒涼とした西部の新しい住宅地には、テキサスというぴったりの名前がついていた。下水処理場周辺はパスカイェンケと呼ばれ、これはフィンランド語で「クソの沼」という意味だったし、前にも言ったように、ぼくの住んでいるあたりは「おまんこの沼」、ヴィットライェンケと呼ばれていた。

男子は地区ごとにギャング団を作り、それぞれに大将がいた。ギャング団同士は、友好的に協力することもあれば、張り合うこともあり、剣を抜きたくてうずうずしていることもあれば、おおっぴらに戦っていることもあり、そのときどきで関係は変化した。言いようによっては、微妙な力のバランスを保っていた。ときにはふたつのギャング団が一緒になって第三者と戦うこともあったし、自由参加の乱闘のこともあった。

どこよりも子どもの多い地区に生まれていれば、あちこちのギャング団から戦いを挑まれるのは幼いころから慣れっこになるものだ。そういうときは、戦いに加わり、自分にできることをすればいい。冬の夕方に道路で開催されるアイスホッケーの大試合。街灯の下の明るい場所が決戦場だ。雪の山をゴールポストに見立て、除雪車が道路の両側に積み上げた雪がタッチラインだ。スティックは金物屋で買うか兄に借り（左利き用か右利き用かは、この際、問わない）、パックはテニスボールか中古品を使う。防具はなく、審判もいなかった。それでも、十人か十五人の生意気な子が、絶対に勝ってやるという並々ならない決意を固めて集まった。

二対二まではかなりスムーズに進んだ。エネルギッシュなフォアチェック、ぞくぞくする単独ダッシュ、パスに見せかけたシュートはロケットのように飛び、あとで雪の吹きだまりに落ちたパックを延々と探すはめになった。ぼくらはみな、アイスホッケーのスウェーデン代表チームのヒーローになりきってプレーした――ウッフェ・ステネール、スティッセ、リッルプロステン、あるいはカナダからのテレビ中継で見た、強烈なショットでパックを鉄板にめりこませたフィル・エスポジト。

そろそろ、最初にくちびるを切る子が出るころだった。センターフォワードのスティックが長すぎて、うしろに数十センチ突きだしたハンドルがだれかの顔を直撃する。歯は折れないが、大量の血が出る。劇的な多数決が採られ、その子は試合からはずされる。

次はタックル。露骨な反則だ。雪に突っこむ。続いて別の子が背後からやられる。興奮した話し合い。あのゴールは認められない、だれかがゴールポストを動かしたんだ。抗議。それに対する抗議。パックが股間に命中する。涙。ペナルティ。さらに一発。パックが顔のすぐ横をかすめる。ひじ鉄砲。吹きだまりに肩から突っこむ。つまずいて転ぶ。鼻を殴る。

わけがわからないうちに、少年のうち十人は除雪車の積み上げた雪の山になかば埋まり、口のなかが雪だらけになる、遠くのゴールで、ひとりの子がパックを何度も出したり入れたりする。彼のチームは百対三で勝利を収め、彼はたったひとりで輝く雪の銀河をとぼとぼ帰る。

＊

パヤラ村では、四月の最後の日にたき火に点火し、五月になるまで燃やしつづける習わしがあった。このたき火も少年ギャング団の格好の競争の場で、それぞれが薪や燃やすものを争って集めた。この競争は、年が明けてすぐ、クリスマスツリーが道に捨てられるころから始まった。足蹴り式のそりにモミの針葉を山のように積んだ少年たちが、突如として村にあふれた。一番派手だったのは、パスカイェンケ対ストランドヴェーゲンの競争だった。どちらの地区も川沿いにあり、好きなだけ大きなたき火を燃やせたからだ。なんといっても、どこよりも大きいたき火を燃やすことが、この競争の目的だった。

枯れたクリスマスツリーの山の上には、燃やせるものを手当たりしだいに乗せた。商店から出た空の段ボール箱、解体された家の材木、車のタイヤ、プラスチックのバケツ、家具、空の牛乳パック、折れたスキー、木の板、靴、なんと教科書まで燃やされた。ときどき周辺のたき火に偵察係が派遣され、大きさを較べ、進み具合を報告した。

ときには、よそのたき火から燃やすものを盗んでくることもあった。

暴力ざたもあったが、ホッケーの試合ほどではなかった。相手を威嚇するには、思わせぶりな脅しをかけたり、意地を張ったり、小ずるいことをするほうが多かった。

たとえば、材料をできるだけ高く積んで、たき火を実際よりも大きく見せかけることもあった。極端にやりすぎると、高層ビルのように揺らいで近くの見物人を二十人ぐらい殺してしまう殺人たき火になる危険があった。けれども、せっかく積み上げた塔も、たいていはものわかりの悪いおとなに点火前にとり壊され、常識的な積みかたに直された。

あるとき、ライバルに絶望的な遅れをとったギャングたちが、相手がみごとに積み上げた山に数日前に火をつけた。けれどもあまりに卑劣なやりかただったので、彼らのたき火が一等になっても、だれにも感心してもらえなかった。

少年たちは燃えるゴミ山を囲んで雪の上に立ち、爆竹を投げこみながら、数カ月間の仕事が煙と消えるのを見守った。彼らにとっては、これがごほうびだった。最後の仕上げのために、どのギャング団も二発の打ち上げ花火を大切にとっておいた。終わりに近づき、空がすっかり暗くなったころ、花火は打ち上げられた。花火は伸びゆく草花の茎のように空高く昇り、きらめく花を咲かせた。そして春になった。ようやく春が訪れた。

*

もう少し年上になると、男なら空気銃を持て、という雰囲気になった。ぼくも父さんに何カ月もねだり、ようやく買ってもらえた。銃は中古でかなり傷だらけだった。撃つと髪が乱れるほど空気が漏れ、パワー不足で弾が銃口から出てこなかった。絶縁テープで補修し、ばねを締めなおすとだいぶよくなったが、必殺兵器にはほど遠かった。放課後、ぼくはガレージの壁に描いた標的で射撃の練習をした。照準は調整しても直らず、つねに標的の左上を狙う必要があった。一度、父さんが試しに撃ったのだが、標的に一発も命中しなかったので腹を立て、遠視のせいだと負け惜しみを言った。

空気銃のせいで、ギャングは荒っぽく、騒々しくなった。少年たちは群れてうろついた。汗をかき、興奮し、ズボンのひざは汚れていた。小屋の壁に向かっていっせいにちんちんを出して小便飛ばし競争をしたり、覚えたての悪い言葉を使ったり、目いっぱいいたずらをしたりした。群れるのは楽しかった。強くなった気がした。そして、よそのギャングと出会ったら――連中も同じように興奮し、完全武装していた――たちまち空気銃戦争が始まった。

おとなに邪魔されないように、戦いは川向こうの広い森で行なわれた。ぼくも加わりたかったけれど、それだけの実力があるかどうか自信がなかった。まだ七年生になったばかりで、上級生からは弱虫呼ばわりされていた。スクーターは持っていなかったし、空気銃は自慢できるような代物ではなかった。ニイラはといえば、いとこから東ドイツ製のポンプ連射式空気銃を借りていて、怖ろしいほどの威力があった。その銃なら固い板を撃ちぬけただろうが、ぼくのはかすり傷さえつけられるかどうか怪しかった。

ある日の午後、ぼくらは前線に出かけてみることにした。ぼくらは銃を肩に担いで自転車に乗り、古い橋を渡った。まもなく川と村は背後に消え、分厚い下生えが一面に茂る松林に入った。製材所を通りすぎ、でこぼこの林道に入り、自転車を茂みに隠した。森は不気味な静けさに包まれていた。さほど遠くない場所で戦いが繰り広げられていたが、なにもかもが音もなく静止していた。秋のにおいがした。べとべとしたキノコは大きな茶色い傘をかぶり、上にたかったウジの重みでたわんでいた。ぼくは熟れすぎたブルーベリーを数粒摘んで、水気たっぷりの汁を吸った。

突然、鋭い音が響き、ニイラの帽子が頭から吹っ飛んだ。撃った子がふたたび弾をこめる前に、仲間になりたくて来たんだ、とぼくは大声で怒鳴った。ひとりの子が、悪かった、指が滑ったんだなどとぼそぼそ言いながらすばやく木から下りてきて、主力部隊はもう少し先にいる、と教えてくれた。ぼくらはその子のあとについて小道をたどり、十人ほどの子が、たき火のそばでコーヒーを飲み、噛み煙草を噛んでいる場所に出た。ほとんどがぼくらよりも一、二歳上で、なかには迷彩服を着て兵隊の帽子をかぶっているのもいた。彼らは茶色いかすを吐き、品定めするようにぼくらをじろじろ見た。将軍はパスカイェンケの子で、がっしりした体格で、ふさふさの口ひげを生やしていた。彼は、十メートルほど先の松かさのたくさんついた枝を指さした。ぼくはその左上を狙って撃った。一発目で松かさは落ちた。練習する時間のなかったニイラは、一発目をはずした。二発目もだめだった。三発目も当たらなかった。少年たちはにやにや笑い、地獄に落ちろと言った。ニイラは四発目もはずした。彼は汗をかきはじめた。将軍はさすがに腹を立て、母ちゃんのところに走って帰れと言った。ニイラはなにも言わず、弾を再装塡した。そしてエアポンプを動かした。冷やかす声を無視して、ひたすらポンプしつづけた。そして火に弾を撃ちこんだ。金属に当たった音がした。穴のあいたコーヒーやかんから、茶色い液体が二筋噴きだした。

少年たちはあっけにとられた。ニイラのライフルをじっと見て、残り火に垂れるコーヒーをじっと見た。ひとりの子が、ぶっ殺してやると息巻いたが、ニイラが銃に弾をこめ、懸命にポンプするのを見てためらった。

「明日、新しいやかんを持ってきてやるよ」ニイラは静かに言った。

将軍は火につばを吐いた。そして、うなずいた。ぼくらは部隊の一員になった。

　ぼくらはみな川岸の茂みに伏せて身を隠し、息をひそめ、身じろぎせず、目を見開いて待った。彼らは二艘のボートでやってきた――トーネダーレンの急流に合わせて特別に設計された細長い船だった。片方には六人、もう片方には七人乗っていた。全員が武器を持ち、エンジン担当のふたり以外は、みな森の端に目を光らせていた。彼らは待ち伏せに気づいてはいなかったが、万一に備えて警戒していた。しだいにこちらに近づいてきた。彼らは岩に用心しながらスピードをゆるめた。

　顔を狙わない、それが唯一のルールだった。好んで狙われたのは尻と太ももだった。そこが一番痛かったし、みごとな大あざになったからだ。ぼくらは将軍をちらりと見た。彼はまだじっと伏せていた。敵はすぐそばまで迫っており、帽子のロゴマークが読めるほど近づいていた。船外モーターのスイッチが切られ、ボートはさらに速度を落とし、岸に近づいた。舳《へ》先《さき》の少年が立ち上がり、足で接岸の衝撃を和らげた。

　そのとき、将軍が撃った。弾は少年の太ももの筋肉に命中した。残りのぼくらは最初の一斉射撃を浴びせた。重たい鉛がハチの群れのように茂みから飛びだし、痛い一撃を標的に食らわせた。犠牲者は恐怖と痛みに悲鳴をあげた。やった、一斉射撃成功だ！　彼らは狙いを定める間もなく撃ちかえしてきたが、やがてなんとかボートのエンジンを再始動させた。繰り返される一斉射撃。体じゅうを襲うヘビに嚙まれたような痛み。彼らはボートの底に伏せて身を隠した。ボートはゆっくり川のなかほどへ向かい、滑るように遠ざかった。ぼくらは大笑いし、こけの上で転げまわった。

　彼らは数十メートル上流に上陸した。足をひきずっているのも数人いた。ぼくらは声を張り上げて笑いこけ、次の攻撃の準備のために木立に隠れた。

初めのうちは、ぼくらにも戦略のようなものがあった。けれども、開始後すぐに、撃ったら逃げるだけになった。襲撃の合間には、体をできるだけ低くして野生のローズマリーに隠れた。ぼくはニイラのそばを離れないようにした。彼の強力な空気銃があれば、多少は安全なような気がしたからだ。けれども彼が撃ってもほとんど当たらなかった。目のかすんだ老いぼれのような狙いの定めかただったから、無理もなかった。ぼくらは大急ぎで撤退し、音がしないように手で口をふさいで、息を切らせて横たわった。仲間はいったいどこに行ったのだろう。森の暗い奥をのぞくと、走る音と銃声が聞こえた。別の方向からは悲鳴と人が動きまわる音がした。

「あっちに行ってみよう」ぼくはささやいた。

そのとき、ニイラがぼくの背中をつついた。ほんの二歩ほど先で四人の敵がにやにや笑っており、あわてて立ち上がったぼくらに空気銃を向けていた。ぼくは自分の銃をこけの上に落とした。ニイラは自分のをしっかり抱えていた。

「銃を捨てろ！　さもないと、ちんちんを撃ち落とすぞ」一番背の高い子が吠えた。

ニイラは恐怖のあまり目を見開き、下あごが音をたてて震えていた。銃床を必死で握る彼の手を、ぼくはそっとはがそうとした。そのとき、彼がささやいた。

「きみが撃て」

「銃を捨てろ！」背の高い子が思春期特有の声で怒鳴った——テレビでアメリカの警察ドラマばかり見ているにちがいない。

ぼくは素直にうなずいた。ニイラのライフルを手に取り、ゆっくり体をかがめた。そして相手のすきを突き、うるさい野郎の太ももめがけて撃った。

彼は雄牛のような声で吠え、地面にしゃがみこんだ。ぼくらは鋭い銃声をジグザグによけ、猛スピードで逃げた。ぼくは尻に鋭い痛みを感じた。ぼくの銃を拾ってくれたニイラは、悲鳴をあげて肩を押さえた。けれども、ぼくらは自由だった。勝利の叫びをあげて木立を走りぬけ、小枝が顔に当たった。

この一件のあと、敵はぼくらに一目置くようになった。声変わり中の少年は、ナイフの先で弾を取りださなければならなかった。ぼくとニイラの首には賞金がかけられた。ぼくらを捕らえた者には、フィンランド煙草十箱が与えられることになった。

戦争ごっこの最大のよろこびは捕虜を取ることだが、これがなにより難しかった。あるとき、ニイラとぼくはストランドヴェーゲンの子がしゃがんでうんこをしているところに忍びよるのに成功した。ニイラのポンプ式空気銃の評判は広く伝わっており、降参しなければケツの穴に一発食らわせるというニイラの脅しは威力があった。あわれな敵は、まっ青になって震えながら、尻も拭かずにズボンを上げた。ぼくらは彼を司令部に連行した。耳が聞こえなくなるほどの喝采が上がった。ぼくらはその子を彼の靴ひもで松の木に縛りつけ、お決まりの拷問を行なった。将軍がペンナイフを彼の鼻の下でちらつかせ、ありとあらゆる脅しで死ぬほどの恐怖を与えた。ちんちんを短くしてやるとか、食べものにアリ塚を入れてやるといった、マンガで読んだお上品な仕打ちをつぎつぎに口にした。その脅しで捕虜が泣けば成功だった。それ以上手出しすることはまずなかった。なにしろ、いつ自分がその立場に立たされるかわからなかったからだ。

あるとき、敵の大将を捕まえた。手を上に挙げさせて頭の上で結び、そのロープを頑丈そうな枝にかけた。つま先がぎりぎり地面に触れるぐらいまでロープを引き、口には汗くさい靴下を詰めこんだ。そのうち自分でロープをほどいて逃げるだろうとぼくらは思っていた。だが、そうはいかなかった。夜になり、彼の母親が息子はどうしたのだろうと心配しだした。母親から電話を受けた友人たちは、いくつかの手がかりをつなぎあわせた。すでにかなり暗くなっていた。彼らはぼくらに接触して方角を突きとめ、たいまつを手に捜索に乗りだした。

だが、場所を探すのが難しかった。急速に暗くなる秋の夕暮れのなかでは、自分がどこにいるのかよくわからなかったし、大将も口に臭い靴下を詰めこまれているから、わめいて居場所を知らせることができなかった。どの木も同じに見え、小道は消え、輪郭は溶けた。風が吹き、木々がざわめいて、ほかの音をかき消した。さらに悪いことに、雨が降りだした。

数時間して、ようやく大将が発見された。ズボンは小便でびしょ濡れだった。ロープをほどくと、どさりと倒れた。口から靴下を取りだされると、すぐに彼は数人の名を挙げ、死刑宣告を下した。

それから数日間は、感情をいくらか冷ますために、一時的に休戦が宣言された。そのあと、ぼくが巧妙な待ち伏せ攻撃に引っかかった。ぼくはアンテロープのように群れから引き離され、尻に一斉射撃を食らい、銃を置いて降参するしかなかった。まったく、痛いったらなかった。太ももじゅうにいやらしい紫色のあざができた。それでもぼくは絶対に泣かなかった。ぼくを捕まえた連中は、だれが煙草十箱を獲得するかで言い争った。大将はぼくを無理やり地面に転がし、これからおまえを俺と同じ目に遭わせてやると言った。にやにや笑いながら、彼は頑丈な松の枝にロープをかけた。次にぼくの靴下を片方脱がせ、小便でたっぷり濡らした。ぼくはのどがからからになり、恐怖で目まいがした。これから加えられる拷問に、覚悟を決めようとした。どんなことをされても、絶対に泣かないぞ。どんなに痛くても、抵抗しなければ。タフになるんだ。でも、もしだめだったら、どういうことになるんだろう？

そのとき、それほど遠くないところから怒鳴り声と叫び声が聞こえた。敵の攻撃だ、と偵察係が叫んだ。大将は一瞬ためらい、近づく戦いの音に耳を澄ませた。

「逃げろ！」と彼は吠え、ライフルを構えてぼくを狙った。ほかの連中もそれに従った。ぼくは痛みを覚悟して息を止め、そして逃げた。全力で走り、左右によけながらジグザグに逃げた。体に弾が命中し、ひどいやけどのように痛んだ。

「はずれだ、はずれだ！」ぼくはせせら笑い、恐怖で目に涙を浮かべそうになりながらふり向いた。そのとき、大将が撃った。ぼくは倒れた。完全にやられた。こけの上にあお向けに倒れこんだ。まぶたを開こうとして、目が見えないことに気づいた。

「撃つな！」だれかが怒鳴った。

攻撃は止んだ。足音が近づいた。頭が太鼓のように痛んだ。痛み。暗闇。ぼくは顔をさわった。暖かくて濡れていた。

「大変だ！」だれかが怒鳴った。「水を持ってこい、急げ！」

全員がぼくのまわりに集まった。みな攻撃のあとで息を切らしているのが音でわかった。

「目が見えない」ぼくは吐きそうだった。

「おまえ、こいつの目を撃ったのか！　なんてこった。血だらけじゃないか！」

だれかがびしょ濡れの布きれをぼくに手渡した。ぼくはそれで血をぬぐおうとした。起き上がると血が垂れた。もう一度拭いた。指で目に触れてなぞった。

ぼくはパニックを起こし、激しくまばたきをした。だが、なにもかもがもやに包まれていた。もう一度強くこすってみた。すると、少しはっきり見えるようになった。顔の上で布きれをしぼり、したたる水で顔を洗った。まばたきをした。片目を手で覆った。次にもう片方を覆った。よかった、目はちゃんと見える！　でも、皮膚の下でなにかがふくらんでいる感じがした。

弾はぼくの眉間に命中していた。ぼくの目を見えなくしていたのは血だった。

その日はそれで休戦となった。ニイラが針を熱して弾を取りだしてくれて、家に帰ったぼくは、走るトラックが跳ね上げた石が当たったと説明した。やがて傷は治ったが、跡は今も残っている。

この事件を最後に、ぼくの空気銃戦争は終わった。

18

音楽づくりの大騒動と、多少なりとも男らしい行為について。

ぼくらの初めてのステージは、パヤラ村中央学校の講堂で行なわれる朝の集会で、二月の暗く寒い日のことだった。この朝の集会には高邁《こうまい》な目的があり、毎週金曜日の朝二十分間、高学年の生徒を一カ所に集め、道徳を説き、精神を鼓舞し、生徒間の友愛を深めることを目指していた。もともとはスウェーデン南部で生まれた考えにちがいない。それが全国校長会を通じてこんな北の果てまで広まったのだろうが、時がたつにつれて、朝の集会は、セウラと呼ばれる祈禱会に似たものに変わっていた。説教師のかわりを務めたのは、髪をきっちりとかしつけた不安げな顔の進路指導係、ヘンリック・ペッカリか、ベルベットのような目をした校長、エリック・クリップマルクで、彼らはすべての罪人を——落書きをしたり、嚙み煙草のかすを吐いたり、棚を蹴ったり、びんを割ったり、机に傷をつけたり、なんらかの形で地元納税者の負担を増やしたりした連中を——改心させようとした。校長や進路指導係が、トーネダーレン地方のフィンランド語で話し、若い悪魔どもをたっぷりむちで打ち、一生消えない傷を与えれば、もっと効果があったはずだ。たいていの連中はそうやって育てられたのだから。

　ときどき、合間に音楽の演奏があった。教会のオルガン奏者兼聖歌隊指導者のヨーラン・トーンベリーは、断固たる調子でバッハの前奏曲とフーガをピアノで演奏したが、聞き手の集中力がどうにもお粗末なことには気づいていないようだった。学校の女声合唱団はカノンを歌い、銀髪のビルギッタ・シェーデルベリーは、特殊学級の九年生が鳴らす飢えた口笛を無視して指揮しつづけた。ペライェヴァーラから来ている男子はトランペットを吹いた。その演奏は自殺的な雄々しさに満ち、あまりのミスの多さに教師まで一緒に大笑いした。それでも彼はくじけず、やがて音楽教師になった。

　金曜が来た。九年生男子はあくびしながら最後列に座り、騒々しくげっぷして、消しゴムを指で弾いて飛ばしはじめた。前方の空間をその他の生徒が埋めた。カーテンが閉じており、ステージは見えなかった。グレーゲル先生は、若者の責任と創造性を高めるという趣旨の提案書を提出して、朝の集会を好きなように運営していいという許可を校長から得ていた。電気機器が奇妙な低い音でうなっていたが、カーテンのそばに来なければ聞こえなかった。

　最後まで我慢しようと覚悟を決めて座っている生徒もいたし、やじり倒してやろうと思っている生徒もいた。どちらになるかは、それぞれの気性と勇気しだいだった。教師たちは戦略的な位置に割りこんだ。髪を短く刈りこんだ勇猛な歴史教師、グンナール・リンドフォッシュは、うしろの席に座り、目のレーダーを光らせて、行儀の悪い生徒の首根っこを押さえつけてやろうと待ちかまえた。

　グレーゲル先生はまじめくさった顔でステージに上がり、カーテンの前に立った。だれも注意を払わなかった。教師は静かにしろと言った。まるであらかじめ稽古していたように、生徒のおしゃべりと忍び笑いは止まなかった。教師たちは派手に逆らっている一画を脅すようににらんだ。反抗的な笑いが新たに沸き、わざと咳きこんだり、通路に空きびんを転がしたり、紙を何度も何度も騒々しく破る音が響いたりした。

グレーゲル先生は指がないほうの手を挙げた。そして無言のまま親指を振り、舞台袖に消えた。それが開始の合図だった。

「ジュス・レミ・エサモザ・ロックンロール・ミュージック！」

最前列の生徒は座席でひっくり返った。残りはわけがわからず閉じたカーテンを見つめた。カーテンは、スウェーデン名物の発酵させたニシンの缶詰のふたのようにふくれあがって揺れていた。

「ロックンロール・ミュージック！　イフ・ユー・ワナ・ラービズ・ミー！」

カーテンのうしろの暗がりで、ぼくらは狂ったように楽器を鳴らしまくった。エルッキはあがってしまい、手当たりしだいに叩きまくったので、しまいには曲のスピードが二倍になった。ニイラはまちがったキーでコードを鳴らし、ホルゲリのフィードバックは死者を復活させる最後のラッパのような音がした。その一番前、フロアマイクのところに、ぼくがいた。

ぼくは歌ってなんかいなかった。ただ、わめいていた。盛りのついたムースの雄叫び。死にゆくレミングの悲鳴。ぼくは心のおもむくままに声を張り上げた。意図したわけではなかったが、ぼくらは早すぎたパンクだった。曲はばらばらになり、エルッキがいつまでたっても白目をぎらつかせてドラムスを叩いていたので、終わったとも言えなかった。そこでぼくはもう一度マイクに口を近づけた。

「ジュス・レミ・エサモザ・ロックンロール・ミュージック！」

二度目の演奏が始まった。カーテンはあいかわらず閉じたままだった。ぼくはバスドラムについていこうとしたが、エルッキの演奏は今や痙攣を起こしたような状態になっていた。ニイラはようやく正しいキーになったものの、入るタイミングが二小節遅れた。ホルゲリは、ぼくらが一曲目を繰り返していることに気づかず、二曲目用のソロを弾いた。

「ジュス・レミ・エサモザ……」

三度目の演奏。グレーゲル先生は暗がりで懸命にあちこちいじり、ロープや布きれを引っぱった。エルッキは鼓膜が裂けそうな音でドラムスを叩いたので、ぼくはもう自分の声が聞こえなかった。そのとき突然、カーテンが勢いよく上がり、ぼくらはスポットライトで目がくらんだ。目の前には学校の人間が全員集まっていた。ぼくは身を乗りだし、四度目の「ジュス・レミ・エサモザ……」を叫んだ。

信じられないことが起きた。ニイラが正しいタイミングで入ったのだ。彼はエルッキの音を追い、ホルゲリとぼくもなんとかついていった。ぼくらは暴走列車のように曲の終わりまで線路を突っ走り、最後のコードまで来たところでエルッキを力ずくで椅子に座らせた。彼はひっくり返って椅子から落ちた。

静寂。

ぼくはギターのコードをぎりぎりまで引っぱって舞台の端に出た。外国に行きたくてたまらなかった。頭がマラカスになったような感じがした。グレーゲル先生がぼくの両肩をつかみ、うしろを向かせた。先生がなにか言ったが、ぼくはエルッキのシンバルのせいで耳が聞こえなかった。

そのとき、ぼくは気づいた。みんなが拍手喝采していた。講堂じゅうが沸いていた。どうやら自発的に拍手しているようだった。ルーレオで開かれたポップ・コンサートに行ったことがあって、どうすべきかを知っている女の子たちは、金切り声をあげ、アンコールを求めた。

やがて観客は出ていったが、ぼくらはなにが起きたのかよく理解できず、立ちつくしていた。ぼくらは初めてのコンサートにして、早くも演奏後のむなしさにとりつかれていた。エルッキは、心はまっ白なのに、体はサウナのあとのように火照《ほて》っていると言った。グレーゲル先生は、カーテンのロープには蛍光塗料で印をつけるべきだとかなんとか文句を言った。ぼくらはぼうっとしたままの状態で、楽器を音楽室に戻した。

＊

その後の反応はさまざまだった。とても成功とは呼べない演奏だったが、忘れがたい印象を与えたのは確かだった。レスターディウス派の生徒はぼくらが演奏を始めたとたんに講堂を出たが、数学教師のはげ頭に丸めた紙を投げつけていたうしろの列の生徒は、即座に投げるのをやめた。何人かの友だちは、トーネダーレンの住民の口から出るものとしては最大級の賛辞を言ってくれた。

「まあ、悪くなかったよ」

そのほかの生徒は、朝の集会で耳にした音楽としては、シオンから来たアコーデオン奏者以来のとんでもないクズだったと断言した。もう一度演奏したりしたら、弦を切ってやると脅された。二曲目がよかったという子がいたのも、ぼくは少々心配だった。三曲目がよかったという子もいたし、なかには一曲目が最高だったという子もいた。それにひきかえ、四曲目がよかったという子はいなかった。ぼくらが曲を正しく演奏できたのは、あのときだけだったのに。実は四回とも全部同じ曲で、パニックの度合いが違っていただけだなどと言う勇気はぼくらにはなかった。八年生の女子数人がエルッキに色目を使うようになった。彼がステージ上で一番存在感があったからだ。一番ハンサムなホルゲリに気のあるそぶりを見せる子もいた。一方、グレーゲル先生は、とげとげしい雰囲気の職員会議で、芸術的に無責任すぎると糾弾された。

全体的に見れば、ぼくらは舞台でひどくあがって恐怖を味わったものの、たいしたダメージを受けずに試練を乗り越えたといえた。

＊

トーネダーレンでは、一般に創造性は生きのびる才能と結びつけて考えられてきた。木のかけらひとつでバターナイフから柱時計まで作れるすぐれた木工の腕を持っていれば、一目置かれるだけでなく、ほめたたえられることさえある。あるいは、乗っていたスノーモービルのエンジンが急に故障したのに、心臓の薬と密造酒を混ぜた液体を使って十キロも走った木こり。あるいは、クラウドベリーを二十キロ以上摘み、バケツを持ってなかったといって、器用に結んだズロースに入れて持ち帰ったおばあさん。兄が国境のフィンランド側で死んだので、棺に一年分の煙草を入れて帰ってきた独身男。馬を巧みに小さく切りわけ、それを息子たちに運ばせてスウェーデンの税関を通し、まったく元どおりにつなぎ合わせ、売りさばいて大もうけした未亡人の密輸人。ただし、最後の逸話は、ぼくがまだ生まれていない一九四〇年代のできごとだ。

トーネダーレン的創造性の一例が、釣りマニアだ。氷に穴を開け、トナカイの毛皮に座り、小さな釣りざおを構えて、ホッキョクイワナを釣るために生きている男たち。冬じゅうサケ釣り用の擬餌針作りに励み、ポケットにはトンボや小型のヘビがいっぱい詰まっている男たち。セックスよりも釣りが好きな男たち。擬餌針の結びかたは十四通りもマスターしているのに、体位は正常位しか知らない男たち。協同組合の売店でその何万分の一の値段で売っているのに、半キロあたり千クローネかけてサケを釣る男たち。家族と一緒に夏の盛りを楽しむよりも、水が漏れるゴム長ズボンで川に入るほうを選ぶ男たち。安らかな夜の眠りを捨て、結婚を破綻させ、仕事をクビになり、身だしなみに気を使わず、家を抵当に金を借り、ヨックフォールに魚がいると聞いたとたんに子どものことを忘れてしまう男たち。

トーネダーレンの日曜大工も、同じくらいつむじ曲がりだ。そわそわして、話しかけても上の空で、落ち着きがなく、気が短く、ずる賢い目をしている。彼らはハンマーを握っているあいだだけいくらか普通の人に近づき、口に釘をたくさんくわえているときなら、妻にやさしい言葉をかけることもあるのだろう。そういう連中は、一生のあいだに驚異的な量の大工仕事をやってのける。家と牛小屋？　お安いご用。サウナと外便所？　目の前で建ててやるよ。薪小屋と納屋？　簡単さ。道具小屋とあずまや？　すぐに作ってやるよ。それが終わったら、ガレージと犬小屋と自転車小屋と子ども用のおもちゃの家だ。

このあたりで村役場からお達しがきて、建築規制に引っかかるから、これ以上建物を作ってはならないと言われる。一家の主は落胆し、すっかり不機嫌になり、子どもに怒鳴りちらし、酒びたりになり、眠れなくなり、髪が薄くなり、犬を蹴飛ばし、目が見えなくなり、耳が聞こえなくなって、イェリバレの医者から精神安定剤が処方される――ところがそのとき、彼に愛想を尽かしかけていた妻が、更地のままの別荘用の土地を遺産相続する。

これでまた最初から始められる。

別荘、サウナ、外便所、薪小屋、犬小屋。ひと息ついて、ボート小屋、地下室、客用の離れ、道具小屋、テラス、子どものためのおとぎの家。続いて増築工事。休みになると早起きする。釘を打ち、のこぎりで切り、斧で割り、気分は上々だ。

だが、時が流れ、ありとあらゆる空間が建物で埋めつくされる。村役場の建築担当が、航空写真をじっくり検討する。一家の主は荒れ狂う。冗談じゃない。妻は離婚を考える。

ここで突然、改築の時期になる。屋根を葺《ふ》きかえ、近代的な断熱材を使い、居間に床暖房を入れ、屋根裏部屋を改装し、地下に娯楽室を作り、窓のパテをやりなおし、ペンキをはがして塗りなおし、台所の戸棚の扉を作りなおし、じゅうたんを敷きつめ、水道の蛇口と洗面台を交換し、サウナの腐った板をとり替え、パティオとバルコニーを作り、テラスをガラスで囲う。

でも、これで終わりだ。もう手直しするところはない。これ以上、なにかをつけ加えるのは無理だ。すっかり完成している。もう釘で打ちつけるものはない。妻はほかに選択肢はないとあきらめる。イェリバレの精神病院に入れるしかない。

ところがそのとき、法律が変わり、建築規制が緩和される。

ごく普通の広さの庭に、こんなにたくさん新しい小屋を建てられるなんて驚きだ。さあ、また始めるぞ。そしてふたたび、結婚は、暖かく、おだやかで、愛と呼べなくもないもので満たされる。

＊

ぼくらのロックは、そういうものとは違っていた。いかなる意味でも、まちがいなく、まったく役に立たなかった。だれも、ぼくらでさえも、価値を見いだせなかった。だれからも必要とされていなかった。ぼくらはひたすら演奏し、心を開いて音楽をあふれださせた。老人たちは、あんな音楽をやるなんて甘やかされてひまな時間がありすぎるしるしだ、今の時代の贅沢と浪費の典型だと考えた。若い連中に仕事をさせないからこういうことになる。そのせいでエネルギーがあり余って、騒いだり血圧が上がったりということになるのだ。

初めのころ、ニイラとぼくは、ぼくらのロックは「クナプス」だろうかとよく話し合った。クナプスというのは、トーネダーレン地方のフィンランド語で、「男らしくない」というような、女みたいだというような意味だった。トーネダーレンでは、男の役割は、突きつめればクナプスではないということに尽きた。単純明快なように聞こえるが、実際は各種の特別なルールがあるため複雑で、覚えるには何十年もかかった。スウェーデン南部から北の地へ移ってきた男たちは、しばしばこの壁にぶつかった。

ある種の行為は基本的にクナプスであり、それゆえ男は手を出すべきではなかった。たとえば、カーテンをとり替える、編みものをする、じゅうたんを織る、手で牛の乳をしぼる、観葉植物に水をやるなどの行為だ。逆に、まさに男らしいとされている行為もあった。木を切り倒す、ムース狩りをする、丸太小屋を建てる、材木を川に浮かべて下流へ運ぶ、ダンスフロアで喧嘩するといったことだ。世界は太古の昔からふたつに分かれており、だれもがそれをわきまえていた。

ところが、そこに福祉国家というのがやってきた。突然、新しい活動や仕事が登場し、それまでの考えかたを混乱させた。クナプスという考えかたは数百年かけて形づくられ、何世代にもわたる精神の無意識のプロセスだったから、もはやその定義ははっきりわからなかった。ただ、一部の分野は例外だった。たとえば、エンジンは男らしかった。ガスエンジンは電気エンジンよりも男らしかった。したがって、自動車、スノーモービル、電動のこぎりは、クナプスではなかった。

しかし、男がミシンで裁縫をするのは認められるのだろうか？　電動ハンドミキサーでクリームを泡立てるのは？　電動搾乳器で牛の乳搾りをするのは？　食器洗い機から食器を出すのは？　車を掃除機で掃除しても、男のなかの男という体面は保てるのか？　そんな疑問がつぎつぎに湧いた。

新しい流行の場合は、さらに難しかった。たとえば、低脂肪マーガリンを食べるのはクナプスだろうか？　車にヒーターをつけるのは？　整髪用のジェルは？　瞑想は？　シュノーケルマスクをつけて泳ぐのは？　絆創膏《ばんそうこう》を使うのは？　犬の糞をビニール袋に入れるのは？

おまけにルールは村ごとに異なった。テーレンドェーのハッセ・アラタロの話では、彼の村では長靴の縁を折り曲げることが、どういうわけかクナプスだとされていたという。

これらに基づいて、ぼくら男は三つのカテゴリーに分けられた。一番目は正真正銘の男くさいタイプ。小さい村出身のことが多く、無愛想で、無口で、頑固で、ベルトにナイフを下げ、荒野にひとり残されたときのために、ポケットにいつも塩が入っていた。その正反対のタイプも同じくらいわかりやすかった。男らしくない男だ。一見してクナプスで、姉の言いなりで、森やムース狩りでは役に立たなかった。そのかわり、たいてい動物の扱いがうまく、女性の扱いもうまく（ただしセックス方面は別だった）、その昔は祈禱療法師や自然療法師になることが多かった。

三番目のタイプは、その中間のその他大勢だった。ニイラとぼくもここに属していた。なにをするかで、クナプスの程度が決まった。たとえば赤い毛糸の帽子をかぶっていたというような害のないことでも、その後、何週間もクナプス呼ばわりされた。そのあいだ、けんかはしなければならないし、陰の悪口も用心しなければならないし、命がけの儀式にも甘んじなければならない。そうしてようやく、クナプス男専用の穴から徐々に這いだすことができる。

ロック・ミュージシャンは、たいてい男だった。ロックには攻撃的な男らしさが感じられた。外の世界の人なら、すぐにロックはクナプスではないと判断できるだろう。けれどもここでは、あんなふうに騒ぐのは、本物の仕事とはいえないと言われてしまう。ロック・ミュージシャンなんて、森で斧を持たせたら、血の小便をするんじゃないか。さらに、少なくともパヤラ村では、しらふで歌うことすら男らしくないとされた。英語で歌うのはさらにまずかった。英語なんて、頑丈なフィンランド系のあごには噛みごたえがなさすぎる。あんなぐにゃぐにゃの言葉をうまく話せるのは、幼い女の子ぐらいだ。ナメクジみたいにちんぷんかんぷんで、やたら震えて湿っぽく、あんな言葉を作りだしたのは、戦う必要もなければ、凍えたり飢えたりしたこともない、泥をはね散らかす海辺の人間に決まっている。英語なんて、なまけ者で、草ばっかり食っている、ソファに座ってだらだらしている人間の言葉だ。活力がないから、舌がちょん切られた包皮のようになって、口のなかでだらしなくしか動かないんだ。

このようなわけで、ぼくらはあきらかにクナプスだった。けれども、たとえそうであっても、ぼくらは演奏せずにはいられなかった。

19

黒いボルボの女と、ホッケーとセックスと、パヤラ村の娯楽について。

ぼくらの次のコンサートは、カウニスヴァーラの公民館で、共産党少年団、ピオネールの集会のあとに行なわれた。アレンジしたのはホルゲリだった。ピオネールの実行委員に知り合いの女の子がいたのだ。女の子は全部で三十人ほどいて、みなパレスチナのショールを羽織り、前髪をひたいに垂らし、丸いめがねをかけ、先のとがったラップランドの靴でリズムをとりながら立っていた。観客の反応は、かなり熱がこもっていたといっていいと思う。ぼくらの初めてのステージから二カ月たっていたし、演奏もかなりましになっていた。オリジナル二曲と、あとはラジオの「トップ20」からコピーした曲をやった。ピオネールを終えた年長の子が数人、もの珍しそうに戸口に立って聞いていたが、すぐにうしろを向いて出ていった。ひとりだけあとに残った子は、兵役の際に手榴弾が誤って爆発したせいで耳が聞こえなかった。彼はぽかんと口を開けて突っ立ち、ときどき帽子をいじりながら、ひどい電気の無駄遣いだと思っていた。

最後の曲が終わると、ホルゲリのガールフレンドが拍手し、声を張りあげてアンコールを求め、数人が声を合わせた。ぼくらはまだステージにおり、ぼくは不安な目でエルッキとニイラを見た。ほかに知っている曲はなかった。ぼくらのレパートリーは出つくしていた。

そのとき、ハウリングの音が響いた。ホルゲリだった。彼は音の消えたスピーカーのすぐ横に立っていた。耳ざわりな電気音がホールじゅうに響き、窓ガラスが震えた。ホルゲリはギターを弾きはじめた。これ以上ないほどゆがんだ音をソロでかき鳴らした。観客にはまったく目もくれなかった。ひざまずき、ギターを床に叩きつけ、じょうご形のスピーカーの縁の前で、殺されたばかりの死体のようにそれをゆさぶった。甲高くうなる弦を爪で弾いた。聞き覚えのある曲だった。ばらばらになり、遠いラジオの音のように近づいたり遠ざかったりしていたが、心に強く響いた。ぼくらはただホルゲリを見つめていた。彼はあお向けに寝転がった。ギターを空に差しだし、何度も突き上げた。まぶたを半分閉じ、ひたいから汗が噴きだした。彼は頭を上げ、歯でギターを弾いた。さっきと同じ、奇妙に聞き覚えのある曲だった。

「ヘンドリクスだ！」ニイラがぼくの耳元で怒鳴った。

「こっちのほうが上だ」ぼくは怒鳴りかえした。

そのとき、ぼくは彼がなにを弾いているか気づいた。公民館の古びた木の壁に反響していたのは、ソ連国歌だった。

終わったあと、数人の観客がステージまで来て、ぼくらの政治的立場をたずねた。ホルゲリはかすかな笑みを浮かべ、夢から覚めたばかりのように座っていた。女の子がふたり、彼のひざに座ろうとした。ふと気づくと、ぼくの目の前に、インド風の化粧をした、アラブ人のようにまゆの濃い若い女がいた。髪は黒くつややかで、インク壺に浸したのかと思うほどだった。けれども、肌は粉のように白かった。どことなく人形に似ていて、薄いセロファンで包まれているような感じがした。ピオネールのぶかぶかの制服が体の線を隠していたが、しなやかな身のこなしが中身を物語った。彼女は骨盤をくねらせ、そっとぼくに近づいた。ごくかすかな、慎重な動きだった。けれども、そこには女が、飢えた女がいることが、ぼくにはわかった。彼女はなにも言わずに手を差しだし、おとなのように握手を求め、小さなとがった歯を見せてほほえんだ。彼女の握手は力強く、男のようだった。ぼくは手が痛かった。

そのあと、ぼくらは楽器とアンプを片づけた。帽子をかぶったじいさんが、無邪気な笑みを浮かべて、女の子の胸のふくらみ具合を吟味しながらうろついていた。会計係が、ぼくらにレバーソーセージのサンドウィッチと、クラブの予算から五十クローネをくれた。

「あなた、パヤラ村に行くの?」

黒い髪の女だった。ぼくらは階段の上に立っていた。彼女は革のジャケットを体にぴったり巻きつけた。

「車で送ってあげる」

彼女は道路のほうをあごで指した。ぼくはためらいながらあとに続いた。彼女は黒いボルボの前で止まった。

「父さんの車」

「いい車だね」とぼくは言った。

いつのまにか車は走りだしていた。尻の下の座席は冷たく、フロントガラスが息で曇った。ぼくはヒーターのスイッチを入れ、温度を上げて、凍てつく冬の寒さと戦った。対向車がクラクションを派手に鳴らし、ヘッドライトをフラッシュさせた。彼女はつまみをあれこれいじり、ようやく正しいスイッチを探りあて、ヘッドライトをロービームにした。

「きみ、まだ十八歳じゃないんだろ？」

彼女は答えなかった。座席にもたれ、片手をシフトレバーにかけていた。彼女は道路の中央を走り、凍った路面がぼくらの下を猛スピードで飛び去り、道の両側に積まれた雪の山がヘッドライトで輝いた。遠くの湿地の氷が青く固く光った。

「共産主義って、クール？」ぼくはきいた。

彼女はラジオをつけようとスイッチをいじった。車は路肩の溝にじりじり近づいた。ぼくが不安げな声を漏らすと、彼女はハンドルを切り、車の向きを戻した。

「怖がらなくても大丈夫」彼女は言った。「運転歴、長いんだから」

彼女はアウティオからパヤラに向かう旧道に入った。最初のほうの直線部分で、彼女はアクセルを床まで踏みこんだ。エンジンが猛烈な勢いで回転してうなり、スピードメーターは異常な値を示した。外の冷気が車を氷で包み、窓はひときわ厚い氷に覆われ、車内の温度が下がった。

「このへん、よくトナカイが出るんだけど」ぼくは言った。

彼女は笑って、さらにスピードを上げた。ぼくは気づいた。彼女は他人を怖がらせて楽しんでいるのだ。今、ぼくがシートベルトを締めたら、彼女の勝ちになる。かわりにぼくは体に力をこめ、道の端を見てリラックスしているふりをしながら、衝突に備えて身を守る姿勢をいつでも取れるように準備した。

彼女は延々とつまみをいじったあげく、ようやくフィンランド・ラジオに周波数を合わせた。短調のタンゴで、女が愛と悲しみについて歌っていた。車は弾むように山と谷を越え、果てしないカーブを曲がり、あとには憂いに満ちた排気ガスの雲が残った。なにもない風景に吐きだす心。ひとすじの血。ぼくはそっと彼女を盗み見た。暗がりのなかで彼女の横顔をじっくり観察した。丸いあご、肉感的なくちびる、生意気に上を向いた鼻、典型的なフィンランド系の顔だった。ぼくは探ってみたい衝動に駆られ、キスをした。

「パヤラでなにかおもしろいことやってる?」彼女はきいた。

「さあね」ぼくは答えた。

ぼくらはすでにマンガニエミまで来ており、まもなく古い橋を猛スピードで渡った。木立のあいまに村のあかりが光り、川面は白くつやゃかに輝いていた。狭い橋の向こうからスカニア・ヴァビス社製のトラックが来た。それなのに彼女は勢いよくアクセルを踏みこんだ。ぼくらはかろうじて脇をすりぬけたが、トラックとのあいだには『ハパランダ日報』をはさめるほどの余裕もなかった。トラックの運転手は警笛をファンファーレのように鳴らしたが、彼女は無表情だった。

「今晩、映画やってる?」

そうは思えなかった。ほかにおもしろそうなことは? ぼくはボイラー室でウサギを飼っている同級生を思い出した。捨てるしかない腐りかけた野菜を協同組合の売店からもらってきて、それをウサギに与えていた。ときどき、ウサギが争って餌を食べるところを見ることができたけれど、少々子どもじみているような気がした。

「パヤラ村スポーツセンターでアイスホッケーの練習をやってる。今週末にエーヴェルトルネオクイヴァと試合があるんだ」

ぼくは道を説明し、このまままっすぐ行って、靴箱になんとなく似ているアッテュールのよろず屋のところで右折し、そのまま町の中心部に向い、商店街を通りすぎ、ハリュハフト靴店も、文房具店も、ラーソンの床屋も、ヴェンベリーのパン屋も、ミカエルソンの雑貨屋も、リンドクヴィストのカフェも全部通りすぎるように言った。学校の角を曲がり、アイスホッケーのリンクに着いた。ぼくらはようやく暖まった車を停め、踏み固められた雪道を通ってリンクに向かった。

リンクは活気にあふれていた。プロテクターを着け、黄色と黒のシャツを着た大男が、リンク上で輪になってうしろ向きに滑る練習をしていた。コーチはステンベリーという名で、南部からこの地方へ移ってきたひげ面の巡査だった。彼はホイッスルを吹き、選手に気合いを入れた。

「手を抜く女々しい野郎は、その女の子みたいな巻き毛に高いところからクソの袋を落としてやるから覚悟しろ！　ほら、スケートを動かせ、なまけ者！」

続いてゴールキーパーのウォーミングアップを行ない、コホ社製の高級スティックを振りまわし、砲弾の一斉射撃を浴びせた。デスマスクをかぶった悪鬼は、プロテクターをつけているにもかかわらず、全身青あざ黒あざだらけになった。ときどき、パックが空を切ってフェンスを越え、その先の野原に消えた。雪が解けたら、どこかの子どもが見つけて有頂天になることだろう。

「コーナーの上部にパックを打ちこむんだ。悪魔と悪魔のばばあと地獄の合唱隊をひとり残らずベルトでむち打つつもりで打ちこめ！」ステンベリーが怒鳴った。彼は子どもに教えるのがうまく、みずから少年向けの教室を開き、このあたり一帯の村や集落の子どもたちを鍛えていた。

続いて練習試合が始まった。乱暴な試合だったが、抜け目ない作戦というよりも、人のよさが目立った。フェンスに激突し、尻もちをついて氷の上を滑り、スティックが煙を噴くまでゴールを狙ってシュートを打ちつづけた。片方のチームの長髪のフォワードは、古いタイプのマウスピースを使っていたので、口輪をはめたジャーマン・シェパードのように見えた。彼が頭を下げて巨大な筋肉のかたまりと化して突進すると、迫りくる列車から逃げるトナカイのようにディフェンスが散り散りになった。彼のパックの扱いは超一流ではなかったが、運も手伝って首尾よく自軍のディフェンスにパスを通し、彼の作ったトンネルにパックを打ちこませた。ディフェンスはやせた金髪の男で、信じがたいほどの反射神経の持ち主だった。パスが出たときは銅像のようにじっとしていたのに、たちまち稲妻のようにスティックが出て、パックはゴム製の雷のように飛んでいった。

ぼくらはフェンスのうしろの雪山に立ってしばらく眺めていた。ぼくは偶然を装って彼女にすり寄り、ジャケットが触れあった。彼女は口いっぱいに風船ガムを嚙んでいて、風船が割れるたびにリコリスのにおいがした。彼女は震えており、ショールを首にしっかり巻きつけた。

「寒い？」

「ちょっとね」

「だったら……ウサギを飼っている友だちがいるんだけど……」

「子どもみたい」と彼女は言って、ガムを人差し指に巻きつけた。

かわりにぼくは彼女の肩を抱けばよかったのだろう。でも、もう遅かった。自分がまぬけに思えた。家に帰って鏡の前でリフの練習をしたくなった。彼女はぼくが尻ごみしかけているのに気づいた。態度を和らげ、興味があるふりをして、しばらく試合を見物した。

「正確なパスの練習をするべきだな」ぼくは言った。「ソ連チームみたいに。これはカナダ式だよね。荒々しい力でおしまくる、木こりのアイスホッケーだよ」

ぼくの話は脇道にそれ、試合を徹底的に分析し、ソ連チームのみごとなテクニックの秘密は、スティックからブレードをはずして、ハンドルの部分だけで練習したからだという話をこと細かにしゃべりつづけた。そのとき、彼女がすっかり退屈しているのに気づいた。それを見て、ぼくも寒くなってきた。

「女の人のエアロビクスを見てみないか？」

彼女はうなずき、必要以上に長々とぼくの目を見つめた。そして、うっかり本当の自分を見せてしまったのに気づいたように、すっと目をそらせた。ぼくの心臓は激しく高鳴り、彼女を案内して、すぐそばの体育館に向かった。

女子更衣室のドアは鍵がかかっていなかった。ぼくらはこっそりなかに入った。学校用のテープレコーダーからジャズが大音量で流れていた。古い体育館につきものの、魚とニスのにおいがした。ロープと鞍馬と吊り輪が放つ、ある種の拷問のにおいが鼻をついた。そこに女性の汗とセックスのすえたにおいが加わった。更衣室じゅうのフックから中年女性の服がぶら下がっていた。しわの寄ったウールのズボン、テントのようなペチコート、花柄ワンピース、医療用ストッキング、ウールの帽子よりも大きいブラジャー。床一面に、買いもの袋や、ビニールのハンドバッグや、くたびれた婦人靴や、長靴や、ラップランドの靴があふれ、雪の解けた泥水で茶色く染まっていた。

ぼくは足音を忍ばせて体育室に向かった。体育室は目がくらむほど明るかった。突然、建物が地震に襲われ、床が揺れた。女の人たちがその場でジャンプしていた。すごい眺めだった。肉が震えていた。乳房は粉袋のように揺れ、腰まわりのぜい肉は発酵するパン生地のようにふくらんだ。彼女たちにリズム感がなかったのは幸いだった——音楽に合わせていっせいにジャンプしていたら、床が抜けていただろう。続いて大またで跳ねまわった。太い足がゾウのように重々しく床を踏みしめた。汗が滝のように流れ、二重あごからしたたり、乳房の谷間を流れ、静脈はまっ赤に光った。「はい、伸ばして、伸ばして！」テープレコーダーを前にしたインストラクターが声を張り上げると、四十人のたくましい家庭婦人が嵐のなかのシラカバのように揺れた。「前にかがんでつま先にタッチ！」すると総勢百人の子を産んだ二十の尻が空中で震えた。尻から垂れた汗が脂肪のたっぷりついた背をどっと流れ、空気に女性器のにおいがあふれた。「さあ、体を起こして、左！　右！」ふくよかな腰が横に突きだされた。当然、体と体がぶつかって、驚異的な集団エネルギーが発生した。女たちは二トン爆弾のように倒れ、ニスを塗った床に横たわり、汗の水たまりでもがいたあげく、不屈の闘志を示して立ち上がった。部屋には沼地と更年期のにおいが充満していた。生と死が昔ながらに交錯し、女たちの興奮があふれていた。

彼女はぼくのうなじの髪をつかんだ。その髪に凍えた女の指をからませた。ぼくの背から腰にかけて、震えるような感覚が走った。ぼくはひざから力が抜け、しかたなく座りこんだ。彼女は滑るようにぼくのひざに乗り、風船ガムを吐き捨てた。瞳孔は広がり、黒い水たまりを思わせた。ぼくは親指で彼女のあごをなで、羽根のようにやさしく輪郭をたどり、丸みを帯びた小さな耳に向かった。顔を彼女の顔にすり寄せた。目を閉じ、彼女の肌を探った。彼女のほほは溶け、熱くなった。息づかいがしだいに激しくなった。ぼくのくちびるの下で、彼女がほほえんでいるのが感じられた。ぼくらはジャケットの前を開いた。体と体をぴったり合わせた。彼女の乳房は若くとがっていた。ぼくは彼女の体に腕をまわし、目に涙が浮かぶほど強く抱きしめた。幸福な光が体を走るのを感じた。一緒になりたい。この子をぼくのものにしたい。

突然、彼女の手がぼくのセーターにもぐりこんだ。氷のように冷たかったが、やさしく愛情に満ちていた。感じやすい背中の筋肉を愛撫されて、ぼくはびくっとした。彼女の手は、せわしなく、もどかしげに動いた。軽くつねり、ひっかいた。

「ぼくの……恋人に……なってくれる？」ぼくはつっかえながら言った。

答えのかわりに、彼女はぼくのズボンに手を差しこんだ。彼女の手はネズミになって、ぼくの尻を、腰骨を駆け、まっしぐらに股間に向かった。ぼくは驚き、体を引いた。

「痛くないわ」彼女は笑い、白い歯が見えた。

まだろくに陰毛は生えていないし、きっとがっかりするはずだと彼女に言いたかった。でも、彼女はすでに始めていた。ハエを捕らえるクモのように器用に陰嚢をなでた。ちっぽけな勃起に指で触れた。ぼくは捕らえられた。もう逃げられない。彼女はぼくにキスをして、血の味のする長い舌をぼくの口に入れた。めまいを感じながら、ぼくは彼女の乳房をなでた。荒っぽく、不器用だった。彼女はぼくを押し倒し、木のベンチに横たわらせた。彼女はジーンズを脱いだ。彼女に触れたかったけれど、手を払いのけられた。

「なにもたもたしてるのよ」彼女は冷たく言い捨て、ぼくを押さえつけた。

ぼくの肩甲骨はベンチに押しつけられた。彼女は、酔っぱらいをとり押さえる用心棒のようにぼくにまたがった。遠くで女たちの重たい足音が聞こえた。

「きみって……すてきだね」ぼくは照れながら小声で言った。

彼女は目を閉じ、貪欲にぼくをなかへ導いた。暗く湿った深みの奥まで。枕のように暖かくてやわらかかった。彼女はヘビの動きで身をよじり、前後に体を揺すり、そのスローなやさしいダンスに誘われて、なにかが育ち、大きくなっていった。絵に赤い絵の具がどんどん塗られてゆき、やがてカンバス全体が一枚の濡れた膜になった。ぼくは繰り返し繰り返し彼女を突き、頭がくらくらした。彼女はペースを速め、甲高い悲鳴を漏らした。さらに激しく、さらに奔放に、まるで犬がソファと性交しているようだった。ぼくは手で彼女の口を覆ったが、それでも彼女は叫びつづけた。猫のような声だった。

「しーっ、聞こえるよ」ぼくはあえぎ、皮膚が張りつめてゆくのを感じた。外に向かってふくれていった。圧力が高まり、血が流れた。ぼくは身をよじって逃げようとしたが、彼女が放さなかった。それはどんどん大きく、強くなっていった。ナイフの先でつつかれ、穴が開いた。彼女の髪が厚く垂れ、ぼくを包んだ。黒い雲。あふれる肉体。

そして今。そして今、そして今、世界がはり裂け、雨があふれ、頭上の黒い雲から滝のように降りそそいだ。

＊

目を開けると、女の人が立っていた。ヴィットライェンケの肉づきのよいおばさんだった。おばさんはこちらをにらみ、パーマをかけた髪は汗ばみ、鼻とあごから汗のしずくがしたたっていた。きっと大声を張り上げるにちがいない。ほかのおばさん連中を呼び、リンチのような雰囲気になるだろう。とてつもなく重い尻でぼくらを床に押しつぶし、こそ泥かどうか調べるだろう。だれかが「クッリ・ポイス！　おちんちんを出しなさい！」と言い、北極の森から来たサーメ人のおばさんが、ぼくの睾丸を噛んで潰してずたずたにするだろう。白目をむいて悲鳴をあげる雄のトナカイを去勢するときのように。

ぼくは怯えて縮み上がり、体を離し、ズボンをはいた。しなびてゆく勃起を、おばさんはばかにしたような目で見つめた。体育室から、耳をつんざく怖ろしい足音が響いた。

「から騒ぎだったみたいね」おばさんはにやっと笑った。

そして、おばさんは蛇口から直接水を飲み、派手におならをして、体育室に戻った。強烈な馬小屋のにおいが、外に出るまでぼくらにつきまとった。

＊

黒い髪の女はボルボに乗り「じゃあね」と言った。彼女が閉めようとするドアを、ぼくは押さえた。

「明日、また会える？」

彼女はまっすぐ前を見つめ、くちびるは張りつめていたが、冷淡だった。

「せめて名前ぐらい教えてくれ」

彼女はなにかをいじり、エンジンをかけた。ギアをファーストに入れ、走りだした。ぼくはドアにしがみつき、一緒に走った。彼女は大きな黒い目でぼくを見た。そのとき、彼女の仮面がとれた。仮面は砕けて落ち、その下には、ただ大きな生々しい傷があった。

「ぼくも連れていって」ぼくは必死に叫んだ。

彼女はスピードを上げ、ドアがぼくの手から勢いよく離れた。タイヤは激しく回転し、彼女の車は、街灯の光の下、渦巻く雪の雲のなかを滑るように遠ざかった。エンジンの音はしだいに遠くなり、やがて静寂が広がった。

ぼくは長いあいだじっと立ちつくし、やがてあることに気づいた。彼女はキーを持っていなかった。不正にショートさせてエンジンをかけたのだ。心の痛みはしだいに大きくなり、冷たい根を深く下ろした。もう二度と彼女に会えないことを、ぼくは悟った。

20

トーネダーレン国歌が歌われた誕生日パーティと、やってきたムース猟師と、四人の少年の大志について。

歳を重ねるにつれて、ぼくのじいさんは世間と関わりを持たなくなっていった。ひとりで過ごすのを好み、連れあいが死んでからは、他人など邪魔なだけだと考えるようになった。ひとりで暮らし、自分のことは自分でやり、自分の家で死ぬのが最後の望みだった。じいさんのところに遊びにいくと、愛想はよかったが、よそよそしかった。じいさんは、老人ホームのようなものにだけは絶対に世話になりたくないと言っていた。これが一番肝心なことだから、おまえたちの石頭に叩きこんでおけ。この家はひどいありさまだと思うやつもいるかもしれないが、わしはこれがいいのだ、とじいさんは言った。

だが、じいさんも時の流れにはあらがえず、ついに七十歳の誕生日を迎えることになった。一族の面々は、もっと頻繁に顔を出さなかったことをうしろめたく思っていた。そこで、その埋めあわせに、いつまでも思い出に残る誕生日パーティを開こうということで全員の意見が一致した。そうすれば、じいさんがぼける前に、お祝いの写真を何枚か撮って一族のアルバムに加えるいい機会になるだろう。
説得に説得を重ねて、ようやくお祝いの主役であるじいさんから、自分のためではなく一族のためなら参加してもいいという同意をとりつけた。じいさんは、いやなことは考えないようにして準備のなりゆきを見守った。一週間前には、家じゅうに親戚があふれ、床板から足の汗のしみを取ったり、ぼろ布じゅうたんを中性洗剤で洗ったり、凍える寒さのなかで古い窓をメチルアルコールで磨いたり、じいさんの喪服に風を通して防虫剤のにおいを飛ばしたり、ランプシェードにこびりついた脂を洗い落としたり、防水布製のテーブルクロスをとり替えたり、隅々までほこりを払って信じられない数のクモの巣とハエの死骸を見つけたり、がらくたを納屋にしまったり、靴を不自然な並べかたで立てかけたり、ものをつぎつぎに戸棚や引き出しにしまったりして、ついにはあらゆるものが変な場所に入ってしまい、見つからなくなった。じいさんはこらえきれずに何度かかんしゃくを起こし、うなって悪態をつき、侵入者は全員放りだすと脅してみたものの、ノルマンディ上陸作戦と同じで、いったん始まったものは、もう止めることはできなかった。

*

誕生日は金曜だった。姉さんとぼくは学校を休み、父さんと母さんと一緒にかなり朝早くじいさんの家に行った。晴天で気温は零下十度。風のない乾いた冷気が車のフロントガラスを霜で厚く覆い、木々を固い氷の針で包んだ。最後の明けの星が空に消えていった。森の上に青い光が広がった。中庭はすでに除雪車の作業が終わっており、父さんはそこに車を停めた。ぼくらは凍った薄片状の雪を踏みしめ、重たい足音とともにポーチの階段を上った。老犬がドアの向こうでうなりはじめた。

犬は半分盲目で、人に嚙みつくようになっていたので、ぼくはほうきを手に取って構え、じいさんがドアを開けるのを待った。

「おや、おまえたちか」じいさんは驚いたふりをしてフィンランド語で言った。母さんは、寒さから守るためにコートの内側に隠していた花を差しだした。父さんはじいさんと握手して誕生日おめでとうと言い、ぼくは攻撃してくるフィンランド・スピッツを払いのけて階段の下に落とした。犬はあお向けに落ちて吠えた。

ぼくらは台所のテーブルで時計の音を聞いていた。家全体が不自然に片づいていた。じいさんは揺り椅子に座り、たるんだ首の皮膚が固いシャツの襟にこすれ、落ち着かないようすでネクタイをいじった。なにもかもが、お祝いの場にふさわしく、人工的で堅苦しかった。

昼食の時間になると、父さんのきょうだいが妻とともに続々と到着し、クリームで飾った大きなケーキが現れた。女たちはコーヒーをいれて魔法びんに詰め、姉さんとぼくはリエスカにバターを塗り、オーヴンで焼いた汁気たっぷりのムース肉ステーキのオープンサンドを作るのを手伝った。残りの人たちは、焼きたてのクッキーと菓子パンを皿に並べ、シナモンとココアとヴァニラの甘い香りが家じゅうに広がった。

外では、青ざめた二月の太陽が雪の吹きだまりからやっとのことで顔を出し、わびしい一日に輝きを添えた。数頭のトナカイが草地で雪のクラストを蹴り、掘りだしたひと握りの色あせた草を舐めた。何頭かは体熱を奪われないように足を折りたたんで雪のくぼみに寝ており、黒い枝角だけが見えた。老犬はトナカイにかまう元気はなく、かわりに家の周囲を嗅ぎまわり、じいさんが外で小便をした雪の穴の跡や、壁に釘で打ちつけたベーコンの皮に集まったシジュウカラの群れに鼻を近づけた。あたり一帯が、氷のように冷たい太陽の下でツンドラの光に包まれていた。

昼下がりになると、さらに大勢の客がやってきた。家の前の駐車場はすぐにいっぱいになり、外の道にも車があふれた。近所の人は足蹴り式のそりでやってきて、スキーで来た人たちもいた。そろそろ真剣に儀式にとりかかる頃合いだった。客たちは準備の整った長いテーブルについた。目から涙を垂らし、まゆが凍りついていたやせた男たちは、解けはじめた。地元のパン屋の食パンのかたまりのような腕をした太めの女たちは、一番のよそゆきの花柄のワンピースに無理やり体を押しこんだ。コーヒーはしかるべく受け皿からすすられ、サーモンのサンドウィッチとクッキーが順番に手渡された。昔を懐かしんで古びたかまどに薪がくべられ、年老いた女たちは昔話を始め、本物のクリスプを焼くほうが、最近スーパーで売っているゴミみたいなものよりどれほどいいか言いあった。

二杯目のコーヒーを飲んだところで、ブランディの出番となった。専売店で買ったボトルの栓を父さんが開け、客たちに注いでまわった。ブランディは、無言のうなずきを合図にシュナップスのグラスに注がれ、車を運転して帰らなければならない者は、グラスを手でふさいだ。空気がみるみる活気づいた。母さんはケーキを切って皿に並べた。何度か乾杯の誘いがあったが、じいさんは汗を浮かべて揺り椅子に座ったままだった。父さんは、写真映りがいいように、じいさんのグラスにブランディを注いだ。続いて、讃える言葉をちりばめた伝統のバースデイ・ソングを、いささか怪しいスウェーデン語で全員で歌った。じいさんは騒ぎにとまどい、花束の陰に隠れようとした。次にじいさんはプレゼントの包みを開けるように求められた。じいさんはプレゼントにはいっさい手を触れていなかった。そもそもパーティに賛成したのは贈りもの目当てだったなどと言われたくなかったからだ——つね日ごろのトーネダーレンのうわさを考えれば、賢明な判断だった。不器用なじいさんは包みと格闘し、見かねたおじのひとりがナイフを差しだした。じいさんは確かな手つきで二、三度切りつけ、カワカマスの腹を割くように、豪華な包装紙を手早く始末した。なかからじいさんが取りだしたのは、雄のムースの姿が刻まれたガラスのレリーフ、彫刻を施した電池式の台所用時計、トーネダーレン産の銀で作られたケーキナイフ、豪華なピューター製のジョッキ、レースのテーブルクロス、吊すチェーンまでついた壁掛け、高級ひげ剃り用品の詰めあわせ、本物のトナカイの皮で装幀されたゲストブック、だれかがタイ旅行で拾ってきた貝殻で作ったベッドの飾り、「ようこそ」と焼絵で描かれた白木のドア飾り、そのほかさまざまの役に立たない贈りものだった。じいさんはスウェーデン語で、やりすぎだと言った——つまり、こんな金のかかったがらくたはまったく必要ないということだ。実は、本当に役に立つ、手斧や車の新しい排気システムのようなものをじいさんに贈る勇気は、だれにもなかったのだ。そんなことをすれば、じいさんにはありふれた日常的なことを処理する能力がないと暗に指摘していると思われかねなかったからだ。

夕方、地元の民俗伝承会の人たちが表敬訪問に来た。二十人ほどのマナーのよい男女で、スウェーデン南部の人たちのように握手を求めた。花束にていねいな字で書いたカードを添えて持ってきた人も何人かいた。サンドウィッチとケーキのあとで、彼らは楽譜を取りだし、わずかにかすれた震える声で歌った。じいさんが学校時代に親しんだスウェーデンの民謡や、みんなで一緒に歌えるおなじみの歌や、母国の風景や気候に捧げる歌を歌った。父さんは、巧みにレスターディウス派の信者を避けながらブランディを注いだ。最後に全員で、トーネダーレン国歌を敬意をこめてゆっくり歌った。

トーネダーレンの谷と丘に
感謝の歌を捧げる
飾りけのないわれらの北の故郷
この地でわれらは一生を終える……

年寄りのなかには、深く心を動かされて涙をぬぐっている人もいた。じいさんは意外なほど感動し、目の縁を赤くして手をひどく震わせたので、持っていたグラスを母さんが受けとった。家じゅうが今にも泣きだしそうだった。特に、最後にフィンランド語で歌ったときには、全員の心が震え、熱く濡れた。

しばらくのあいだ、みな憂いに満ちた沈黙のなかでじっとしていた。フィンランドならではの憂いを心にあふれさせ、一族を見舞ったありとあらゆる惨事を思った。彼らを襲った情け容赦ないさまざまな運命の一撃。知恵遅れの赤ん坊、精神に異常を来した十代の少年少女、飢え、貧困、殺さなければならなかった馬、結核と小児麻痺、得られなかった収穫、失敗に終わった強盗、むち打ち、役所の侮辱、自殺、裏切り者と詐欺師、だまされたこと、残忍な教師と強欲な会社の上司、ブラックリストに載せられたこと、スターリンの力となるためにソ連に行ったにもかかわらず、苦労が報われなかった労働者、職場の憎たらしい「効率化推進コンサルタント」、小学生のころに泊まった宿泊施設の意地悪な係員、死ぬまで酒を飲んだ酔っぱらい、材木運搬中に川で溺死したり鉱山で死んだ連中、この涙の谷を苦しみながら歩きとおし、長い苦難を耐えてきたわが一族が味わった、涙と傷と痛みと屈辱のすべて。

外では、鋼《はがね》のように青い冬の長い夕暮れが暗闇に変わっていた。北極星が冬の天井からつららのように垂れ、その周囲に無数の光がきらめき、気温がさらに数度下がった。森は固く凍りつき、小枝一本動かなかった。タイガ全体をぞっとするような沈黙が覆い、果てしない森は、人がまばらなフィンランドを抜け、広大なロシアの大地を広がり、さらに広大なシベリアを通り、太平洋岸まで続いていた。その動かぬ木の砂漠に、雪と零下の気温がずっしりのしかかった。巨大なモミの木の枝の股の奥深くには、シジュウカラが小さなふわふわの球のように体を丸めていた。そして、そこに、その奥深い内側だけに、小さく暖かな脈動があった。

突然、台所でささやきが広がった。ムース猟師だ。ムース猟師がやってくる。民俗伝承会の会長が立ち上がり、丁重な、けれども短い礼を述べると、じいさんは古い違法な銛《もり》を地元の民俗学博物館に寄付しようと約束した。なにしろもう暗がりでは目が利かなくなって、自分では使えないからな。彼らはコーヒーカップを受け皿に伏せ、コートを着ると、あっというまにいなくなった。まだ残っているのは、数人の近所の人と、ご隠居連中と、父さんのきょうだいだけだった。父さんのきょうだいは、ふたたび悪い言葉で話しだし、もっと酒を出せと言った。

まもなく、ポーチの階段を上る足音がして、玄関のドアが蹴飛ばされて開いた。二十人ほどの無口な男が入ってきた。ムース猟師の代表者があいさつした。

「こんちは」

残りの連中はなにも言わずに長いテーブルに座り、さっそく始めた。一番若いのは二十歳になったばかりで、一番上はすでに八十歳を超えていた。ほとんどは、ぼくらの親戚だった。

リエスカ、ケーキ、コーヒー、そしてブランディの最後の一本を注いで乾杯して、どうしてフランス人は自分のところの蒸留酒に茶色い色をつけて、ペンキのような味にしたのだろうとみんなで言いあった。

ムース猟師の代表は立ち上がり、彼らがいることをじいさんに忘れられてしまう前に、お祝いのスピーチをした。じいさんはわが猟師会の会員だと代表は言った。まだ老いぼれてはいないが、もしもそういうことになったら、家から出ずに食事のあとかたづけに専念してもらってかまわない、じいさんの分の肉は仲間がちゃんと届けるから安心してほしいと言った。ぼけの徴候はまったく見られないし、頭もしっかりしているようだが、わけのわからないことを言うようになったら、ちゃんと家にいるんだぞ、と代表は繰り返した。冷静に考えろ、たとえばの話だが、老いぼれだってムースと自動車の区別はつけられなくちゃならないんだ、そうでなけりゃ銃を持って森を自由に歩かせるわけにはいかない——それが、わが猟師会が、このあたりのほかの会と一線を画しているところだ。

猟師たちはみな厳めしい顔でうなずき、代表は酒をぐっと飲んで先を続けた。で、じいさんはまだライフルを扱えるし、雨や寒さにも耐えられるし、自分の務めは果たせるが、頼むから、万一、ぼけたときには、ソファを自分の屁でぼろぼろにすることにだけ専念してくれ。というのも、まだだれもその気配を見つけられないとしても、じいさんの脳みそがいかれるのは時間の問題だ、そうしたらおしまいなんだ、じいさんもそこのところはちゃんとわかっておいてくれ。

この感動的な祝辞のあと、彼らは猟師会の猟師と猟犬の名前をすべて彫りこんだピューターの杯をじいさんに贈った。何人かの名前はつづりが違っていた。というのも、ルーレオで彫らせるという失敗をしたからだ。あの町の連中は、フィンランド系の名前になじみがなかった。けれども、安く上がったおかげで、中身のちゃんと入った酒びんも買うことができた。

じいさんはこう言って反論した。つづりが違っていたのは、おまえたちの書いた文字が下手くそだったからにちがいないし、わしの体はあらゆる点で十八歳の若者と変わりないし、目はタカのように鋭いし、耳は数十メートル先の雌のムースの屁の音だって聞きつけられる、それにおまえたち猟師の脳細胞だって長年の酒でいかれているのだから、わしが最初に耄碌《もうろく》するとはまず考えられない。続いてじいさんは、酒びんの礼を、とりわけその中身の礼を言い、これがこの家にある最後の酒だから、飲みきったら、あとは一晩じゅうコーヒーを飲んでくれと言った。

猟師たちは震えるほどショックを受けた。じいさんは全員にほんの少しずつ注ぎ、びんを空にした。男たちは無言で、ほとんど涙を浮かべながら、グラスを掲げ、飲み干した。そんなばかな！この意地悪じじい！　かみさんに気づかれないようにそっと家を抜けだしてきたっていうのに、これはないだろう！

じいさんはまわりを見て合図した。父さんは地下室の扉をそっと開け、暗がりに下りていった。すぐに戻ってきた父さんは、片手にびんを二本ずつ持っており、それをテーブルに勢いよく置いた。じいさんは大笑いした。

「ほら、坊や、おやつだよ！」じいさんは腹が上下に揺れるほど大笑いした。

猟師たちはほっとして、今にも泣きだしそうだった。栓に国の専売店の封印が貼られていないことなど、だれも気にしなかった。ようやく酒の神バッカスがお出ましになったのだから。

至福の時だった。酒を飲む喜び。酔っぱらう。うるさく文句を言われることなく、気心の知れた友人と一緒にへべれけになる。ペニスが固くなり、口のなかで舌が風にはためく旗のようにひらひらするまで、酒を飲みつづける。びんが空になったらすぐに次のびんが出てくるし、酒を控える必要もなければ、ものさしで量を量る必要もない、金も払わなくていいし、半分酔っぱらった状態でどこかの高級な酒場に押し入り、仲間はどこに消えたのかと悩む必要もない。

満ちあふれることのすばらしさ。ベーコンの皮やかびの生えた種でしのぐ小自作農の厳しい暮らしではなく、湯気を上げる何十キロもの肉を前にした狩人のわれを忘れた歓声。倒れるまで飲み、あふれるまで飲み、陽気なあきらめとともに飲み、このときだけは明日のことは思いわずらわない。

母さんやまだ残っていた女たちは、最後の審判が近いのを見てとって、不機嫌に帰り支度を始めた。男たちは、飲みすぎませんと声を合わせて約束したが、彼らの舌はほほにめりこみ、皮膚を突き破って出てきてしまいそうだった。いやらしい目で見られたくないからと、姉さんも帰った。そこでぼくは姉さんの仕事を引き継ぎ、コーヒーカップを洗いはじめた。男たちのなかには、おまえはクナプスかと言い、それにしてはおっぱいが小さいとかなんとかからかうのもいた。そういう連中には、あっちに行ってクソを嗅ぐか、小さな女の子のあそこでも舐めてろとぼくは言ってやった。

まもなく外で車の音がしたので見てみると、やってきたのはぼくらのバンドだった。ニイラとエルッキとホルゲリが、だれかのいとこが運転する古いボルボのステーションワゴンで到着した。ぼくはアンプとギターとドラムスを下ろすのを手伝った。今回はいつもより少なめだった。ぼくらは機材を薪ストーブのそばに置いて、使う前に解凍した。残念なことに、グレーゲル先生はいなかった。大事な電話をかけなければならないらしく、できればあとで顔を出すということだった。

ムース猟師たちはご機嫌な段階に入っていた。うわさ話をしたり、自慢話をしたり、フィンランド、スウェーデン両国でのポルノ体験を披露しあったりした。ひとりがまぶたを半分閉じて「ロスヴォ・ローペ」を歌い、そんなコルペラ派の歌はやめろ、思い出がよみがえるだけだと止める仲間の声もきかず、続けてコルペラ派の賛美歌を歌った。

父さんも酔っぱらいかけていた。手に何本か空きびんを持ったまましろによろめき、あやうく地下室に下りる穴に落ちそうになった。男たちはみな声を合わせて大笑いしたが、父さんは扉を開け放しにしたやつを――実は父さん自身だったのだが――呪った。かわりに父さんはぼくにびんを押しつけた。ぼくはぐらつくはしごをおぼつかない足どりで下り、冷気と湿気が体を包むのを感じた。砂っぽい土とジャガイモが強くにおった。木の棚にはクラウドベリーやコケモモのジャムのびんが何列も並び、食べかけのサーモンマリネや、数箱のビールや、発酵させたニシンの缶詰や、桶に入った酢漬けニシンもあった。地面に置かれた厚板の上には、密造酒がたくさん並んでいた。ぼくはバンドのためにこっそりレモネードのびんに詰めかえ、あとで飲むために脇によけておいた。

ムース猟師のなかから外に小便に行く第一号が出たのをきっかけに、ぼくらはストーブの前に集まった。ぼくは延長コードをコンセントに差し、ヒューズが負荷に耐えてくれることを祈った。スイッチを入れて電流が流れると、冷えたスピーカーからバチッという不吉な音がした。ニイラとホルゲリはギターを電源につなぎ、台所の椅子に座ったエルッキは、にぎやかな小道具のついたドラムセットの前で準備した。ぼくはベースアンプの予備のコンセントにマイクのプラグを差し、咳払いをして声帯の調子を整えた。

猟師たちはかなり不安そうに準備を見ていたが、ニイラが四分の三拍子のリズムでギターを鳴らしはじめると、ほっとしたようすになった。みな、なんの曲かわかったようだった。ぼくらが今回のために練習した、古くからの愛唱歌だった。

「オイ・ムイスタットコス・エンマ・セン・クータモイラン、クンイーデッセ・タイセイスタ・クリエッティン——ああ、エンマ、月明かりのなかでダンスしたときのことを覚えているかい……」

みなグラスを置き、座ったまま聞いていた。パーティはすでに憂いの段階に入っており、まさにぴったりの曲だった。ぼくがじいさんのまん前で歌うと、じいさんは照れて目をそらせた。

「オイ・エンマ・エンマ、オイ・エンマ・エンマ、クン・ルパシット・オッラ・ムン・オマニ——ああ、エンマ、エンマ、ああ、エンマ、エンマ、ぼくの恋人になるって約束してくれたときのことさ……」

続いて「マタパン小屋のバラード」をやった。悲しみに満ちた雰囲気になり、窓が曇った。最後に「エルクヘイッキのラブソング」をやった。石さえも涙を流す、短調のスローなワルツだった。

演奏が終わると、男たちはぼくらに乾杯したいと言った。トーネダーレンの流儀にのっとり、できばえについてはだれもなにも言わなかった。結局のところ、不必要なほめ言葉など、ぼくらを能力以上の仕事に駆りたて、破滅を招くだけだった。けれども彼らの目を見れば、思っていることはわかった。

ぼくらは部屋の片隅に座り、レモネードのびんからぐっと飲んだ。一方、猟師たちは、うろつきまわりたい気分になっていた。彼らは控えめな段階を過ぎ、足を伸ばして、ありとあらゆることについて議論したい段階に入っていた。ひとりがよろけながらぼくらのところにやってきて、政治的信条をたずねた。別のひとりは、女の子の性欲は昔よりも盛んになっていると『イブニング・ニューズ』で読んだが、それは本当かときいた。最初の質問はあいまいな答えでかわし、二番目の質問には、女の子たちは昔と少しも変わりないし、性欲は表面的には表われていないけれど、一皮めくればわかると答えた。続いてその男は、ぼくらのガールフレンドについて、どのぐらい性欲があるのかとか、何回やったかとか、たち入ったことをきいてきた。答えのかわりに、地獄に落ちろと言ってやったのだが、それでも男は詮索をやめなかった。

ぼくは少々酔っぱらった感じがして、よろよろと外に出た。男が数人、雪の吹きだまりの前に立っており、小便をすませたところなのか、これからするところなのか思い出そうとしていた。彼らは後者のほうだと判断し、大砲を取りだした。どうやら判断は正しかったようで、しばらくすると勢いよい放出が始まった。ひとりが高さの新記録だと宣言すると、別の男が挑んだ。ぼくの若い膀胱は空気の詰まったサッカーボールのように威勢がよく、難なくふたりに勝った。そして、新記録の噴射跡の下に、ぼくのイニシャルを刻んで締めくくった。年配の男たちは腹を立て、陰嚢にタールを塗ってやると言ってぼくを脅した。ぼくはイニシャルを四角で囲み、新記録を大幅に書きかえた。パンツに雪を詰めてやると彼らが声を揃えて言うころには、ぼくは家に向かって歩きだしていた。

酩酊《めいてい》の第二段階が近づいていた。やわらかく、死者の埋葬布のように白い第一段階は、終わった。肩幅の広いクマのような男がぼくの肩をつかみ、なにごとか話しだした。彼はぼくの肩をつかんだまま一本調子で重々しく話しつづけたが、目玉は重たいマルハナバチのように飛びまわっていた。なにを言っているのか理解不能だった。彼の舌は体育館履きの底のように分厚く、声は泥のなかを跳びはねているようだった。ひとりの若い猟師が喧嘩を吹っかけたい気分になって、彼に向かってなにか言ったが、若い猟師の言うことも、同じくらい理解不能だった。たがいに相手の言うことが理解できないにもかかわらず、たちまちふたりの言い争いは熱くなっていった。

まだ口がきける男たちは、のどが渇いたと文句を言った。口が紙ヤスリのようだ、血は血管のなかで砂になり、くちびるは貼りついて開かず、筋肉は干し肉のように固い。ぼくは急いで地下室に下り、残っていたびんを持ってきて、荒野で泣く男たちの前に置いた。もはや止めることはできなかった。斜面をスキーで下りはじめたら、滑りつづけるしかなかった。慎重さは風に投げ捨て、鼓膜が破れそうになるまで加速しつづける。「オイケア・ミエス」、すなわち本物の男は、死も、三日続く二日酔いも怖れはしない。

ニイラとホルゲリも酔っぱらいかけていた。だれよりも速く次々と酒を飲み干していたのに、だれよりも平然としていたのがエルッキだった。エルッキは若い猟師とサケ釣り用の擬餌針の話をしていた。若い猟師のまぶたは垂れ、鼻汁が産毛のような口ひげを伝い落ちた。テーレンドェー川のどこかで試そうということで、ふたりの意見が一致した。ノールランドの急流のほとりで、夜、たき火をおこして釣ったばかりのサケをあぶるのに勝ることは、人生にはめったにありはしない。ふたりはその計画に乾杯し、目をうるませた。夏は美しく、完璧で、無限だ。森の端に浮かぶ真夜中の太陽、赤く輝く夜の雲。風はまったくない。川面は鏡のようで、さざ波ひとつない。魚が擬餌針に食いつき、広大な静けさのなか、輪がゆっくりと広がってゆく。そしてその静寂のただなかに、蛾が勢いよく舞い降りる。羽根の鱗粉で水がねばつき、身動きがとれなくなる。蛾は急流に向かって滑り、岩や泡にもまれる。地面の発する熱に包まれ、ユスリカがモミの木の樹上に群れる。きみは夏の夜という狭い裂け目に座り、ふたつの世界を隔てるはかない膜の上をたゆたいながら、そのすべてを目撃する。

出席者のなかの長老たち、七十代、八十代のじいさんたちは、信じられない角度で椅子にもたれていた。父さんはひどく酔っぱらっていたにもかかわらず、その状態に潜む危険性に気づき、ドイツ語のトーネダーレン方言のような言葉でぼくに話しかけた。ぼくはそれでも意味を理解し、父さんとぼくとで、一番年上で一番やせている老人の脇をつかんだ。そのじいさんは驚くほど軽く、ぼくと父さんで引きずってソファに連れてゆき、まんなかに座らせ、ゆったりと背にもたれかからせても、なんの抵抗もしなかった。残りの化石二名はもっと丸々して体重もあったが、それでもなんとか最初のじいさんの両脇に座らせることができた。彼らは一瞬目を覚ましてフクロウのような声を出したものの、すぐにまた三人並んで眠りに落ちた。頭はソファにもたれていたが、あごは垂れていた。彼らは巣のなかの雛のように口を大きく開けており、はげた頭とたるんだ首が、いっそうその印象を強めた。ぼくは彼らの向かいに座り、大きく開いた穴に角砂糖を放りこもうとしたが、父さんにきつくにらまれたのでやめた。

外に小便しにいっていたぼくのじいさんが戻ってきた。ごく細くしか出なかったので、指はかじかんで紫色になっており、歳をとるとひどい目に遭わされるとじいさんは文句を言った。じいさんがいないあいだに、家のなかに残った面々は怖ろしいことに気づいた。酒が切れてしまったのだ。老いた酔っぱらいとムース猟師たちのあいだで、ろれつの回らない緊急会議が開かれた。彼らはこのあたりのよく知られた密造酒作りの名前を片っ端から挙げ、自宅の酒棚にある備蓄を思い出し、どうやったらかみさんを起こさずに持ってこられるか考えた。だれかが、まだ宵の口だから、この先のガソリンスタンドが開いているかもしれないと言った。あそこでメチルアルコールを買って、小麦粉で味をごまかして、コーヒーフィルターで濾《こ》せばいい。そうすれば、強いだけでなく飲める味の、心臓がまともなら絶対に安全な酒ができる。ムース猟師のひとりが、金を出しあってくれるなら、タクシーでフィンランドに行って、遅くまで開いている店がコラリにあるから、そこでビールを買って、車に積めるだけ積んで戻ってきてもいいと申し出た。税関職員は知り合いだから、税関で止められたら彼らもパーティに呼べばいい。全員がそれはすばらしい考えだと思った。というのも、二日酔い防止にはフィンランドのビールが最高だったからで、男たちは、ついでにフィンランドのパンとピーマ（酸味のあるミルク）も買ってきてくれ、もし見かけたらフィンランドの女も頼むと言った。

じいさんはみずからの存在を主張するように立ち上がった。三リットル入るプラスチック容器を取りだし、水でいっぱいにしてきてほしいとまじめくさって言った。だれもが目を見開いて見守るなか、近所の人がそれに水を汲んだ。しかるべき儀式とともに、じいさんは容器を掃除道具入れにしまい、聖書をどれぐらい知っているかと人々にたずねた。みな、じいさんは頭がおかしくなったと思って、なにも言わなかった。

「おまえたちはキリスト教の熱心な信者だろう？」じいさんはなんとしても答えを引きだそうと、もう一度きいた。

「いや、それほどでも」数人がぼそりと言った。

じいさんは掃除道具入れの扉を開け、容器を取りだした。そしてひと口飲むと、右隣の男に渡し、順々に回した。みなつぎつぎにひと口飲んだ。全員が味見しおわると、みな声をそろえて、じいさんはイエス・キリストだと言った。いや、本当のところ、イエス・キリストよりも偉大だ。なぜならイエスは水をワインに変えただけだが、じいさんは魔法の杖を振って、蒸留酒を作ったからだ。

たしかに少々素朴な味だし、油っぽい後味が残るが、燃料用のフーゼル油ほど健康的な飲みものはない、なにしろ微量元素や染色体まで入っているというではないか。容器の中身だけでなく、栓の色も変化したことに気づいたのはぼくだけだった。でも、目の前で奇跡が起きたというこの場の意味を台無しにしないため、ぼくはなにも言うまいと心に誓った。

太りぎみの近所の老人が、台所の椅子から横向きに滑り落ちた。ぼくはそのじいさんがひたいを床にぶつけないよう、ぎりぎりのところで助けることができた。目を覚まさせるのは無理だったので、ぼくはじいさんの足首をつかみ、ほかの人の邪魔にならないように壁際に引っぱっていった。手足は完全に力が抜けてだらりとしていた。嘔吐に備えて、ぼくはじいさんの頭の下に新聞を敷いた。そのとき、あごを胸にのせて揺り椅子に座っていた近所の男が意識を失った。嚙み煙草が溶けたチョコレートのようにシャツに落ちた。産毛のような口ひげを生やした若いムース猟師は、そのじいさんのようすを見て笑いこけ、震えが止まらなくなった。部屋から部屋へよろよろと歩きまわる老いた酔っぱらいを見て、ぼくも笑いだした。じいさんたちはぶつぶつしゃべりつづけ、飲もうとした酒を体じゅうにこぼし、靴下のまま外に小便に出て、焦点の定まらない目で歌い、尻もちをついてぼろ布じゅうたんの上をワニのように這った。ぼくと産毛ひげの猟師で、嚙み煙草のしみがついた男を運び、最初に倒れた男の隣に寝かせた。同じようにもうひとり運んだ。その男は、ポーチにひざまずいて祈っていたらしいのだが、その最中に倒れ、先客の仲間入りをした。横たわる彼らは殺されたブタのようで、ぼくらは体をふたつに折って大笑いした。それからフーゼル油をぐっと飲み、ひとしきりむせたあと、また大笑いした。

父さんは心配そうにソファの三人を指さした。三人とも顔から血の気が失せ、まったく動かなかった。父さんは、死んでいないかどうか確かめろとぼくに言った。ぼくはそばに行き、青い血管の浮き出た手首をつかみ、脈を取った。大丈夫だった。かすかに脈拍が感じられた。

ニイラとホルゲリは、下痢のにおいを漂わせ、寒さに震えながら外から戻ってきた。のどをすっきりさせるのにコーヒーが欲しいと言うので、ぼくは魔法びんを渡した。そのとき、産毛ひげの猟師の笑いが止まったのに気づいた。彼はそれまであざ笑っていた相手とまったく同じように、椅子にぐったりもたれていびきをかいていた。今にも床に転げ落ちそうだったので、ぼくは彼を引きずって先客の隣に置いた。血の気の失せた先輩の隣に、ほほの赤い若いのが加わった。

タクシーを呼ぼうと、ひとりの男がよろよろと電話のところに行って電話をかけた。別の男が、震えながらぼくのそばに来て甲高く吠えた——骨をしゃぶっている子犬のような声だった。その男が、妻に迎えに来てもらいたいから電話をかけて欲しいと言っているのだと理解するまで、かなり時間がかかった。ぼくは彼に電話番号をきいたが、なんと言ったのか理解できなかった。そこでぼくは電話帳で番号を調べ、受話器を彼の耳に押しあてた。八度目のベルのあとで、妻が電話に出た——ベッドで寝ていたにちがいない。彼は懸命に意識を集中させて話した。

「もおーしもおーし、おーれえー……」

だれの声だかわかったと思うのだが、妻は叩きつけるように電話を切った。ぼくは床が回転しだしたような気がして、ニイラのそばに行った。彼はまぶたを半分閉じて座り、大音量で鳴るラジオを片方の耳に押しつけていた。彼には中波のラジオで死者の声を聞く才能があり、たった今、トーネダーレン地方のフィンランド語によるメッセージを聞いたという。去年の秋に死んだおじの声にそっくりで、「クソッ、クソッ……」とささやいたあと、謎の沈黙が続いた。天国のトイレで長い行列ができているのかもしれないぞ、とぼくが言うと、ニイラは静かにと言った。彼はなにか困惑しているように、懸命に耳を澄ませた。

「待て、ほかの人がいる！」

「なんにも聞こえないぜ」

「エスペラント語だ！　女の人が、ぼくが……なんだろう……ぼくが死ぬって……」

そのとき、タクシーが到着した。足元が一番しっかりしている男がふたり、人をかきわけてコートを取りにゆき、よろよろと外に出た。三人目の、とても太った男が、自分も仲間に入りたいとぼくに身ぶりで伝えた。ぼくはその男を支え、階段を下りるのを手伝い、雪が積もった外へ連れていった。車まで半分ほど行ったところで、男は馬のような情けない声を長々と漏らした。すると、男の体は針で突かれたように急にしぼんだ。骨が力なく崩れ、骨格全体が縮んだようにその場に倒れた。ぼくは男を抱きかかえて支えようとしたが、うまくいかなかった。百三十キロ分の老人の血と肉が、雪の上に崩れ落ちた。

ぼくは脈を取った。男は意識を失い、この世を離れていた。極北の寒さのなかで、体は肉入りキャセロールのように湯気を立てていた。タクシーはエンジンをうならせて待っていた。ぼくは男の足をつかみ、非協力的な雪のなか、ベーコンのかたまりを引きずった。男のシャツはめくれ、ブレーキとなって進行を妨げた。背の下の雪が解けたが、それでも男は目を覚まさなかった。死んだように重たかった。ついにぼくはあきらめ、タクシーに合図すると、タクシーはあっというまに消えた。ぼくは男の体を元の場所に戻そうと、うなりながら家のほうに引っぱりはじめた。足が滑り、背骨から汗が吹き出すのがわかった。少しずつ、少しずつ。男はまだ生きており、鼻と口から息が白く吹きだした。ひと筋の白い息が、らせんを描いて星空に昇り、ポーチの光を受けて輪郭が際だった。

ぼくは休んで息を整えた。空を見上げたその瞬間、オーロラが輝かしく花開いた。大きな緑色の泉がどんどんふくらみ、夜光虫の光が泡だつ波となって押しよせた。斧がすばやく赤く切りつけ、内部の紫色の肉がかすかに見えた。光はさらに強烈に、活発になった。燐光体《りんこう》の波の泡だつ大渦。何分ものあいだ、ぼくはただ立ちつくして楽しんだ。突然、天上からかすかな歌声が、フィンランド軍の合唱隊のような声が、聞こえたような気がした。オーロラの声だ。それとも、凍てつく寒さのなかを伝わってきたタクシーのエンジン音だったのだろうか。なにもかもが美しかった。ぼくはひざまずきたかった。なんと輝かしく、なんと美しいのだろう。ちっぽけで、内気で、酔っぱらったトーネダーレンの少年には、受け止めきれないほどだった。

だれかが外に出て、玄関のドアが勢いよく閉まる音がした。エルッキがズボンのチャックを下げながら、転げるようにぼくのところにやってきた。ぼくは足元に倒れている酔っぱらいを指さした。エルッキは事態を理解するとひどくびっくりし、数歩下がってひっくり返った。雪の上に気持ちよさそうに横たわった彼は、ペニスを出し、寝たまま小便をした。すっかり出しきると、彼は目を閉じた。こんなところで寝るな、ばか、とぼくは言い、雪を蹴って彼の顔にかけた。彼は顔をぶん殴ってやるとののしり、それでもふらふら立ち上がった。ぼくらは太った男を引きずって家のなかに運び、床に累々と並ぶ男たちの横に並べた。

父さんとじいさんは青ざめた顔で台所のテーブルにおり、ソファの老人たちが死んだとかいうようなことを、とぎれとぎれに話していた。ぼくは三人の脈を取った。はげ頭はそれぞれ勝手な方向を向き、肌は黄ばんで蠟《ろう》のようだった。

「うん、死んでる」とぼくは言った。

じいさんは役所や警察との面倒なやりとりを思って悪態をつき、老人がよくやるようにめそめそ泣いた。鼻汁が鼻からグラスにしたたった。父さんは、ろれつが回らないながらも厳粛なスピーチを行ない、フィンランド系の英雄の輝かしい死について語り、自殺や、戦争や、サウナ中の心臓発作や、なによりも多いアルコール中毒の例を挙げた。今宵、この愛され、尊敬されてきた親類三人は、同時に神に選ばれ、手に手を取って天国の門をくぐった……。

そのとき、まんなかのやせた老人が目を開き、もっとシュナップスをくれと言った。急にスピーチを中断させられた父さんは、驚いて見つめた。ぼくのじいさんは鼻汁だらけのグラスを渡し、相手が震える手で飲み干すのを見守った。ぼくは父さんたちの顔を見て、椅子から落ちそうになるほど笑いこけ、死んだ人も加わって酒を飲むなんて、すごいパーティだなと言った。

家じゅうに平和が広がりはじめた。床に寝ている老人たちは、ぼくがそこに並べてからまったく動いておらず、夢のない深い酩酊状態にあった。ほかの連中は、カメのようにゆっくりぎこちなく這いまわっていた。ニイラは壁にもたれて座り、顔じゅう緑色だった。寝てしまわないように懸命に努力して、ときどきバケツから冷たい水を飲んでいた。その隣には、ホルゲリが体を引きつらせながら胎児の姿勢で横たわっていた。今はほとんどの人が黙りこんで内省状態にあり、体内では肝臓が毒素を一掃すべく超過勤務で働き、脳細胞はユスリカの群れのように死んでいた。エルッキは木の椅子から落ちそうになっていたが、背もたれに引っかかった上着に支えられていた。ただひとり、なおも意気盛んだったのは、やせ型ながら強靭な体をした六十歳のムース猟師で、テーブルの上に立ち、足の体操をしていた。東洋風の複雑な動きの組みあわせで、前に伸ばし、上に伸ばし、横に伸ばした。彼は酔っぱらうと必ずこれをやるので、みな勝手にやらせておいた。

ぼくの体のなかで酔いがピークに達しているのがわかった。ぼくが座ってムース猟師の足の動きを見ているあいだ、酔いは背後であぶくをたてていた。まだ十一時になるかならないかだったが、パーティはすでに終わっていた。わずか四時間のあいだに、ムース猟師たちは密造酒をひとり当たり一リットル以上飲んでいたが、吐いた者はひとりもいなかった。長期にわたる熱心な鍛錬の成果だった。

車が近づいてくる音がして、ヘッドライトが壁紙の上でゆらめいた。まもなくポーチに足音がした。グレーゲル先生が勢いよく入ってきて、ぼくを探した。

「早く乗れ、出発だ！」

ところが、急にグレーゲル先生は口をつぐんだ。あたりをゆっくり見まわし、感動的な戦いの跡をじっくり観察した。

ぼくはバンドの仲間を揺すって生命を吹きこみ、機材を車に積んで出発した。グレーゲル先生は上機嫌で口笛を吹き、指でハンドルを叩きつづけ、ぼくらが頼むとようやくやめた。

「諸君」グレーゲル先生はにっこり笑った。「今晩は電話をかけまくったぞ。早く練習を始めるんだ」

「えっ？」

「新しい曲を覚えろ」

「曲？」ぼくらはまぬけにききかえした。

グレーゲル先生は笑った。

「きみたちの初ツアーが決まったぞ。いくつかの学校と青少年クラブをまわって、最後はルーレオのアマチュア・バンド大会に出場だ！」

＊

ぼくらは学校の外に車を停めた。グレーゲル先生はだれもいない音楽室の鍵を開け、ぼくらはアンプを運び入れた。ぼくらはツアーのニュースに舞い上がり、ぼうっとしていたので、先生が帰ったあとも残って練習した。ひどい音だったが、心の底からの演奏だった。荒っぽくて未熟で、ぼくらそのものだった。ニィラは自作のリフをやり、ぼくは即興で何曲かやって、ロックスターの気分になった。寒さのせいでホルゲリのギターはチューニングがおかしくなり、指は不器用にしか動かなかったが、そのせいかどうか、感動的なソロだった。歪んで傾いた叫び、震えるように揺れる音。最後にぼくらは大好きな「ロックンロール・ミュージック」をやった。十回以上繰り返したと思う。エルッキがスティックを二本とも折ってしまうまで、ぼくらは演奏しつづけた。

夜中の三時を過ぎたところだった。パヤラ村は冬の闇のなかで荒涼としていた。低くうなる街灯がやさしく照らし、粉雪が舞うなかを、ぼくらは凍った雪を踏みしめて家に向かった。肺に冷気が流れこみ、耳は夜明けの静寂を包んだ。鋭い弦のせいで、ミトンのなかの指先が痛かった。

「逃げようぜ」ニイラが入った。「こんなところはさよならだ」

「ストックホルム！」エルッキが言った。

「アメリカ！」ホルゲリが叫んだ。

「中国」ぼくは言った。「ぼくはいつか中国に行ってみたい」

とても静かだった。村人たちがみな凍え死んだようだった。ぼくらは四人並んで道のまんなかを歩いた。車は一台も通らなかった。あたり全体が、世界全体が、静止していた。生きているのは、ぼくら四人だけだった。冬のタイガの一番内側の空洞で、四つの心臓が脈打っていた。

パヤラ村最大の十字路で、ぼくらは止まった。薬局と雑貨屋のあいだの十字路だ。ぼくらはためらった。目的地に着いたような気がした。ここから別のなにかが始まろうとしているような感じがした。ぼくらは不安な気持ちですべての方向を見まわした。西へ向かう道はキルナに続いていた。南へ行けばストックホルムに着く。東に向かう道はエーベルトルネオに続き、さらにフィンランドに続いていた。そして四本目の道は、トーネ川の氷に続いていた。

しばらくして、ぼくらは道のまんなかに戻り、座った。そして、まるで相談したように、ぼくらは十字路のまんなかの、車道の中央に体を横たえた。あお向けになって体を伸ばし、星空を見上げた。車の音はなく、すべてが静止していた。ぼくらはそこに並んで横たわり、宇宙へ向かって息を吐いた。尻と肩甲骨の下に冷たい氷を感じた。そして最後に、おだやかに、ぼくらは目を閉じた。

＊

ここでこの物語は終わる。幼年時代、少年時代、ぼくらの人生の最初の部分。彼らはここに置いていくことにしよう。十字路にあお向けに横たわり、天上の星に顔を向ける四人の少年。ぼくは彼らのそばにそっと立って見つめる。呼吸はしだいに深くなり、筋肉の緊張がほぐれてゆく。

彼らはもう眠っている。

エピローグ

年に一度か二度、郷愁が抑えきれなくなると、ぼくは北のパヤラ村に向かう。夕暮れが迫るころに村に着き、トーネ川に架かる新しい橋、両端に支柱のあるサーカスのような橋に行く。見まわすと、地平線に森が見え、ユプッカ山にはテレビ塔が縫い針のように点滅している。ぼくのはるか下で川は広々と流れ、海に向かって果てしなく続いている。低いうなりがぼくの耳から都会の喧噪《けんそう》を洗い流す。夕闇が濃くなるにつれて、なにかに追いたてられていたぼくの思いは溶けて消える。

ぼくの目は村をさまよう。思い出があふれるようによみがえり、ぼくと同じようによそに出た人たちが、通りすぎた名前がよみがえる。パスカイェンケのカンガス、カルヴォネン、ツァイドリッツ、サーミュエルソン。テキサスは、ヴァールベリー、グロート、モーナ、レトだらけだった。ストランドヴェーゲンのヴィルヘルムソンとマルッティカーラ、エイエとトーンベリー。ヴィットライェンケには、イドファード、クレク、パロヴァーラ、ムットカ、ペッカリ、ペルット、そのほかさまざまな名前があった。

ぼくは冷たい手すりに手を置き、彼らはみなどうなったのだろうと思う。かつてぼくの知っていた人たち、ぼくの世界を分かちあっていた人たち。ぼくの思いは、しばしバンド仲間のもとに留まる。ホルゲリは工業大学に進学し、今はルーレオの携帯電話会社で働いている。エルッキはスヴァッパヴァーラにあるＬＫＡＢ社の銑弾工場の主任になった。ぼくはストックホルムに近いスンドビーベリーでスウェーデン語教師になったが、喪失感と憂いを、まだ乗り越えきれずにいる。

家に向かう途中、墓地を通った。花は用意していなかったが、ニイラの墓に立ち寄った。ぼくらのなかで、ただひとり音楽に生きたニイラ。音楽は彼のすべてだった。

最後にぼくらが会ったのはパヤラ村の祭りのときで、ロンドンから飛行機で来た彼は、手首の小さな傷をぼんやりとかきむしっていた。その夜、ぼくらはラッペアコスキに釣りにいった。彼の瞳孔は画鋲《がびよう》のように小さく、早口で病的にしゃべりつづけた。

「氷が割れたときのことだよ、マッティ、ほら、橋の上に立って氷が割れるのを眺めたことがあっただろ、ほんとにさ、あれってすごかったよな……」

ああ、ニイラ、ぼくもあの氷が割れたときのことを覚えているよ。ふたりの少年と、手作りのギター。

ロックンロール・ミュージック。

少年のキスの味。

訳者あとがき

ビートルズをめぐる少年の成長物語というと、よくある青春小説という印象を受けるかもしれません。でも、この作品はその思いを大きく裏切ってくれるはずです。なにしろ、舞台はスウェーデンの北の果て、北極圏の小さな村なのですから。

その小さな村で育った作者、ミカエル・ニエミの半自伝的小説である本書は、スウェーデンで二〇〇〇年に刊行され、国内で七十五万部に達する空前のベストセラーになりました。スウェーデンの人口は約九百万人ですから、単純に計算して国民の十二人に一人が読んだことになります。この割合を日本に当てはめて換算すると、なんと一千万部。破格の人気ぶりがわかります。本書は、国内で数々の文学賞を受賞しただけでなく、世界二十カ国以上で翻訳され、二〇〇四年には映画にもなりました。

日本では、スウェーデンというと、スタイリッシュなデザイン、あるいはアバやカーディガンズに代表されるポップ・ミュージック、イングマル・ベルイマン監督の芸術性の高い映画など、どこか文化的に洗練されたイメージがあるように思います。たしかにそのとおりなのですが、それはほとんど首都ストックホルムなど大きな都市が集中する南の地方の話。スウェーデンの国土は南北に細長く、小説の舞台であるパヤラ村は、その最北部、フィンランドとの国境近くにあります。

この地域はトーネダーレンと呼ばれ、冬は長く寒く暗く、人口はまばらで、人々は公用語のスウェーデン語ではなく、この地域特有のフィンランド語を話しています。世界の動きとはおよそ無縁で、最新の音楽をやっているラジオ局を受信するには、庭の松の木のあいだに銅線を張ってアンテナがわりにしなければならないような村の少年にとって、アメリカのいとこがはるばる持ってきたレコードで出会ったビートルズは、まさに「とても人間が作ったとは思えない」ほど衝撃的に聞こえたことでしょう。

この作品の一番の魅力は、まるでほら話のような愉快な語り口にあります。作者によると、この語り口は、パヤラ村の人の話しかたそのままなのだそうです。

たとえば、思春期を迎えた主人公のマッティが、父親からおとなになるにあたっての心得を聞かされる場面では、主人公の——そして読者の――予想に反して、父親は村に脈々と流れる因果応報の話を始めます。見方によっては偏狭なムラ社会の粗野な人々の話なのに、それがとてつもなくおかしく、さらに日本の読者にも親しみをもって感じられるのは、作者の話術と、行間ににじむふるさとへの愛ゆえでしょう。

その話術によって描きだされる人物像も鮮やかです。主人公だけでなく、脇役の人柄もありありと伝わってきます。なかでも音楽のグレーゲル先生は強烈です。南の地方からやってきて、身体的なハンディをものともせず、明るく笑いながら村の常識をつぎつぎに覆してゆくその姿は、じつに爽快です。

豊かな自然も大きな魅力です。とりわけ印象的なのが、マッティと親友のニイラが、春になって凍結した川の氷が割れるのを見にいく場面です。轟音とともに氷が割れ、すさまじい勢いで流れていく壮大な光景にロックンロールの魂を感じるのは、まさに彼らにしかできない特別な経験でしょう。ふたりの少年を因習から解き放って未来へ導くロックンロールの力が象徴的に描かれたこの場面は、いつまでも鮮やかに心に残ります。

第三章と第二十章に、四人の少年が十字路に横たわる場面がありますが、これは四つ辻で悪魔に魂を売り、かわりに音楽の才能を手に入れたという、アメリカのブルース歌手、ロバート・ジョンソンの「クロスロードの伝説」を踏まえていると思われます。少年たちが悪魔に魂を売ったかどうかはわかりませんが、ロックンロールを愛する彼らは、真夜中に十字路に横たわり、超自然的な力に身をゆだねることで、未来への手がかりをつかんだのでしょう。

このエピソードに見られるように、この作品では超自然的な力との出会いの描写がしばしば見られますが、作者のニエミは、それは魔術的リアリズム（空想上のイメージをリアリズムで描写する手法）を意図したものではなく、荒々しい自然との濃密な交流から生じる感覚をありのままに描いたものであり、その感覚は先祖から受け継いだもののひとつだと述べています。

作品の舞台であるトーネダーレン地方について、少し補足しておきます。前述のように、この地域では独特の言語が使用されています。本文中ではトーネダーレン地方のフィンランド語と訳していますが、地元の人々は誇りをこめて「meän kieli（われらの言葉）」と呼んでいます。現在は少数言語として国から正式に認められていますが、かつては学校など公の場では使用できませんでした。

また、地理的条件の厳しさから、鉱業と林業のほかには、これといった産業が発達していません。失業率は高く、若い人たちの多くは南の地方へ出ていくといいます。主人公のマッティが「ぼくらが住んでいるあたりは、本当はスウェーデンではないのだ。たまたまくっついているだけだった。……ぼくらはなんの価値もなかった。抜け出す方法はただひとつ。……どこか別の土地で生きるしかない」と述べているのには、このような背景があります。

けれども、本書の大ヒットを機に、トーネダーレンを訪れる人の数が増え、観光をひとつの産業として育てようとする機運が高まっているようです。パヤラ村のホームページには、「ミカエル・ニエミの足跡を訪ねて」というコーナーが設けられているほどです。舞台となった場所が地図と写真で紹介されており、英語のページもありますので、ご覧になってみてください。（http://www.pajala.nu/welcome/tourism/mikael.shtml）

さらに、郷土料理を観光の目玉に育てようという動きもあるようです。たしかに、婚礼のごちそうの場面で登場する、料理自慢の女たちが森の恵みを活かして作ったシチューや菓子類は、読んでいるだけでうっとりするほどおいしそうです。食べてみたいと思う人は、わたしのほかにも大勢いるにちがいありません。

作者のミカエル・ニエミは一九五九年生まれ。パヤラ村で生まれ育ち、十五歳のときから作家になることを夢見ていたといいます。工学を学んだあと、出版社勤務や教師などさまざまな職に就き、一九八八年に初の詩集を出版。その後、数々の詩集、戯曲、ヤングアダルト小説を発表し、一般向けの小説としては、本書が初の作品です。

本書の翻訳には、ローリー・トンプソンによる英訳 *Popular Music from Vittula*（2003, Seven Stories Press, New York）を使用しました。翻訳にあたっては、新潮社の北本壮さん、須貝利恵子さんをはじめ、多くの方のお世話になりました。とりわけ、アカネ・エンストロムさんには、スウェーデン語、フィンランド語、および現地事情についてたくさんの貴重な情報をいただきました。この場を借りて深く感謝いたします。

みなさんの耳に、はるか北の果てから、凍結した川の氷が割れる音と、へたくそなバンドの音が届きますように。

ロックンロール！

二〇〇五年十二月

岩本　正恵

POPULÄRMUSIK FRÅN VITTULA

Mikael Niemi

世界《せかい》の果《は》てのビートルズ

著 者

ミカエル・ニエミ

訳 者

岩本正恵

発 行

2006年1月30日

4 刷

2017年8月30日

発行者　佐藤隆信

発行所　株式会社新潮社

〒162-8711 東京都新宿区矢来町71

電話 編集部03-3266-5411

読者係03-3266-5111

http://www.shinchosha.co.jp

印刷所

株式会社精興社

製本所

大口製本印刷株式会社

乱丁・落丁本は、ご面倒ですが小社読者係宛お送り下さい。

送料小社負担にてお取替えいたします。

価格はカバーに表示してあります。

©Tsutomu Iwamoto 2006, Printed in Japan

ISBN978-4-10-590052-6 C0397

CREST BOOKS

Shinchosha

彼方なる歌に
耳を澄ませよ

No Great Mischief
Alistair MacLeod

アリステア・マクラウド
中野恵津子訳

18世紀末、スコットランド高地からカナダ東端の島に、
家族を連れ渡った赤毛の男がいた。彼の子孫は、
幾世代を経ても流れるその血を忘れず、それぞれの
人生を生きていく——人が根をもって生きてゆくことの
強さ、哀しみを描いた、ベストセラー長篇。

CREST BOOKS